AF221216

Kaktusfeigen

Roman
von Anna Castronovo

Bibliografische Information der Deutschen Nationalbibliothek: Die Deutsche Nationalbibliothek verzeichnet diese Publikation in der Deutschen Nationalbibliografie. Detaillierte bibliografische Daten sind im Internet über dnb.dnb.de abrufbar.

© 2021 Anna Castronovo
www.anna-castronovo.de
Lektorat: Susanne Pavlovic, www.textehexe.com
Korrektorat: Ina Vogel
Covergestaltung: Giusy Amè, www.magicalcover.de
Bildquelle: Depositphoto / Pixabay
Herstellung und Verlag:
BoD – Books on Demand
In de Tarpen 42, 22848 Norderstedt

ISBN: 978-375-349-011-3

»Zwei Dinge sollten Kinder von ihren Eltern
bekommen: Wurzeln und Flügel.«
(J.W. Goethe)

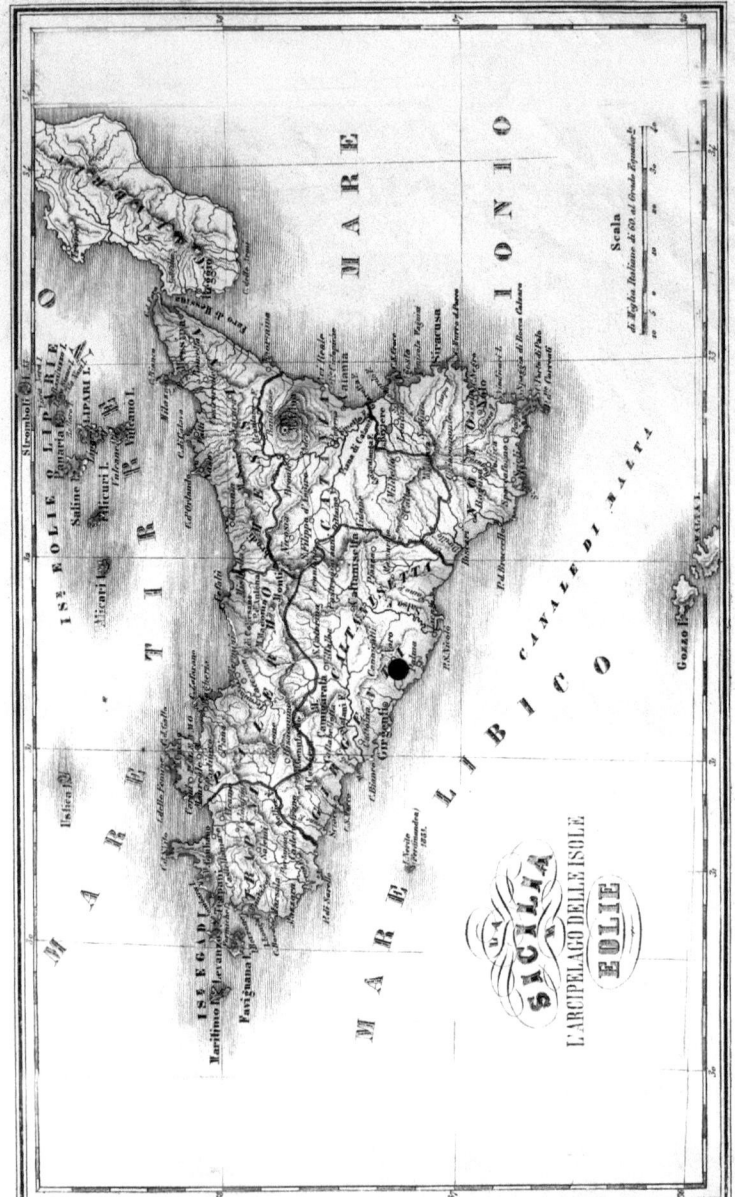

Prolog

Hier unten in der Dunkelheit spüre ich ihre Präsenz so stark wie noch nie. Gleich wird mich eine kalte Kinderhand berühren, ihre tote Haut auf meiner. Die Härchen auf meinen Unterarmen stellen sich auf. Am liebsten würde ich sofort wieder umdrehen, jetzt gleich, kehrtmachen und nichts wie raus hier.

Ich schaue zurück. Der Nachthimmel zeichnet sich dunkelgrau im Türrahmen ab, nur ein paar Schritte entfernt. Aber ich darf nicht davonlaufen. So nah war ich ihr noch nie. Wenn ich jetzt abhaue, war alles umsonst.

Das Geräusch, das mich hergeführt hat, setzt wieder ein. Eine Art Scharren oder Kratzen. Ist sie das? Obwohl es hier unten kühl ist, beginne ich zu schwitzen. Ich versuche, in der Schwärze vor mir etwas zu erkennen.

Das Kratzen wird lauter, es nimmt den ganzen Raum ein und quält mich. Verdammt, was ist das bloß? Fingernägel, die über die raue Wand schrammen? Ein Schauer läuft mir den Rücken hinunter.

Ich hole tief Luft, um mir selbst Mut zu machen, setze zögernd einen Fuß vor den anderen, taste mich weiter hinein in den modrigen Geruch und strecke die Hände vor mir aus, um nicht gegen irgendetwas zu stoßen. Gegen einen weichen, nachgiebigen Körper zum Beispiel. Ich lasse die Arme wieder sinken, kann kaum noch atmen. Als hätte Lucia mein Zögern gespürt, wird das Geräusch noch lauter. Sie will mich zu sich führen und ich bin auf dem richtigen Weg. Oder stolpere ich gerade direkt in mein Verderben hinein? Keine Ahnung. Alles, was ich weiß ist, dass das hier meine einzige Chance ist.

Die Magie von Tomatensoße

Da ist er wieder. Silvio Berlusconi mit seinem öligen Siegerlächeln. Die gebleichten Zähne leuchten aus einer dicken Schicht Make-up hervor, er breitet die Arme aus wie Jesus persönlich, streckt dann den Zeigefinger in die Kamera.

»Mei, immer dieser aufgeblasene Sprücheklopfer, rauf und runter, und des scho am frühen Morgen.« Meine Mutter verdreht die Augen und hält die Fernbedienung Richtung Fernseher wie einen Revolver.

»Nicht ausschalten«, sage ich, schnelle vor und reiße ihr die Kommandozentrale unserer WG-Küche aus der Hand. Wer die Fernbedienung hat, hat die Macht.

»Obacht!« Meine Mutter schaut mich empört an, dann schüttelt sie den Kopf. »Dass dir dieser heroperierte Zampano nicht auf die Nerven geht.«

»Mich interessiert halt, was in Italien los ist. Ist ja schließlich mein Geburtsland. Gell?«

Sie reagiert nicht auf meine Spitze, sondern rührt in ihrem Yogi-Tee und verfolgt das Spektakel auf dem Bildschirm. »Mei, der hat ja mehr Haare auf dem Kopf als vor den letzten Wahlen. Wie alt ist er jetzt eigentlich?«, brummelt sie vor sich hin. »Schau dir des mal an. Wenn der so deppert grinst, bleibt seine Visage ganz starr wie so eine

Maske. Des ist ja gruselig, wie so eine Horror-Mörder-puppe.« Sie schüttelt sich.

»Hast du dir heute schon einen Joint genehmigt?« Skeptisch beobachte ich, wie sie den Tee in kleinen Schlucken schlürft und dabei die Augenbrauen hochzieht.

»Ach geh! Jetzt sei halt nicht immer so spießig. Ein bisserl mehr Lockerheit würde dir fei nicht schaden.« Sie stellt die Tasse ab. »Aber echt, des ist doch ein richtiger Wiedergänger, oder? Also politisch gesehen, meine ich. Aus wie vielen Skandalen ist der mittlerweile schon auferstanden?«

Ich lache auf. »Verwicklung in Mafia-Attentate, Meineid, Geldwäsche, Bilanzfälschung, Schmiergeldzahlungen, Richterbestechung und illegale Parteifinanzierung. Hab ich was vergessen?«

»Sag ich doch. Alles Verbrecher, diese Italiener. Mit denen bin ich eh fertig.«

»Mitzi!«

»Ist doch wahr.« Meine Mutter schlägt raschelnd die *Süddeutsche* auf. »Was gibt´s heute zum Mittagessen?«

»Spaghetti mit Tomatensoße.«

»Schon wieder?« Sie schnauft.

»Kannst ja selber kochen.«

Sie grummelt und vergräbt sich in ihre Zeitung.

Ich zeige auf unseren Kochplan, der am Kühlschrank hängt. Er wird von meiner Mutter erstellt und verwaltet, und irgendwie steht sie selbst immer ein bisschen seltener drauf als ich. »Eigentlich war ich nämlich schon letzte Woche dran.«

Sie schaut nicht mal von der *Süddeutschen* auf.

»Weißt, wir leben nicht um zu glauben, sondern um zu handeln. Des ist fei vom Dalai Lama.«

»Lernen«, korrigiere ich sie. »Es heißt, wir leben nicht um zu glauben, sondern um zu lernen.«

»Mei, dass du immer alles besser wissen musst. Dann lernst du halt. Des ist doch fast dasselbe. Wenn man handelt, lernt man doch automatisch.«

»Soll ich etwa vom Dalai Lama kochen lernen, oder was?«

Jetzt schaut sie doch auf und rückt ihren Schal zurecht, den ich ihr als Kind gebatikt habe. Das Lila beißt sich mit dem Rot ihrer Haare, aber das ist ihr egal. Selbstgemachte Geschenke von Kindern sind heilig, sagt sie immer. Sie seufzt mitleidig. »Mei Linda, des verstehst du doch eh nicht.«

Ich schnappe nach Luft. »Was ich verstehe ist, dass ich doppelt so oft kochen muss wie du, und dass du dann auch noch über mein Essen meckerst.«

»Mein Gott, bist du stur. Jetzt nimm die Dinge doch einfach mal so hin, wie sie sind. Und außerdem lasse ich mir von niemandem vorschreiben, wie oft ich kochen soll, dass des fei klar ist. Des wäre ja noch schöner.«

»Aber ...« Ich breche ab. Eigentlich will ich ihr sagen, dass sie diejenige ist, die mir gerade Vorschriften macht, und zwar ziemlich ungerechte, aber ich will jetzt keinen Streit anzetteln. Dann koche ich eben auch heute, um des lieben Friedens willen. So ist das eben, wenn man mit fünfundzwanzig noch bei seiner Mutter wohnt. Ich setze mich hin, greife nach dem Müsli und verfolge weiter die Neun-Uhr-Nachrichten.

Seit Wochen schon echauffiert Berlusconi gut gelaunt die Weltpolitik. Und jedes Mal, wenn er mich aus dem Bildschirm heraus angrinst, erinnert er mich daran, dass ich nicht weiß, wer ich bin. Ob mein Vater auch so ist wie er? So narzisstisch und gänzlich ohne Manieren? Vielleicht ein ganz kleines bisschen? Ich zerbeiße eine Haselnuss. Das kann nicht sein. Mein Vater ist bestimmt ganz anders. Zum Beispiel der Typ verträumter Fischer, der im Morgendunst mit seinem Boot aufs Meer hinausfährt und sich seufzend fragt, was wohl aus seiner Tochter im fernen Deutschland geworden ist. Dieses Bild gefällt mir viel besser. Aber ich fürchte, das ist eher unwahrscheinlich. Die wenigen Informationen über ihn, die ich meiner Mutter in explosiven Momenten entlocken konnte, sprechen nicht wirklich für ihn.

Jedenfalls pflanzt Silvio Berlusconi den Gedanken an meinen Vater hinterrücks in meinen Alltag ein. Seit in Italien Wahlkampf ist, ist mein Geburtsland in unserer Küche omnipräsent. Genau wie der Geruch von Tomatensoße, der tagelang festhängt und jedes Mal, wenn man reinkommt, Lust auf noch mehr Tomatensoße macht. Ich bin süchtig danach. Wenn ich nur ein Gericht auf eine einsame Insel mitnehmen könnte, von dem ich mich den Rest meines Lebens ernähren müsste, wären es Spaghetti mit Tomatensoße, weil die gegen Einsamkeit, Fernweh, Erschöpfung und Kopfschmerzen helfen. Einfach gegen alles. Ein großer Teller Nudeln, ordentlich Soße drauf und ein Berg Käse, der schmilzt und Fäden zieht. Dann ist die Welt gleich wieder ein bisschen schöner.

Seit Wahlkampf ist, denke ich sogar an meinen Vater, wenn ich das Geschirr spüle. Ob ich wohl spüle wie eine richtige Sizilianerin? Und wenn ich unter der Dusche singe, nämlich immer *Ti amo*, weil es das einzige italienische Lied ist, dessen Refrain ich kann – *ti amooo, ti amo, ti amooo, ti amo* und so weiter. Auch wenn ich koche, natürlich sizilianische Rezepte, oder wenn ich meiner Tochter Hanna in ihre dunkelbraunen Rehaugen schaue. Die hat sie von mir, und ich habe sie, ist ja klar, von meinem südländischen Vater. Überhaupt fühle ich mich unglaublich sizilianisch.

Die Wahrheit ist, dass ich zwar seit Jahren heimlich Italienischkurse besuche und literweise Tomatensoße koche, aber Sizilien noch nie gesehen habe. Und über meinen Vater weiß ich nichts außer seinen Namen, und das auch nur, weil er in meiner Geburtsurkunde steht. Gaetano Inguanta. Das klingt wie Musik.

»Du, Mitzi?«, frage ich über den Tisch.

»Hm«, macht meine Mutter und liest weiter.

»Ist mein Vater auch so ein Zampano?«

Jetzt schnellt ihr Kopf doch nach oben und ihre Augen funkeln. »Ha!«, ruft sie. »Der war sogar noch schlimmer als der Berlusconi! Ein elendiger Grattler war der, ein hinterfotziger Hallodri, der war nicht nur ein Depp, sondern ein ganzer Deppenhaufen.«

Ich seufze. Es ist jedes Mal das Gleiche. Außer Schimpfwörtern bekomme ich nichts aus ihr heraus. »Musst du immer so giftig sein?«, raunze ich sie an. »Er ist immerhin mein Vater. Ich will ihn so gerne mal kennenlernen. Ich will wissen, wie viel Sizilien in mir steckt.«

»Wie viel Sizilien in mir steckt«, äfft sie mich nach. »Tu doch nicht so theatralisch. Du bist besser ohne diesen sizilianischen Süßholzraspler dran, des kannst du mir fei glauben.« Sie senkt den Kopf wieder und raschelt unmissverständlich mit der Zeitung. Thema beendet.

Ich schaue auf den Bildschirm. Da ist er schon wieder, der Kasperl mit dem Dauergrinsen. Nein, nicht mein Vater, sondern Berlusconi. Er jubelt, als hätte er gerade das böse Krokodil niedergerungen. Die Bilder sind mit der Stimme des Nachrichtensprechers unterlegt: »Silvio Berlusconi hat die Parlamentswahlen mit großer Mehrheit gewonnen und wird zum dritten Mal Ministerpräsident Italiens.« Er klingt so, als würde er selbst nicht glauben, was er da sagt.

Meine Mutter faltet geräuschvoll ihre *Süddeutsche* zusammen. »Ja gehst du her! Mit siebenundvierzig Komma drei Prozent der Stimmen. Des kann doch gar nicht sein, dass die Italiener diesen aufgeblasenen Gockel schon wieder wählen.« Sie winkelt die Arme ab wie zwei Flügel und imitiert einen Hahn. »Gock, gock, gock, kikerikiii.« Dann zuckt sie die Schultern. »Aber mei, jedes Volk hat halt die Regierung, die es verdient.«

»Mitzi!«

»Ist doch wahr.«

Es folgen Bilder von Berlusconi, der Schampus über seine zukünftigen Minister gießt, vor allem in den Ausschnitt einer spindeldürren Frau mit kurzen Haaren, die neben ihm steht. Irgendwie kommt sie mir bekannt vor. »Das ist doch dieses Nacktmodell, oder?«, frage ich meine Mutter. »Hat er der nicht letztes Jahr zugeflüstert, er würde sie sofort zur Frau nehmen, wenn er nicht schon verheiratet wäre? Dann musste er sich öffentlich in der Zeitung dafür entschuldigen, weißt du noch?« Ich zeige mit dem Löffel auf den Fernseher. »Und jetzt will er ausgerechnet die zu seiner Gleichstellungsbeauftragten machen? Im Jahr zweitausendacht? Ich fasse es nicht. Dabei hat er vor ein paar Tagen noch gesagt, die spanische Regierung mit neun Ministerinnen sei ihm zu rosa.«

Meine Mutter seufzt. »Mei, jetzt reg dich halt nicht gleich so auf. Des ist doch ein Zeichen von Fortschritt, dass ein Showgirl heutzutage Ministerin werden kann.« Sie schaut mich über die Ränder ihrer Lesebrille hinweg an. »Oder willst du einer Frau gleich alle ihre Qualifikationen absprechen, nur weil sie sich mal vor der Kamera ausgezogen hat? Die ist fei Juristin. Da brauchst du mit deinem abgebrochenen Studium gar nicht so schlau daherreden.«

Touché.

Sie blättert auf die nächste Seite der *Süddeutschen*.

Das Krokodil ist jetzt jedenfalls endgültig weg vom Fenster, der Kasperl hat gewonnen und ich habe schlechte Laune. Ich mache den Fernseher aus, stelle die Kaffeetasse ab und gehe aufs Klo.

»Maaamaaa!«

Hanna hat einen Instinkt dafür, immer dann nach mir zu rufen, wenn ich auf der Schüssel sitze.

»Ja gleich!«, sage ich durch die geschlossene Tür.

»Maaamaaa!«

»Ich sitz auf dem Klo!«

»Maaamaaa!«

Ich seufze und ziehe die Unterhose hoch.

»Maaamaaa!«

Als ich die Tür öffne, steht Hanna im Schlafanzug vor mir, die Hände in die Hüften gestemmt, die weichen Haare zu einem Nest auf ihrem Hinterkopf verzwirbelt.

»Gestern war im Kindergarten Opa-Tag. Alle Kinder hatten einen, nur ich nicht. Warum habe ich keinen Opa?«

»Was?« Ich huste.

»Hast du dir überhaupt die Hände gewaschen?« Hanna schaut mich skeptisch an.

»Ja«, lüge ich, und sie nickt zufrieden.

»Warum habe ich keinen Opa?«, fragt sie noch mal.

»Äh ... Klar hast du einen Opa. Den Opa Ludwig.«

»Der ist tot. Ich meine den anderen, von dir. Die anderen Kinder haben alle zwei Opas. Einen von der Mama und einen vom Papa.«

»Jeder hat zwei Opas. Du kennst den anderen nur nicht.«

»Und warum?«

»Weil ich ihn auch nicht kenne.«

Hanna zieht ihre dichten Augenbrauen zusammen, sodass sich über ihrer Nasenwurzel ein winziges Fältchen bildet, das ihr mit ihren fünf Jahren einen putzigen Ernst verleiht. »Aber mein Opa ist doch dein Papa. Und den kennst du nicht?«

Ich schüttele den Kopf.

»Ich wäre aber traurig, wenn ich meinen Papa nicht kennen würde.«

Ich schlucke und presse die Lippen zusammen.

»Aber die Oma muss ihn doch kennen.«

»Klar.«

»Warum fragst du sie nicht?«

»Hab ich.«

»Und?«

16

»Sie will es mir nicht sagen.«

Hanna wechselt ihren zerknautschten Stoffhasen von der rechten in die linke Hand. »Aber ich will´s wissen.«

»Ich auch.«

»Dann frag *ich* sie.«

Ich küsse sie auf die Stirn, sie riecht süß nach Schlaf und ich drücke sie an mich. »Mach das, aber nicht jetzt. Papa holt dich gleich ab. Zieh dich mal an.«

Sie flitzt die Treppe nach oben.

Meine Tochter heißt Johanna, aber ich nenne sie entweder Hanna oder Mucki. Ich hätte ihr gerne einen italienischen Namen gegeben, doch das wollte mein damaliger Freund nicht. Und ich blöde Nuss habe auf ihn gehört, schließlich war er ja der Vater. Jetzt nenne ich ihn nur noch den Erzeuger. Er verschwand kurz nach Hannas Geburt aus meinem Leben, dieses Familiending sei einfach nicht seins, hat er gesagt. Er müsse sich noch ausleben, verwirklichen, der ganze Kram eben. Verwirklichen! Dass ich nicht lache. Er ist der Typ, der das Auto so besetzt, dass die Reifen gleichmäßig abgefahren werden. Und sein wildestes Abenteuer ist es, am Samstagvormittag mit dem Aufsitztraktor durch den Garten zu tuckern.

Eine Hupe ertönt, ich zucke zusammen, schaue aus dem Fenster und mir schießt direkt das Blut in den Kopf. Natürlich ist er das. Wer sonst würde am Sonntagmorgen einfach in der Gegend rumhupen?

»Hanna, dein Papa ist da!«, rufe ich nach oben.

Sie kommt die Treppe herunter, und bevor ich noch die Haustür öffnen kann, plingt schon mein Handy.

Eine SMS von ihm:

Warum ist Hanna noch nicht fertig?!?

Meine Güte. Ich verdrehe die Augen. Dann begleite ich Hanna vor bis zur Straße, zwischen blühenden Pfingstrosen, Akelei und viel zu hohem Gras durch, das der Erzeuger bestimmt abfällig gemustert hat. Wortlose Übergabe, ich drücke Hanna noch einen Kuss auf den Scheitel. Er bleibt die ganze Zeit über in seinem blank geputzten SUV sitzen, schaut absichtlich nach vorne und wartet, bis ich endlich die Autotür zuwerfe.

Als ich zurück ins Haus komme, steht meine Mutter am Fester. »Alles Hosenbiesler, diese Mannsbilder«, knurrt sie. »Erst halten sie ihren Schwanz überall rein, und wenn´s ernst wird, schrumpelt er ihnen ganz schnell zusammen, bis er sooo winzig ist.« Sie zeigt mit Daumen und Zeigefinger die Größe einer Ameise an. »Und dann sind sie weg. Mit einer ganz, ganz leeren Hosen.«

»Mitzi!«

»Ist doch wahr. Aber wir Frauen halten zam, wir kriegen die Hanna schon groß. Und dein Studium holst du halt nach. Wie schaut´s denn damit eigentlich aus?«

Ich antworte nicht. Warum kommt heute bloß jedes unangenehme Thema auf den Tisch, das es in meinem Leben gibt, aber auch wirklich jedes?

»Ich meine, die Hanna ist doch vormittags im Kindergarten, und am Nachmittag könnte ich auf sie aufpassen. Ich baue mit ihr Staudämme und wir malen zusammen die Fenster mit Fingerfarben an. Des wär doch schön. Und du könntest in Ruhe studieren.«

»Und meine Arbeit als Fotografin?«

»Arbeit!«, äfft sie mich nach. »Des ist doch nur ein Hobby.«

»Und mein Job in der Eisdiele?«

Sie verdreht die Augen. »Kellnerin. Und dann mitten unter diesem ... diesem ganzen Gschwerl.«

»Vergiss nicht, dass ich Halbitalienerin bin.«

Sie winkt ab. »Du könntest viel mehr aus deinem Leben machen.«

»Da spricht die Richtige.«

»Wie meinst du jetzt des?«

»Hallo? Malerin und Großerbin? Sehr anstrengender Job. Du hast doch noch nie wirklich arbeiten müssen. Nicht mal in einer Eisdiele.«

Sie stemmt die Hände in die Hüften. »Des ist etwas ganz anderes. Ich bin schließlich eine Künstlerin.«

»Ich auch.«

»Aber ich verdiene Geld mit meinen Bildern.«

Peng, Treffer, versenkt.

Am liebsten würde ich mit dem Fuß aufstampfen, aber ich höre mich sowieso schon an, wie ein trotziges Kind. Also knurre ich nur: »Ich gehe jetzt fotografieren. Wirst schon sehen, dass ich meine Bilder irgendwann verkaufen kann.«

Mit hoch erhobenem Kopf rausche ich aus der Küche.

Lucia

Die Alpenkette hebt sich glasklar vom Himmel ab, der Föhn schärft alle Konturen und es ist viel zu warm für Ende Mai. Migränewetter. Aber ein irres Licht. Ich spüre ein feines Ziehen hinter meinen Schläfen. Bitte nicht auch noch Kopfschmerzen. Das hätte mir gerade noch gefehlt, ich muss nachher in die Eisdiele. Sonntagnachmittag bei schönem Wetter, da steppt der Bär, und Mario braucht Unterstützung auf der Terrasse.

Ich suche das Weitwinkel-Objektiv aus meiner Fototasche und schraube es auf die Kamera. Dann lasse ich meinen Blick schweifen, um ein Motiv zu finden. Meine Augen wandern über das dunkle Wasser des Ammersees. Was ist das? Ich starre auf die Wasseroberfläche, kneife die Augen zusammen. Da ist doch was. Mein Blick verschwimmt. Die kleinen, hektischen Wellen des Sees werden zu großen, sanften Wogen. Das sizilianische Meer?

Da ist sie. Erst gleiten ihre Umrisse unter der Oberfläche entlang, dann bricht ihr Kopf mit den langen dunklen Haaren durch das Wasser. Sie schwimmt auf mich zu, schließlich steht sie auf. Das Wasser reicht ihr bis zum Bauch und an ihrem Körper klebt das weiße Nachthemd, das ich als Kind hatte. Das trägt sie immer noch, obwohl sie auch fünfundzwanzig ist.

Ciao Lucia, flüstere ich in Gedanken, setze mich im Schneidersitz auf die Kieselsteine und lege die Kamera in meinen Schoß. *So ein Scheißtag.* Sie schaut mich an, mit ihrem milden Blick und lächelt. Sie sieht genauso aus wie ich, bis auf die Haare. *Mitzi ist mal wieder in Hochform, Berlusconi wurde wiedergewählt und der Erzeuger ist sowieso ein Arsch.* Ich seufze. *Außerdem hat Hanna nach ihrem Opa gefragt. Weißt du, ich würde ihn so gerne kennenlernen. Manchmal frage ich mich, ob du unseren Vater kennst.* Nickt sie, oder bilde ich mir das ein? *Vielleicht lebst du ja sogar bei ihm.* Ich beobachte ihr Gesicht genau, aber sie lächelt nur immer weiter ihr sanftes Lächeln, dann verblasst sie und ist weg.

Ich weiß, dass sie nicht tot ist. Lucia ist ein Teil von mir. Ich sehe sie oft, in meinen Träumen, aber auch tagsüber, wenn es mir nicht gut geht. So wie jetzt. Dann kommt sie zu mir. Ich weiß nicht genau, wie sie das macht. Sie taucht einfach in meinem Kopf auf und ich sehe sie, ohne sie zu sehen, und höre sie, ohne sie zu hören. Ich glaube, das ist so ein Zwillingsding.

Als ich klein war, habe ich meiner Mutter ein paar Mal davon erzählt, aber sie ist jedes Mal traurig geworden, also habe ich damit aufgehört. Wenn es um Lucias Tod geht, ist sie noch schweigsamer als bei meinem Vater. Da flucht sie nicht mal mehr, da herrscht nur noch eine Stille, die die ganze Luft um sie herum einsaugt wie ein Vakuum. Manchmal glaube ich, meine Mutter erstickt an ihrer eigenen Einsamkeit.

Sonst weiß niemand davon, dass ich Lucia sehe, sie ist mein Geheimnis. Die Leute würden mich für verrückt erklären, wenn ich ihnen erzähle, dass ich so eine Art telepathischen Kontakt zu meiner Schwester habe. Aber ich habe viel über Zwillingsforschung gelesen und es ist nun mal so, dass getrennt lebende, eineiige Zwillinge genauso viele Übereinstimmungen haben wie solche, die zusammen aufgewachsen sind. Es gibt da diesen verrückten Fall aus Ohio. Jim Lewis und Jim Springer, Zwillingsbrüder, die wenige Wochen nach ihrer Geburt von unterschiedlichen Paaren adoptiert wurden, haben neununddreißig Jahre lang nichts voneinander gewusst. Als sie sich wiedertrafen, stellten sie fest, dass beide die gleiche Zigarettenmarke rauchten, das gleiche Bier tranken und den gleichen Wagen fuhren. Sie hatten beide zwei Mal geheiratet, und zwar jeweils erst eine Linda und dann jeder eine Betty. Ihre Söhne hießen Alan und James Allan, ihre Hunde hießen beide Toy. Im Nebenberuf arbeiteten die Brüder als Hilfssheriffs und in ihren Gärten stand jeweils ein Baum auf dem Rasen, und darunter eine weiße Bank.

Da kann mir doch niemand erzählen, dass es keine besondere Verbindung zwischen Zwillingen gibt. Welche Gemeinsamkeiten haben wohl Lucia und ich? Vielleicht hat sie auch eine Tochter, die Hanna heißt? Eher unwahrscheinlich in Italien, aber Anna könnte zum Beispiel sein.

Ich streiche mir mit der flachen Hand über das Gesicht, nehme die Kamera aus meinem Schoß und stehe auf. Lucia ist weg, und das Licht auch. Die einzigen fünf Schäfchenwolken am Himmel haben sich genau vor der Sonne gruppiert. Heute ist wirklich ein Scheißtag.

Meine Schuhe knirschen im Kies. Ich schlendere am Ufer entlang, betrachte die moosigen Baumwurzeln, die in den See hineinwachsen. Ein spannungsreiches Motiv.

Die Verbindung von Land und Wasser, von Bewusstsein und Unterbewusstsein, von Lucia und mir. Ich knie mich hin, fotografiere von unten. Dann klettere ich auf den ersten Ast und mache Bilder von oben.

Mein Handy plingt und ich springe vom Baum herunter. Mist. Ich habe völlig die Zeit vergessen. Mario hat mir geschrieben.

Dove sei? Wo bist du?

Ich jogge los. Zum Glück ist es nicht weit bis zur Eisdiele. Alle Tische sind besetzt und Mario jongliert hohe, bunte Eisbecher zwischen den Gästen herum. Ich winke ihm zu und laufe hinein, um mir die Schürze mit der Aufschrift *Gelateria al Lago* umzubinden.

»Ciao Linda, super, dass du heute helfen kannst«, ruft Maria hinter der Kaffeemaschine hervor. Eine Haarsträhne klebt ihr in der Stirn. Ihr Gesicht ist ganz rot, aber sie strahlt. Aus dem CD-Player dudeln italienische Schlager, die Gäste lachen, die Sonne funkelt auf dem See. Die *gelateria* ist mein kleines, privates Italien und für ein paar Stunden bin ich glücklich.

Erst abends, als der Erzeuger mich wieder zur wortlosen Übergabe herhupt, kehrt der Klumpen aus Ärger und Traurigkeit zurück, den ich schon heute Vormittag in meiner Brust hatte. Er wartet, bis ich Hanna die Tür geöffnet habe, dann heult der Motor auf und die Rücklichter seines Autos hinterlassen eine rote Spur auf meinem Herzen.

Was ist heute nur los mit mir? Sogar der Erzeuger macht mich sentimental. Dabei hatte ich mich doch so gut damit arrangiert, dass es in meinem Leben keinen Vater, keinen Ehemann und nur eine telepathische Schwester gibt. Uns geht es doch gut in unserer Frauen-WG.

Ich umarme Hanna. »Wie war´s?«

»Toll«, ruft sie. »Wir waren in München im Tierpark. Da gibt es ein Affenbaby.« Sie rennt an mir vorbei ins Haus.

Ich seufze. Erst der Berlusconi, und dann auch noch Hanna mit der Frage nach ihrem Opa. Mit einem Ratsch hat sie die alte Kruste abgerissen, auf der all die Jahre dickes Pflaster geklebt hat und ich fühle die Schrammen und Kratzer auf meiner Seele wieder. Gleichzeitig füllt sie mit ihren roten Backen und dem nussigen Duft ihrer Haare meine Leerräume mit Glück auf, mit Geborgenheit und Familie, und ich will immer mehr davon. Das ist genau wie mit Tomatensoße. Ich nehme noch einen Teller, obwohl ich schon satt bin, und ich will ein noch wärmeres Nest, in dem ich meine Brut vollglucken kann.

»Hast du Hunger?«, frage ich sie. »Es gibt Nudeln.«

»Lecker!«

Nach dem Abendessen lade ich die Fotos vom See auf den Computer. Sie sind besser geworden, als ich dachte. Das Schäfchenwolkenlicht hat die scharfen Umrisse abgemildert, sie sehen weicher aus, und die Wölkchen spiegeln sich im Wasser. Ein Poltern reißt mich aus meiner Arbeit, ich fahre vom Schreibtisch hoch und drehe mich um.

»Was fällt dir ein, die Hanna da mit reinzuziehen?« Meine Mutter hat sich nicht die Mühe gemacht anzuklopfen. Sie steht schon mitten im Raum, rote Flecken überziehen ihren Hals und ihre Leinenbluse zittert über dem mächtigen Busen.

»Ehm ... Hallo?«

»Über diesen ... diesen Saukrüppel verliere ich kein Wort, dass des fei klar ist!«

Alles klar. Hanna hat sie also nach ihrem Opa gefragt.

»Ein Unhold ist er, ein Wüstling, ein Schwerenöter«, keift Mitzi weiter. »Dass du dich nicht schämst. Deine Tochter vorzuschicken, weil du dich selber nicht traust.«

»Spinnst du? Sie hat mich nur nach ihrem Opa gefragt, und da hab ich ihr halt gesagt, dass ich nichts über ihn weiß. Wahrheitsgemäß.«

»Warum hast du des gesagt?«

»Weil es stimmt?« Ich hebe die Hände. »Du sagst doch immer, man muss über alles reden, das einen umtreibt, weil man Bauchweh und Blähungen bekommt, wenn man etwas Schlechtes in sich reinfrisst. Jetzt lass uns halt mal ...«

»Darüber nicht! Da kommt das Bauchweh erst, wenn man drüber redet, und Bauchweh hab ich schon genug gehabt, wegen diesem ... diesem glutäugigen Witwentröster!«

»Glutäugiger Witwentröster?« Ich muss grinsen.

»Brauchst gar nicht so deppert lachen.«

»Aber Hanna hat ein Recht darauf ...«

»Jetzt schiebst du sie schon wieder vor.«

»Okay, also ich habe ein Recht darauf ...«

»Recht, Recht ... Des ist wie bei deinem Berlusconi.«

»Meinem Berlusconi?« Ich stehe auf und stemme die Hände in die Hüften. »Was soll jetzt das heißen?«

Sie winkt ab. »Des verstehst du eh nicht. Und überhaupt. Schweigen ist manchmal die beste Antwort. Des hat fei der Dalai Lama gesagt.«

»Aber Hanna ...«

»Obacht! Lass mir bloß die Hanna aus dem Spiel!«

»Sag mir wenigstens, ob er noch lebt.«

»Keine Ahnung.« Sie hebt die Hände. »Und ich will des auch gar nicht wissen. Wegen mir kann er in der Hölle schmoren, oder im rülpsenden und furzenden Krater des Ätna. Und zwar qualvoll!«

»Mitzi!«

»Ist doch wahr. Aber des Universum vergisst nichts, des sag ich dir fei, und er wird seine gerechte Strafe schon noch bekommen, weil der nämlich ein ganz beschissenes Karma hat!« Mit wehendem Schal verlässt sie den Raum.

»Kann es sein, dass du gerade davonläufst? Immer alles zu Ende diskutieren und so?«, rufe ich ihr hinterher.

Sie knallt die Tür.

»Ich habe aber Bauchweh!«, schreie ich die Wand an.

Ich tigere durchs Zimmer. Es ist immer dasselbe, ich bekomme einfach nichts aus ihr heraus. Um mich abzulenken, schalte ich den Fernseher an. Werbung. In den Spots sind die Menschen immer dünn und können backen. Ich hasse backen, und dünn bin ich auch nicht. Ich zappe weiter. Ah, das ist besser. Ein bisschen Reality-Trash. Da habe ich gleich das Gefühl, dass mein Leben doch ganz schön ist, auch als vaterlose Alleinerziehende, die sich mit fünfundzwanzig Jahren noch von ihrer Mutter drangsalieren lässt. Trash funktioniert immer. Schon wieder Werbeunterbrechung. Jetzt bloß keine

Hausfrauen, die glücklich über ihr neues Putzmittel sind. Lieber weiterschalten. Eine Doku über Flüchtlinge. Auch das noch. Ich bin heute eh dünnhäutig, das ertrage ich jetzt nicht. Mein Zeigefinger liegt schon auf der Channel-Taste, da halte ich inne. Es geht um Sizilien.

»Bis Mai sind bereits über zehntausend Bootsflüchtlinge in Süditalien angekommen«, sagt der Sprecher. »Und für die Sommermonate werden noch deutlich mehr Boote erwartet. Im letzten Jahr sind fast zweihunderttausend Menschen illegal aus Nordafrika übergesetzt.«

Zweihunderttausend Menschen! Das sind zehn Mal alle Einwohner von Dießen. Bilder von zusammengedrängten Menschen flackern über den Bildschirm, viel zu viele Leute für die Holzboote, die nicht wirklich seetüchtig aussehen. Die Decks quellen über. Da sind auch Kinder dabei, die von ihren Eltern allein auf die Reise geschickt werden, sagt der Sprecher. In meinem Hals bildet sich ein Klumpen, der sich nicht wegschlucken lässt.

Das ist mir jetzt eindeutig zu viel Reality. Vielleicht sollte ich doch lieber umschalten. Aber ich schaffe es nicht. Wie groß muss die Verzweiflung dieser Eltern sein, damit sie ihre Kinder auf so einem wackeligen Kahn hinaus aufs Meer schicken? Ich stelle mir vor, wie ich Hanna in ein solches Boot setze, und wische mir eine Träne von der Wange. Diese Kinder werden ihre Eltern nie wiedersehen.

Und wie ich so auf den Bildschirm starre, wird mir etwas klar. Die Menschen auf diesem Boot haben keine andere Chance. Ich hingegen kann einfach in ein Flugzeug steigen, nach Sizilien fliegen und meinen Vater suchen. Ich meine, nicht nur halbherzig im Internet herumrecherchieren, sondern richtig suchen. So, dass ich ihn auch finde.

Die Wahrheit ist, ich habe es so verdammt viel besser als diese Leute, und ich mache nichts daraus. Rein gar nichts. Ich sitze nur rum, jammere über mein verkorkstes Leben, streite mit meiner Mutter und dem Erzeuger und mache irgendwelche Fotos, die keiner sehen will. Manchmal kann ich mich selbst nicht ausstehen. Echt nicht.

Ich schalte den Fernseher aus und schaue auf den See. Und wenn ich es einfach tue? Mein Magen beginnt zu kribbeln. Das kann doch nicht so schwer sein. Ich muss nur endlich herausfinden, in welchem Ort mein Vater wohnt. Verdammt noch mal, ich ziehe das jetzt durch. Hanna ist im Kindergarten und meine Mutter wollte mit ihren Freundinnen auf einen Prosecco. Das ist die Gelegenheit. Sie muss doch irgendwelche Unterlagen über ihre Zeit in Sizilien, über meinen Vater oder über meine Geburt haben. Und die werde ich jetzt finden.

Zur Sicherheit rufe ich in den Flur hinein: »Mitzi?« Keine Antwort. Auch im Wohnzimmer ist sie nicht. Ich steige die Treppe zu ihrem Atelier hoch und klopfe. »Mitzi?« Nichts. Die Luft ist rein.

Ich öffne die Tür und betrete ihr Zimmer. Obwohl ich allein bin, schleiche ich auf Zehenspitzen. Blöd eigentlich. Wahrscheinlich, weil ich weiß, dass es das Schlimmste ist, was ich meiner Mutter antun kann, wenn ich heimlich in ihrer Privatsphäre rumschnüffle. Vertrauensbasis und so.

Mein Mund ist trocken. Auf dem Tisch steht eine Weinflasche, ich nehme sie hoch, aber sie ist leer. Dann ziehe ich die erste Schreibtischschublade auf, erst zögerlich, doch sobald die Hemmschwelle einmal überwunden ist, krame ich hektisch drauf los. Nur Rechnungen und Papierkram. Ein Tütchen mit irgendwelchen Kräutern. Ich rieche hinein und verziehe das Gesicht. Marihuana. Und da sind auch Tabak, Filter und Papierchen. Aber keine Unterlagen über mich. Ist eigentlich klar. Natürlich lässt meine Mutter ihre Geheimnisse, die sie seit Jahrzehnten vor mir versteckt, nicht in der erstbesten Schublade herumliegen.

Ich sehe mich um. Öffne ihren Kleiderschrank, schiebe die Leinenblusen und die bunten Kaftane auseinander. Dann hüpfe ich ein paar Mal hintereinander hoch, um einen Blick auf das oberste Fach zu erhaschen. Ganz hinten sehe ich eine Schachtel. Ich springe, so hoch ich kann und versuche, danach zu greifen, erreiche sie aber nicht.

Unten geht die Tür auf. Ich höre den Schlüssel klappern. Scheiße. Soll ich meine Suche abbrechen? Nein, auf keinen Fall. Wenn sie merkt, dass ich in ihrem Zimmer war, wird sie sämtliche Unterlagen, die es vielleicht noch gibt, vernichten. Ich muss etwas finden, und zwar jetzt.

Ich hole einen Stuhl, klettere hinauf, fast stürze ich in der Eile wieder ab, fange mich gerade noch. Dann zerre ich an der Schachtel. Als sie mir endlich entgegenkommt, springe ich damit vom Stuhl und reiße den Deckel auf. Schnell jetzt.

Ich höre, wie meine Mutter unten herumläuft und summt. In der Küche gurgelt die Kaffeemaschine los. Fotos. Briefe. Ich krame hektisch, ziehe von ganz unten ein Kuvert heraus. Absender: *Gaetano Inguanta*. Mein Herz beginnt zu hämmern. Ein Brief von meinem Vater. Er ist adressiert an Carmelinda Inguanta. Das bin ich.

»Himmiherrschaftszeitensakramentfixhallelujanochamal!«

Ich fahre herum.

»Was tust du da?«

Meine Mutter steht im Türrahmen wie ein dystopischer
Racheengel mit Feuerkranz um den Kopf, und die Wut
lodert nur so aus ihrem Gesicht. Sie stürmt auf mich zu
und reißt mir den Brief aus der Hand.

Papierfetzen im See

»Was hast du in meinen Sachen zu suchen?« Die Wut-
flammen lodern immer wilder um Mitzis Kopf.

Jetzt geht es nur noch vorwärts, mit dem Kopf durch
die Wand, um sie endlich aus der Reserve zu locken. »Ich
habe gerade Flugtickets nach Sizilien gekauft, für Hanna
und mich.« Eiskalt gelogen. Aber die Worte verfehlen
ihre Wirkung nicht.

»Du hast was?« Das Feuer brennt lichterloh. »Auf
keinen Fall. Du wirst Hanna nicht in diesen Mafiapfuhl
verschleppen.«

»Mafiapfuhl? Spinnst du?«

»Ich weiß fei, wie es ist, ein Kind zu verlieren, und ich
weiß auch, wie schnell des in Sizilien geht.«

Ich starre sie an. »Was soll das heißen?«

Sie presst den Brief an die Brust, das Papier ist schon
ganz verknittert. »Nix.«

»Ich dachte, Lucia ist bei meiner Geburt gestorben?«

»Ist sie auch.«

»Ich glaub dir kein Wort.«

»Du fliegst nicht dort hin, und Hanna schon gleich dreimal nicht.«

»Dort! Du kannst nicht mal den Namen aussprechen.
Sizilien. Da bin ich geboren, verstehst du? Das sind
meine Wurzeln. Und dort«, mein Zeigefinger schnellt

vor, »dort werde ich jetzt meinen Vater suchen. Und meine Schwester. Ob es dir passt oder nicht. Besuche jedes Jahr einen Ort, den du noch nicht kennst. Das ist auch vom Dalai Lama. Und du sagst mir jetzt, wo mein Vater lebt.«

»Mei, in irgendsoeinem ausgeglühten Kaff halt.«

»Den Namen!«

»Nein.«

»Gib mir den Brief. Das ist meiner. Er ist an mich adressiert.«

»Niemals!« Sie reißt das Papier einmal in der Mitte durch, und dann noch einmal.

»Spinnst du?« Ich springe auf sie zu und versuche, ihr die vier Stücke zu entreißen, doch sie ist schneller, hechtet zum Fenster und wirft die Papierfetzen hinaus. Fassungslos sehe ich zu, wie der Föhnwind die Schnipsel meiner Identität fortträgt und sie sanft auf der Oberfläche des Sees landen. »Du!« Mehr fällt mir nicht ein. Meine Arme hängen nutzlos an mir herab und ich schnappe nach Luft. »Ich packe jetzt.«

»Ach geh, du kannst ja nicht mal Italienisch!«

»Kann ich wohl! Ich mache seit Jahren Italienischkurse und schaue jeden italienischen Film an, den ich im Original kriegen kann. Das weißt du nur nicht, weil ich dir so was nämlich nicht sage. Außerdem haben sie mich in der Eisdiele nur genommen, weil ich Italienisch kann. Und ich fliege sehr wohl nach Sizilien. Nur dass du´s weißt.« Dann stürme ich an ihr vorbei.

»Des kriegst du doch gar nicht auf die Reihe!«, schreit sie mir hinterher.

Diesmal knalle ich die Tür.

Vor der Kommode im Flur halte ich inne. So. Jetzt reicht es mir. Endgültig. Ich bin erwachsen, ich muss mich nicht mehr von meiner Mutter herumkommandieren lassen. Und ich werde ihr jetzt beweisen, dass ich das sehr wohl auf die Reihe kriege. Ich blättere in dem zerfledderten Branchenbuch, das Mitzi dort hütet, seit ich denken kann. Nichts geht über regionale Unternehmen und persönliche Kontakte, sagt sie immer. Ich habe noch nie einen Flug gebucht, besser ich rufe im Reisebüro an. Ich nehme den Telefonhörer ab, meine Hand zittert vor Wut, und ein bisschen auch vor Angst.

»Hier ist der automatische Anrufbeantworter ...«

Scheiße, es ist ja Sonntag.

»Guten Tag, Linda Reimann hier, ich möchte einen Flug nach Sizilien buchen. So bald wie möglich. Meine Nummer ist ...«

Ich lege auf, atme tief durch und nehme eine angebrochene Flasche Prosecco aus dem Kühlschrank. Er schmeckt abgestanden, beruhigt mich aber trotzdem ein wenig.

Ich tue es jetzt einfach.

Als dieser Gedanke klar hinter meiner Stirn steht, löst sich meine Wut langsam auf und macht Platz für eine kribbelige Aufregung. Ich schenke mir noch ein Glas ein, schaue auf den See und träume ein wenig vor mich hin, von bunten Häuschen, die sich an einer mit Kaktusfeigen bestandenen Küste drängen, vom funkelnden Sternenhimmel und dem Mondlicht, das sich auf den Wellen bricht. Ja, so stelle ich mir Sizilien vor.

Ich werde sie beide finden, Lucia und meinen Vater. Und meinen Entschluss habe ich einem ganz bestimmten

Menschen zu verdanken. »Danke, Silvio.« Ich proste dem Fernseher zu.

Er ruft gleich am nächsten Morgen an. Der Typ vom Reisebüro natürlich, nicht Silvio Berlusconi.

»Frau Reimann?«

»Ja, Linda Reimann.«

»Sind Sie etwa mit der Reimann verwandt? Mit der berühmten Malerin?«

»Das ist meine Mutter.«

»Toll! Und Sie wollen nach Sizilien fliegen?«

»Ja.«

»Zu zweit?«

»Genau. Ein fünfjähriges Kind und ich.«

»Und Ihre Mutter?«

»Nein, ohne meine Mutter.«

»Oh, ach so. Verstehe.« Er seufzt enttäuscht. »Palermo oder Catania?«

»Egal.«

»Welcher Flughafen liegt näher an Ihrem Urlaubsort? Wo wollen Sie denn hin?«

»Ich weiß nicht ...«

»Ich hätte da ein tolles Angebot in einem Club in Taormina, mit Pool und Kinderbetreuung.«

»Ich mache eine Individualreise.«

»Na gut.« Er überlegt kurz. »Ich buche Ihnen Catania.«

Nicht noch einer, der mir sagt, was ich tun soll. »Ich nehme Palermo.«

Er seufzt. »Und wann wollen Sie fliegen?«

Jetzt wird es ernst. Ich hole tief Luft und kneife die Augen zusammen. »So bald wie möglich.«

»Warten Sie ...« Ich höre ihn auf der Tastatur seines Computers herumtippen und in den Hörer schnaufen. »Am Dienstag um 9 Uhr wären noch zwei Plätze im Flugzeug frei.«

»Aber das ist ja schon ...«

»Morgen.«

Plötzlich fühle ich mich doch nicht mehr so sicher. Will ich das wirklich? Allein mit Hanna? Ohne irgendeinen Anhaltspunkt? Ohne zu wissen, was uns dort erwartet? Wen oder was wir in Sizilien finden? Und ob überhaupt?

»Ich nehme den Flug!«

Er seufzt wieder. »Na gut. Und wann geht´s zurück?«

»Keine Ahnung. Hören Sie, buchen Sie mir einfach den Flug, okay?«

Kurze Stille in der Leitung. Dann: »Brauchen Sie auch einen Mietwagen?«

Stimmt, darüber habe ich noch gar nicht nachgedacht. »Ja.«

»Für wie lange?«

Der Typ geht mir gehörig auf die Nerven. »Ich hab doch schon gesagt, ich weiß es nicht. Ein einfacher Flug. Ohne Rückflug. Das kann doch nicht so schwer sein.«

Der Mann seufzt wieder, und so langsam frage ich mich, ob er überhaupt noch Luft in sich drin hat, so viel wie er ausseufzt. »Also gut, ich buche Ihnen den Miet-wagen jetzt mal für eine Woche. Sie können ihn direkt vor Ort verlängern. Und Sie können die Tickets heute noch abholen.«

»Na also.«

Dann rufe ich in der Eisdiele an und berichte Maria von meinem Plan.

»*Che bello!*«, ruft sie ins Telefon. »Du musst unbedingt deine italienische Familie kennenlernen. Klar kriegst du Urlaub.«

Auch Hanna ist begeistert. »Echt? Wir besuchen meinen Opa?« Ich habe sie gerade aus dem Kindergarten abgeholt und sie hüpft durch die Küche. Dann setzt sie sich hin und schaufelt ihre Spaghetti in sich hinein. »Jeden Tag Nudeln?«

Ich lache. »Jeden Tag.« Möglicherweise habe ich sie in Sachen Pasta ein wenig geprägt.

Nach dem Essen packen wir gemeinsam unsere Reisetaschen. Der rosa Stoffhase mit dem einfallsreichen Namen *Hasi* muss natürlich auch mit.

»Und, welche italienischen Wörter kannst du alle?«, frage ich sie. Seit sie klein ist, lasse ich sie immer italienische DVDs gucken und rede oft Italienisch mit ihr, aber nur, wenn wir allein sind. Meine Mutter will davon nichts hören. »Diese saugreislige Sprache«, hat sie einmal gefaucht, »lass doch wenigstens des Kind damit in Ruh.« Aber ich habe nicht lockergelassen, und jetzt zählt mir Hanna auf: »*Buon giorno, buona sera, grazie, prego, bello.*«

»Du bist schon eine richtige kleine Sizilianerin«, sage ich zu ihr und sie strahlt mich an.

Meine Mutter lässt sich den ganzen Tag nicht blicken. Bestimmt hat sie sich in ihrem Atelier eingeschlossen und hofft, dass ich nach ihr sehe. Doch darauf kann sie lange warten. Ich brauche sie nicht. Irgendwie werde ich meinen Vater schon finden. In meinem Ausweis steht als Geburtsort Agrigent, dort fange ich mit meiner Suche an. Wahrscheinlich lebt mein Vater in irgendeinem Dorf dort in der Nähe. Heißt es nicht, dass in Sizilien jeder jeden kennt? Das wird schon klappen. Irgendwie.

Lucia steht im Dunklen an einem Strand und schaut aufs Meer, schlendert im weißen Nachthemd durch die Brandung. Der Stoff saugt sich voll, das Gewand wird immer länger und ihre Schritte schwerer. Ihre Haare wehen im Wind. Sie kann doch jetzt nicht ins Meer gehen. Gerade jetzt, wo ich komme, um sie zu suchen. Ich will nach ihr rufen, doch ich bringe keinen Ton heraus. Ich kann auch nicht zu ihr laufen, denn ich bin nicht mit ihr an dem Strand, ich liege in meinem Bett in Bayern. Sie hat mich aber auch gespürt, denn sie dreht sich zu mir um, kommt wieder zurück auf den Strand und winkt. Dann wache ich auf. *Ich komme zu dir*, denke ich, als mein Bewusstsein wieder aus dem Traum auftaucht. Er hat ein warmes Gefühl in meinem Bauch hinterlassen. Jetzt weiß ich, dass es richtig ist, nach Sizilien zu reisen. Mit dem sicheren Gefühl, dass ich meine Schwester bald finden werde, drehe ich mich um, rolle mich unter der Decke ganz klein zusammen und döse wieder weg.

Am nächsten Morgen erscheint meine Mutter nicht zum Frühstück. Aber das schlechte Gewissen hat sie wohl umgetrieben, denn sie hat mir auf dem Küchentisch eine Überraschung hinterlassen. Auf meinem Platz klebt ein Post-it.

Santa Lucia del Monte

Das muss der Name des Ortes sein, in dem mein Vater lebt. Ich schiebe den gelben Zettel in die Rücktasche meiner Jeans. Meine Hand zittert, und mein Herz auch.

Flirrender Asphalt

Unter uns taucht eine von Bergen umrahmte, goldschimmernde Bucht auf. Die Spielzeughäuschen werden größer und schließlich fliegen wir auf eine Großstadt aus zusammengewürfelten Wohnblocks zu. Je näher wir Palermo kommen, desto hässlicher wird die Stadt. Im Hafen liegen rostige Containerschiffe. Baukräne ragen in den Himmel. Trotzdem sagt Hanna »*bello*« und drückt sich die Nase an dem kleinen Fenster platt.

Das Flugzeug sinkt, fliegt aber immer noch über dem Meer. Jetzt kann ich den Flughafen erkennen. Endlich haben wir auch Boden unter uns und kein Wasser mehr. Die Landebahn sieht allerdings verdammt kurz aus. Der Flieger kommt schief auf, macht zwei, drei Sätze, bis der Pilot bremst, was das Zeug hält. Ich greife nach Hannas Hand, halte die Luft an, die Bremsen kreischen und es stinkt nach verbranntem Gummi. Das Flugzeug schlingert, wird langsamer und rollt über die Landebahn. Ich atme auf. Die Passagiere brechen in Applaus aus und pfeifen, auch Hanna klatscht in die Hände und lacht. Die ganze Anspannung fällt von mir ab und ein freudiges Kribbeln macht sich in meinem Magen breit.

»Willkommen in Sizilien, Mucki.« Ich küsse sie auf den Scheitel.

Als wir auf die Treppe hinaus treten, blendet mich die helle Mittagssonne. Ich atme heißen Wind ein. Erst denke ich, er kommt aus den Turbinen, doch dann merke ich, dass er nach Salz schmeckt. Das Meer glitzert royalblau. Ich würde gerne innehalten, um Sizilien noch etwas tiefer einzuatmen, doch die anderen Passagiere drängen mich weiter. Zu Fuß gehen wir über das Rollfeld, der Asphalt flirrt.

»Mama, hier sind hundert Grad«, sagt Hanna und schirmt die Augen gegen das gleißende Licht ab.

Auf dem weißen, einstöckigen Gebäude prangt die Aufschrift *Aereoporto Internazionale di Palermo – Falcone e Borsellino*. Da klingelt etwas. *Mafiapfuhl* hat meine Mutter gesagt. Ja genau, das böse M-Wort. Über Giovanni Falcone und Paolo Borsellino haben wir im Italienischkurs geredet, ich glaube, es waren zwei Richter aus Palermo, die in den Achtzigerjahren gegen die Mafia gekämpft haben und durch Bomben-Attentate getötet wurden. Mafia rauf, Mafia runter, das ist das Einzige, was wir über Sizilien gelernt haben. Ich schlucke und halte Hannas Hand gleich noch etwas fester.

Wir gehen durch die Ankunftshalle, bis wir das Gepäckband finden, über dem in orangefarbenen Lettern blinkt: *Monaco - Munich – Monaco*. Es steht noch still. Ich schalte mein Handy an. Siebenundzwanzig Anrufe vom Erzeuger, und drei Nachrichten.

Wo seid ihr??? Der Kindergarten hat angerufen!!!
Hanna ist nicht gekommen, und du bist nicht erreichbar!!!

Oh verdammt, ich habe in der ganzen Aufregung vergessen, Hanna abzumelden. Ich suche den Kontakt in meinem Handy und rufe an.

»Tut mir total leid, wir sind spontan nach Sizilien geflogen, ich habe vergessen, Bescheid zu geben ...«

»Das geht so aber nicht, Frau Reimann«, sagt die Erzieherin. »Sie müssen Hanna abmelden, wenn sie nicht kommt. Der Vater wusste auch nichts.«

»Sorry, tut mir echt leid.«

»Was sollen wir denn machen, wenn ein Kind einfach nicht erscheint und nicht mal der Vater weiß, wo es abgeblieben ist? Eigentlich müssten wir die Polizei verständigen ...«

»Ach kommen Sie, das ist jetzt wirklich etwas übertrieben. Sie kennen meine Situation doch. Hannas Vater weiß vieles nicht ...«

»Zum Glück war Ihre Mutter erreichbar.«

Ich seufze. Na bravo.

»Sie hat uns erklärt, dass Sie gerade eine schwierige Zeit durchmachen, aber trotzdem ...«

»Schwierige Zeit? Ach ja? Und was hat meine Mutter sonst noch so erzählt?«

»Also, dass Sie spontan Urlaub machen, um mal auf andere Gedanken zu kommen«, wiegelt sie ab. »Tapetenwechsel.«

Das war jetzt sehr diplomatisch ausgedrückt.

»Wann kommt Hanna denn wieder?«

»Keine Ahnung.«

»Wie bitte?«

»Ich melde mich dann. Ciao.«

Ich lege auf und öffne Nachricht zwei vom Erzeuger.

Ich habe deine Mutter angerufen!!! Bist du wirklich
mit Hanna nach Sizilien geflogen?!? Du spinnst ja!!!

Also so schon mal gar nicht. Er schafft es, mich sogar
durch seine SMS hindurch ständig anzuschreien. Und
was Ausrufezeichen angeht, bin ich sowieso empfindlich.
Ein Tuten weht durchs Flughafengebäude und das
Gepäckband ruckelt los. Ich lese noch schnell Nachricht
Nummer drei.

Das ist Kindesentführung!!! Ruf mich sofort an, sonst
verständige ich die Polizei und das Jugendamt und Interpol!!!

Ich stellte mir vor, wie der Erzeuger blass vor Wut hin
und her tigert. Er konnte noch nie damit umgehen, wenn
er etwas nicht unter Kontrolle hat. Ich grinse. Soll ich ihn
noch ein wenig warten lassen? Kindesentführung. Ha!
Das klingt verdammt nach meiner Mutter. Er hätte es
verdient. Aber am Ende ruft er wirklich noch das Jugendamt, das würde ich ihm durchaus zutrauen. Also tippe
ich vorsichtshalber:

Sind gut gelandet. Melde mich später.

Ich schalte mein Handy wieder aus und kann Hanna
gerade noch am Pulli zurückziehen, bevor sie die Finger
zwischen die Lamellen des Gepäckbandes steckt.
»Da kommt meine Tasche!«, ruft sie und hüpft herum.
Ich hebe die Reisetasche herunter, auch die anderen
Leute angeln nach ihren Koffern, wuchten sie vom Band,

die Ankunftshalle leert sich. Nur noch ein Rucksack fährt einsam seine Runden. Das Band bleibt stehen, die Anzeige erlischt.

»Wo ist deine Tasche?«, fragt Hanna. »Zum Glück ist mein Hasi da.« Sie drückt sich ihren zerknautschten Stoffhasen an die Brust.

»Scheiße.«

»Dass der Hasi da ist?« Hanna schaut mich empört an.

Jetzt muss ich doch lachen. »Nein, dass meine Tasche fehlt.« Ich sehe mich um. Zum Glück habe ich meine Kamera als Handgepäck mitgenommen.

Am hinteren Ende der Halle hängt ein Schild mit der Aufschrift *bagagli smarriti*. Verlorenes Gepäck. Vor dem Schalter türmen sich einsame Taschen und Koffer. Der Tresen ist leer. Mittlerweile ist die ganze Ankunftshalle leer, wir sind allein. Wir umrunden den Stapel, begutachten ihn von allen Seiten, aber meine Tasche finden wir nicht.

»Was machen wir jetzt?«, fragt Hanna.

»Wenn ich das wüsste.« Ich reibe mir übers Gesicht. Echt jetzt? Das Erste, was ich von Sizilien sehe, ist quasi die Leuchtschrift Mafia auf dem Flughafengebäude, und dann verschwindet auch noch mein Gepäck? Vielleicht war es doch keine so tolle Idee, mit Hanna Hals über Kopf und völlig ohne Plan hierher zu kommen.

Eine Schiebetür öffnet sich und drei finster blickende Männer in schwarzen Uniformen schlendern herein. Sie tragen schusssichere Westen und großformatige Sonnenbrillen. Maschinengewehre baumeln über ihren Schultern. Der Anblick von echten MGs macht mich nervös. Außerdem sind ihre Schäferhunde übermotiviert, sie schnüffeln überall herum und hinterlassen Speicheltropfen auf dem Boden. Suchen die jemanden? Irgendeinen Drogendealer oder Bombenbauer?

Hanna drückt ihren Hasi enger an sich. »Sind die Gewehre echt? Können die schießen?«

Ich greife wieder nach ihrer Hand. »Nein.«

»Aber warum haben sie die dann?«

»Nur, um die Leute zu erschrecken. Wie im Fasching.«

»Und warum haben die Hunde?«

»Die können Sprengstoff und Drogen riechen.«

»Was sind Drogen?«

»Erklär ich dir ein andermal. Komm jetzt.«

Wir gehen auf den Ausgang zu. Der Anführer, ein bulliger, kahlgeschorener Typ, schiebt die Sonnenbrille auf die Stirn und scannt die Ankunftshalle, bis sein Blick an uns hängen bleibt. Er mustert uns grimmig, zieht sein Funkgerät aus einer Tasche am Gürtel und nuschelt etwas hinein. Dann hebt er es zum Ohr, hört zu, nickt. Dabei lässt er uns nicht aus den Augen. Verdammt, hat der Erzeuger etwa schon die Flughafenpolizei darüber informiert, dass eine Kindesentführerin mit der Maschine aus München ankommt? Langsam kommt er auf uns zu und gibt seinen Kollegen ein Zeichen, ihm zu folgen. Ich sehe mich um. Abhauen zwecklos. Wohin auch.

Er bleibt genau vor uns stehen. Vielleicht hätte ich doch auf meine Mutter hören sollen. Kann ich nicht einfach wieder umdrehen und ins Flugzeug zurück nach München steigen?

»Platz!«, ruft er. Und zwar auf Deutsch.

Ich zucke zusammen. Meint der mich? Nein. Der Hund bellt hell auf, es hört sich an wie: *Yes, Sir!*, und schmeißt sich pflichtbewusst vor seine Füße. So ein Schleimer, dieser Köter. Genau diese Unterwürfigkeit mag ich nicht an Hunden. Ich bin eher der Katzentyp. Eine Katze würde sich nie von so einem Möchtegern-Cop herumkommandieren lassen.

»*Signora?*«, fragt er. Nein, nicht der Hund. Der Cop natürlich, und dabei durchbohrt er mich mit einem Lügendetektor-Blick, der jedes illegale Element bis in den hintersten Winkel seiner dunklen Seele durchleuchten kann, da bin ich sicher. Vor allem Kindesentführerinnen. Jetzt nur schön locker bleiben.

»*Sì*?« Meine Stimme klingt dünn, das ärgert mich, und mir wird heiß.

»Kann ich Ihnen helfen?« Immerhin verstehe ich sein sizilianisches Italienisch, das ist schon mal gut.

Der Schäferhund hat sich so lang gemacht, dass seine Schnauze Hannas Fuß berührt. »Das kitzelt.« Sie lacht.

Das Gesicht des Cops hellt sich auf. »*Che bella bambina!* Du kannst ihn ruhig anfassen.« Er macht Streichelbewegungen in der Luft, zeigt auffordernd auf den Hund und lächelt Hanna an. »Er heißt Lassie.«

Ich sehe den Zöllner vor mir, wie er als kleiner Junge vor dem Fernseher geweint hat, als Lassie über den Zaun sprang, und muss fast grinsen.

»Brauchen Sie Hilfe?«, fragt er mich noch mal.

»Unser Gepäck fehlt.« Diesmal klingt meine Stimme zum Glück cooler. »Eine unserer Reisetaschen ist nicht angekommen.« Ich zeige auf den leeren Tresen und den Berg Gepäck. »Und hier ist niemand.«

Der Cop nickt. »Draußen gibt es einen Infoschalter, dort können Sie den Verlust melden.«

»*Grazie*.«

»Nichts zu danken.« Er beugt sich vor und kneift Hanna sanft in die Wange. »Schöne Ferien.« Er wendet sich zum Gehen, der Hund springt auf und ich ziehe Hanna hinter mir her auf die Milchglastüre zu. »Komm, wir schauen mal draußen.«

»Der war doch nett.«

»Ja echt, für einen Cop mit MG ...«, murmle ich.

Mittlerweile ist ein anderes Flugzeug angekommen, über dem Gepäckband leuchtet *Malta - Malta - Malta* und Passagiere bugsieren ihre Taschen und Koffer in Richtung Ausgang. Wir lassen uns mitziehen. Als sich die Schiebetür öffnet und ich das Gewimmel hinter der Absperrung sehe, umklammere ich unsere verbliebene Reisetasche und drücke mir meine Kamera gegen den Bauch. Jede Menge Leute drängeln sich in einem Halbkreis um den Ausgang, schwenken Schilder mit Hotelnamen oder rufen »Taxi, Taxi!«. Was für ein Chaos. Ich halte Hannas Hand noch etwas fester, die muss schon ganz abgequetscht sein, dann hole ich tief Luft und stiefele entschlossen los. Als wir uns durch den ersten Ring hindurch geschoben haben, sehen wir den rettenden Info-Schalter.

»Mein Gepäck ist nicht angekommen«, erkläre ich der Dame und lächle sie stolz an, weil das mit dem Italienisch so gut klappt. Sie hat mindestens so viel sizilianische Sommerglut in den Augen wie Ornella Muti. So würde ich auch gerne aussehen. Sie starrt abwechselnd meine Reisetasche und mich an, als wäre ich minderbemittelt. »Die andere«, erkläre ich. »Wir hatten zwei Gepäckstücke dabei.«

»Dafür bin ich nicht zuständig. Sie müssen zum Schalter für vermisstes Gepäck.«

»Da ist niemand.«

Sie schaut auf die Uhr. »Die haben jetzt Mittagspause. Ich eigentlich auch.«

»Ist ja nicht meine Schuld, dass das Flugzeug in der Mittagspause gelandet ist«, murmle ich auf Deutsch.

»Wie bitte?«

»Nichts.«

Sie zuckt die Schultern. »Ich bin dafür jedenfalls nicht zuständig.«

»Und was soll ich jetzt machen?«

Ihr Blick fällt auf Hanna mit ihrem Hasi und ein Lächeln huscht über ihr Gesicht. »Na gut. Name? Flug?« Sie schiebt mir ein Formular zu, ich fülle es aus, schiebe es zurück. Dann seufzt sie und tippt auf ihrer Tastatur herum. Sie starrt auf den Bildschirm, ihre Augäpfel bewegen sich hin und her. »Ah, da ist es. Ihr Gepäck ist leider auf dem Weg nach Malta.«

»Waaas?«

Sie tippt wieder. »Ich habe es jetzt als vermisst gemeldet. Es kommt mit der nächsten Maschine morgen zurück. Haben Sie den Gepäckanhänger ausgefüllt?«

»Ja.«

»Steht da Ihre Handynummer drauf?«

Ich nicke.

»Es meldet sich jemand bei Ihnen, sobald die Tasche wieder hier ist.« Sie sieht auf die Uhr. Dann stellt sie ein Schild mit der Aufschrift *chiuso* auf den Tresen. Geschlossen. Sie steht auf, geht Richtung Hinterzimmer und macht nachdrücklich die Tür hinter sich zu.

»Das gibt´s doch nicht«, murmle ich. »Da bin ich ja mal gespannt, ob die mich wirklich anrufen. So eine Scheiße!«

»Man flucht nicht«, sagt Hanna streng. »Also Oma würde jetzt ...«

»Oma ist aber nicht da«, fauche ich sie an.

Betreten schweigt sie und ich sehe, wie ihr Kinn zittert und sich ihr Mund verzieht.

»Tschuldigung.« Ich nehme sie in den Arm. »Nicht weinen.« Ich überlege. »Na ja, in der Tasche ist eigentlich nichts Wichtiges drin. Nur Klamotten ... Ich kann mir ja was Neues zum Anziehen kaufen. Im schlimmsten Fall fliegt das Gepäck eben wieder zurück nach München und wartet dort auf uns.«

Hanna schnieft und nickt und wischt sich mit dem Unterarm über die Nase. »Ich muss Pipi.«

Da hinten steht *toilette* auf einem Schild. Wir gehen hinüber und öffnen die Tür.

»Puh, hier stinkt´s«, murmelt Hanna. »Und es gibt keine Klobrillen.«

»Ich halte dich über die Schüssel.«

Sie zieht sich die Hose herunter und ich versuche, sie so über das Klo zu halten, dass sie hinein trifft, ohne sich oder mich anzupinkeln. Ein paar Spritzer landen trotzdem auf meinen Oberschenkeln. Ich denke daran, dass alle meine Wechselklamotten in der verschwundenen Reisetasche sind. Ich stelle Hanna auf den Boden und fasse in den Klopapierspender. Leer. Meine Jeans hat die Tropfen sowieso schon aufgesaugt. Ich angle nach einem Taschentuch in meiner Handtasche und gebe es Hanna.

»Ich geh lieber auch noch«, sage ich.

Normalerweise bin ich gut darin, so in die Halbhocke zu gehen, dass ich freischwebend pieseln kann, ohne die Kloschüssel zu berühren. Aber diese Schüsseln sind so hoch, dass ich mich mit der Rückseite der Oberschenkel abstützen muss, um nicht umzukippen.

Hanna kichert. »Das sieht doof aus.«

»Keine Ahnung, warum die Klos hier so hoch sind«, ächze ich. »Wo die Italiener doch alle so klein sind.«

Jetzt lacht Hanna richtig.

Die Klospülung geht auch nicht.

»Iiiih«, sagt Hanna und zeigt auf meinen Fuß. An der Sohle klebt Klopapier, das ich angeekelt abtrete.

»Sizilien ist blöd. Ich habe Durst.«

In der Bar kaufe ich eine Flasche Wasser und zwei Stücke Pizza. Hanna kaut und ihre Wangen färben sich rosa. »*Buono*«, sagt sie.

»Nicht mehr blöd?«

Sie schüttelt den Kopf und schluckt runter.

»Und jetzt suchen wir die Autovermietung.«

Die Schilder zum *autonoleggio* zeigen nach draußen. Als wir das Flughafengebäude verlassen, prallen wir gegen eine Wand aus Hitze und Abgasen. Ich muss meine Augen abschirmen, um den Parkplatz überblicken zu können. Da drüben steht ein kleines Glashäuschen, und darin sitzen zwei Männer, die angeregt gestikulieren.

Als ich die Tür aufziehe, drehen sie die Köpfe zu mir. »*Signora?*« Vor ihnen stehen Miniatur-Plastikbecher mit brauner Flüssigkeit, es duftet nach Espresso. Sie sind offensichtlich gerade aus ihrer Mittagspause zurückgekehrt. Glück gehabt.

»Ich habe ein Auto gemietet«, sage ich und lege meinen Führerschein auf den Tresen.

Während einer der beiden ihn in die Hand nimmt und etwas in den Computer tippt, klappe ich meine Straßenkarte von Sizilien auf dem Tresen auf, die ich am Münchner Flughafen schnell noch gekauft habe. »Wo ist Santa Lucia del Monte?«, frage ich.

Der Mann starrt mich entgeistert an. »Santa Lucia del Monte?«

Auch der andere blickt jetzt vom Computer auf. »Santa Lucia del Monte?«, wiederholt er wie ein Echo. Dann murmelt er dem anderen etwas auf Sizilianisch zu, das ich nicht verstehe.

»Ja?« Ich blicke zwischen den beiden hin und her.

»Sie allein mit dem Kind?« Der eine schüttelt den Kopf und wendet sich wieder dem Bildschirm zu. Der andere seufzt genauso, wie der Typ von meinem Reisebüro geseufzt hat. So ein Naja-wenn-Frauen-sich-was-in-den-Kopf-setzen-Seufzer, der mir direkt das Blut ins Gesicht treibt. »Was wollen Sie denn da?«

»Meine Familie besuchen.«

»Sie haben Familie in Santa Lucia del Monte?« Er starrt mich an.

Was zur Hölle haben die bloß? Ich schaue zwischen den beiden hin und her. »Warum denn nicht?«

»Nur so.« Er dreht die Straßenkarte zu sich herum, sucht sie mit den Augen ab und legt dann seinen Zeigefinger auf einen Punkt. »Da!«

Ich betrachte seinen gepflegten Fingernagel. »Wie lange brauche ich da hin?«

»Ungefähr zweieinhalb Stunden.«

»So lange? Das sieht gar nicht so weit aus.«

»*Eh eh eh.*« Er meckert wie eine Ziege und wedelt mit der rechten Hand vor seinem Bauch auf und ab. »Sie fahren immer Richtung Catania, ungefähr dreißig Kilometer.« Er zeichnet mit dem Zeigefinger einen roten Strich nach. »Und dann geht es hier ab Richtung Caltanissetta, und dann Richtung Agrigento.«

Mein Magen beginnt zu kribbeln. Dort bin ich geboren.

»Und dann hier hoch.« Die Linie, der sein Finger jetzt folgt, ist braun und verdammt kurvig.

»Hoch? Aber das liegt doch ganz nah am Meer.«

Er sieht mich mitleidig an. »Das Meer ist unten, *signora*. Und das Dorf ist oben.«

»Ach so.«

»Soll ich Ihnen das Auto zeigen?«

Ich nicke. Endlich geht es los. Er führt uns über ein Parkdeck bis zu einem gelben Fiat 500, den ich sofort in mein Herz schließe. Der Kotflügel ist verbeult und ein weißlicher, mehrspuriger Kratzer zieht sich bis zur Tür entlang.

»Ehm ...« Ich zeige auf den eingedellten Kotflügel.

Der Mann winkt ab. »Sie haben Vollkasko.«

Das überzeugt mich jetzt nicht wirklich. »Aber ...«

»Dann kann nichts passieren, wissen Sie?« Er grinst und wackelt mit dem Kopf. »In Italien sagen wir: *Donna al volante, pericolo costante.*«

»Ha ha«, mache ich. Frauen am Steuer sind eine Gefahr, sehr witzig.

Er beugt sich vor und kneift Hanna in die Wange. »*Che bella bimba.* Und viel Glück.« Er seufzt schon wieder so komisch.

Egal. Wir haben es geschafft. Wir sind in Sizilien, haben ein Auto und wissen, wo das Dorf liegt, in dem mein Vater wohnt. Ein Grinsen schleicht sich auf mein Gesicht und ich setze meine Sonnenbrille auf. Der Mann hilft mir, die Tasche im Kofferraum zu verstauen, Hanna klappt den Sitz nach vorne und klettert auf die Rückbank. Dann lasse ich den Motor an und fühle mich unfassbar italienisch. »Auf geht´s, Mucki!« Ich lache sie im Rückspiegel an, lasse die Kupplung kommen und trete aufs Gaspedal.

Es geht los.

Santa Lucia del Monte

»Mist! So ein verdammtes Chaos!«

»Man soll nicht fluchen, Mama«, sagt Hanna vorwurfsvoll von der Rückbank.

Weder Schilder noch Ampeln noch Polizisten haben irgendeinen Einfluss auf die Automasse, die sich in den Straßen von Palermo ineinander und umeinander schiebt. Es gibt keine Fahrspuren, die Straße ist komplett schwarz. Ich kann nicht erkennen, auf wie viele Spuren sich die Autos aufteilen, manchmal sind es zwei, plötzlich bilden sich vier parallele Autoschlangen, und da, mittendrin fährt eine Kutsche.

Solange wir auf der Stadtautobahn waren, bin ich einhändig gefahren und habe meinen Ellbogen lässig aus dem Fenster hängen lassen. Aber je tiefer wir in den Bauch der Stadt vordringen, desto mehr schwitze ich. Eine Vespa schneidet mich, ich reiße die linke Hand ans Steuer und trete das Bremspedal bis zum Boden durch. »Scheiße!« Die Vespa kurvt in Schlangenlinien durch die Autos hindurch und verschwindet.

»Nicht fluchen! Warum sind die Autos alle kaputt? Schau mal!« Hanna zeigt aus dem Fenster. Dort fährt ein schwarzer Panda, dessen Kotflügel mit Klebeband umwickelt ist. Zwischen meinen Handflächen und dem Lenkrad hat sich Schweiß gebildet, ich wische mir die Hände abwechselnd an meiner Jeans ab.

Die Straße führt durch ein Hochhaus-Ghetto und schließlich auf eine Schnellstraße. Ich atme auf und kreise die Schultern. Mein Nacken ist verspannt von dieser irren Stadt. Blühende Oleanderbüsche trennen jetzt die beiden Fahrspuren. Erst geht es durch eine felsige Hügellandschaft, dann an Orangenplantagen vorbei, und irgendwann ist da nichts mehr als verbrannte Erde. Genau wie der Mann in der Autovermietung gesagt hat, kommt nach etwa dreißig Kilometern eine Ausfahrt. Ich finde auch alle anderen Abzweigungen auf Anhieb und nach etwa zwei Stunden sehe ich den Wegweiser nach Santa Lucia del Monte. Bei einem angerosteten, verbogenen Ortsschild bremse ich, fahre an den Fahrbahnrand und stecke meinen Kopf aus dem Fenster. Sind das Einschusslöcher in dem Schild? Ich schüttle den Kopf. Das kann nicht sein. Schließlich sind wir hier nicht im Wilden Westen.

»Schau, das da oben ist Santa Lucia del Monte«, sage ich zu Hanna.

»Wohnt da mein Opa?«

»Hoffentlich.«

Auf einem Hügel ziehen sich braun-graue Häuser entlang, Bauruinen und halb fertige Wohnblöcke. Und wo sind jetzt meine bunten Häuschen, die Zitronenbäume und die Kaktusfeigen? Das da sieht eher aus wie in der Kriegsberichterstattung aus Bagdad.

Diesmal sagt Hanna nicht *bello*.

Wir fahren eine Serpentinenstraße hinauf, die nie zu Ende geht. Immer noch eine Kurve, und noch eine, und noch eine. Vor uns tuckert ein Traktor, darauf thront ein alter Mann mit Schiebermütze. Er fährt etwa fünfzehn Stundenkilometer und auf der engen Straße kann ich ihn nicht überholen. Hinter uns bildet sich eine lange Autoschlange und ich ziehe den Kopf ein. In Deutschland würden jetzt schon die ersten Fahrer wütend hupen.

»Mir ist schlecht«, sagt Hanna.

»Trink einen Schluck Wasser. Wir sind gleich da.« Und nach sieben weiteren Kehren: »Schau, da hinten sieht man das Meer.«

»Mir ist kotzschlecht.«

Der Fiat rumpelt in ein Schlagloch. Wie durch ein Wunder hupt noch immer keiner. Ich schaue in den Rückspiegel und sehe im Auto hinter mir ein Paar, das sich angeregt unterhält. Keine Spur von Ungeduld. Ich entspanne mich ein wenig, aber nur kurz, denn ich höre ein würgendes Geräusch von hinten.

»Halt es noch!«, rufe ich, drücke auf den Warnblinker, ziehe die Handbremse an, springe mitten auf der Straße aus dem Auto, klappe den Sitz vor und ziehe Hanna heraus. Gerade noch rechtzeitig, bevor sich ein roter Schwall aus ihrem Mund über die Fahrbahn ergießt. Das war die Pizza vom Flughafen. Ich halte ihre Haare und streichle mit der anderen Hand ihren Rücken. Rechts ranfahren ging auf dieser Straße natürlich nicht, und die gesamte Autoschlange schaut meiner Tochter jetzt beim Spucken zu. Die Frau, die hinter mir im Auto sitzt, steigt aus. Ich wappne mich innerlich schon gegen ihr Geschimpfe, lege mir Rechtfertigungen zurecht, so was wie: Was soll ich denn machen, wenn dem Kind übel ist?

»*Signora?*«

Ich sehe auf. Die Frau hält mir ein Taschentuch entgegen. »Die arme Kleine. Brauchen Sie Wasser?«

»Nein danke, Wasser habe ich«, stammle ich. Dann nicke ich unbestimmt in Richtung Autoschlange. »Tut mir leid.«

»Machen Sie sich keine Sorgen, das passiert schon mal«, sagt die Frau und steigt wieder ein.

Auch Hanna klettert zurück ins Auto, ich winke den anderen entschuldigend zu und sehe, ich kann es kaum fassen, lauter lächelnde Gesichter. In Deutschland hätten die Leute gehupt, irgendwelche aussichtslose Überholversuche gestartet oder hinterm Steuer getobt. Mindestens.

Der Typ von der Autovermietung hat gut geschätzt. Nach genau zweieinhalb Stunden Fahrt tauchen wir in die engen Gassen von Santa Lucia del Monte ein. Wir sind da. Ich bin aufgedreht, trommle mit den Fingern auf dem Lenkrad herum. Wohin sollen wir überhaupt fahren? Erstmal drauflos.

Je tiefer wir in das Gassengewirr eintauchen, desto unheimlicher wird mir. Wo sind wir hier bloß gelandet? Am Straßenrand sitzen alte Männer auf Holzstühlen und starren uns feindselig an. Einer mit langen, knochigen Armen, einer mit Buckel, und einer so mager, dass sein Gesicht aussieht wie ein Totenschädel. Das reinste Geisterbahn-Ensemble ist das. Ich blicke besorgt in den Rückspiegel. Hanna hält ihren Hasi ganz fest und schiebt die Unterlippe vor.

»Der Dorfkern ist bestimmt hübsch«, murmle ich und fahre immer weiter nach oben, wo die Gassen enger und dunkler werden. Einmal ratscht mein Kotflügel mit einem hässlichen, metallischen Geräusch an einer Hausmauer entlang, zum Glück der, der sowieso schon im Eimer ist. Ich fahre schnell weiter, bevor jemand etwas merkt. Die Vorstellung, mit einer dieser Gruselfiguren über einen Unfallschaden streiten zu müssen, ist nicht gerade einladend.

Endlich wird es wieder etwas heller, Licht am Ende der Gasse. Ich fahre aus den engen Winkeln hinaus in die Sonne, atme auf und trete auf die Bremse. Mitten auf der Piazza steht ein ausgebrannter Lastwagen.

»Hier sieht es gruslig aus. Bist du sicher, dass Opa hier wohnt?« Hannas Stimme klingt ängstlich.

Ich schüttele den Kopf.

»Warum hat der gebrannt?« Hanna drückt den Hasi noch fester an sich.

Ehrlich gesagt will ich das lieber nicht wissen. Ich bekomme langsam Schiss, aber das kann ich natürlich nicht zugeben. Also sage ich: »Schau, da ist eine Bar. Magst du was Süßes?«

Hanna nickt und ich fahre auf den Parkplatz, der am weitesten von dem Monstrum mit den versengten Sitzen entfernt ist. Ob da drin einer verbrannt ist? Es stinkt nach geschmolzenem Plastik. So habe ich mir Sizilien nicht vorgestellt.

Wir huschen so schnell wir können durch die Glastür der Bar, hier sind wir erst mal sicher. Ich atme tief durch, eine Wolke aus Vanille und Espresso hüllt uns ein. In einer Vitrine liegen süße Teilchen mit Creme und Amarenakirschen, daneben Pizzastücke, Sandwiches mit viel Mayonnaise und irgendwelche panierten Kugeln, die ich noch nie vorher gesehen habe.

»*Un caffè, per favore*«, bestelle ich.

Die Frau hinter dem Tresen nickt knapp und mustert mich, ohne zu lächeln.

»Und was willst du?«, frage ich Hanna.

Sie zeigt auf eine Teigrolle, an deren Seiten weiße Creme herausquillt. »Das da.«

Das Gesicht der Frau hellt sich auf. »*Che bella bambina!*« Sie reicht ihr das süße Teilchen in einer Serviette über den Tresen. Dann dreht sie sich um und macht sich an der Kaffeemaschine zu schaffen, die zischt und gurgelt.

Der Espresso ist dickflüssig und bitter. Ich rühre einen großen Teelöffel voll Zucker hinein und nippe ihn in winzigen Schlucken. Dann stelle ich die Tasse ab. Sie klappert zu laut. »Ich suche Gaetano Inguanta«, sage ich.

Die Frau verschränkt die Arme vor der Brust und ihr Gesicht verschließt sich wieder. Eine Mauer aus Misstrauen. »Und Sie sind?«

»Linda Reimann.« Damit kann sie natürlich nichts anfangen, deshalb füge ich hinzu: »Linda aus Deutschland. Seine Tochter.«

Alle Farbe weicht aus dem Gesicht der Frau, sie lässt die Arme sinken und starrt mich an. »Carmelinda!« Dann bekreuzigt sie sich. »*O mio dio.*«

Dass sie mich mit meinem Taufnamen anspricht, berührt etwas tief in mir. Eine Stelle, die ich bisher noch nicht kannte. »Sie wissen, wer ich bin?«

Die Frau wuchtet ihren beachtlichen Körper um die Theke herum. Sie trägt schwarze Leggins, die so aussehen, als würden sie kneifen, und darüber einen Stretchgürtel mit goldener Schnalle. Sie wogt auf mich zu, nimmt mein Gesicht zwischen ihre fleischigen Hände und drückt an meinen Wangen herum. Um ihr Handgelenk klappern jede Menge Armbänder.

»Carmelinda! Natürlich weiß ich, wer du bist.« Sie zeigt auf Hanna, deren Mundwinkel cremeverschmiert sind. »Und wer ist das?«

»Meine Tochter Hanna.«

»Nicht zu fassen.« Sie schüttelt den Kopf, und ich sehe, dass auch an ihren Ohren goldfarbene Klunker baumeln. Sie schreit Richtung Hinterzimmer: »Silvestro! *Vieni!*«

»Kennen Sie meinen Vater?«

»Sicher, hier kennt jeder jeden. Meine Güte, ich weiß noch, als du ein Baby warst!«

Mir ist ein bisschen schwindelig, vielleicht von dem starken Espresso, oder weil alles viel leichter und schneller geht, als ich es erwartet hätte.

Dann schreit sie wieder nach hinten: »Siiilvooo!«

Der Perlenvorhang, der die Bar vom Hinterzimmer abtrennt, teilt sich und ich habe eine Erscheinung. Ehrlich. Vor mir steht ein Rockstar. Enge Jeans, ein noch engeres, weißes T-Shirt über einem durchtrainierten Oberkörper. Aber vor allem das Gesicht! Wie ein römischer Gott, grüne Augen, umrahmt von unendlich langen Wimpern, Zwei-Tage-Bart. In seine Koteletten sind drei schräge Linien einrasiert. Armbänder aus Leder und Silber auf der braungebrannten Haut. Ein Gitarrenriff ertönt in meinem Kopf und ich fühle mich wie ein kreischender Teenie-Fan aus der ersten Reihe, nur dass ich nicht kreische, sondern ihn mit offenem Mund anstarre, was aber fast genauso peinlich ist.

»Das ist Carmelinda, die Tochter von Gaetano Inguanta«, raunt die Barbesitzerin ihm zu.

Ich klappe den Mund wieder zu.

»*Nooo!*«, macht der Rockstar und reißt dabei seine schönen Augen auf.

»Und das ist seine Enkelin.«

»*Che bella bimba!*« Ein Lächeln huscht über sein Gesicht und neben seinem rechten Mundwinkel bildet sich ein Grübchen. Ich liebe Grübchen.

»Linda.« Ich strecke ihm meinen Arm entgegen.

Er reicht mir seine warme, trockene Hand und küsst mich auf die Wangen. Sein Bart kratzt leicht, ich bekomme Gänsehaut, atme seinen zitronigen Duft ein und denke an meine vollgepinkelte Hose.

»Und wer bist du?«, frage ich völlig bescheuert, nur um irgendetwas zu sagen.

Silvestro lächelt amüsiert und mustert mich ganz unverfroren von oben bis unten. »Du bist genauso süß wie deine Kleine.«

Ich spüre, wie mein Gesicht vom Hals aufwärts heiß wird. Bestimmt laufe ich gerade dunkelrot an.

»Silvo!« Die Barbesitzerin rammt ihm den Ellbogen in die Seite. Dann zuckt sie die Schultern und verdreht die Augen. »Du musst nicht alles ernst nehmen, was mein Sohn sagt.«

Beleidigt schaue ich sie an. Das hätte ich jetzt sehr gerne ernst genommen.

»Ich bin Silvo«, sagt also der schöne Silvo, und ich frage mich, ob das wieder so ein Zeichen ist. Silvio Berlusconi, Silvo-Silvestro, Silvio-Silvo?

Ich nicke wie ein Wackeldackel.

»Er arbeitet am Strand«, raunt mir seine Mutter zu, als wäre das top secret. »Die Männer mit den roten Rettungsbooten, du weißt schon.« Sie zwinkert mir zu. »Er ist Bademeister.«

»Seenotrettung«, korrigiert Silvo.

Baywatch, denke ich. Ich muss unbedingt herausfinden, an welchem Strand er im Einsatz ist.

»Aber bald wird er in eine *agenzia funebre* einsteigen.«

»Ach Mama, das interessiert Linda doch gar nicht.«

»*Agenzia funebre*?« Das Wort kenne ich nicht.

»Wenn jemand stirbt, kümmert sich die *agenzia* darum, dass der Tote unter die Erde kommt. Särge und so«, erklärt die Mutter weiter und tätschelt ihm die Schulter, als hätte er gerade den *Giro d'Italia* gewonnen. Ob Mitzi je so stolz auf mich sein wird, wie es diese Barbesitzerin auf ihren Sohn ist?

»*Capito*«, sage ich. Er meint ein Bestattungsunternehmen. Ich stelle mir vor, wie der schöne Silvo mit seinen warmen Händen die Leiche eines alten, faltigen Mannes wäscht, und verziehe angeekelt den Mund.

»Irgendwer muss es ja machen.« Er zuckt die Schultern.

»Die Leute sterben immer. Krisensicherer Job«, bekräftigt seine Mutter.

Ich bleibe lieber bei meiner Baywatch-Phantasie.

»Aber viel wichtiger ist, was du machst.« Sie hat sich zu mir gedreht, jetzt tätschelt sie meine Schulter und ihre Armreifen klappern neben meinem Ohr im Takt ihrer Fragen. »Wie alt bist du, wo lebst du und wo ist der Vater zu diesem süßen Kind? Wo steckt Mitzi, warum ist sie nicht mitgekommen und warum ist sie damals verschwunden?«

Das wüsste ich allerdings auch gerne. Doch bevor ich etwas sagen kann, schimpft Silvo: »*Basta, mamma*! Das hier ist eine Bar und nicht das Redaktionsbüro einer Klatschzeitung.«

Seine Mutter lacht. »Ist doch fast dasselbe.«

Er schaut mich an und hebt entschuldigend die Arme. »Kommt mit, ich bringe euch jetzt zur Familie Inguanta.«

Zio Calzone

Das Haus meiner Familie ist genauso braun-grau wie alle anderen Gebäude in Santa Lucia del Monte. Silvo klingelt, und als der Türöffner summt, drückt er die Eingangstür auf. Ein kühler Chlor-Hauch dringt heraus, in den sich der schale Geruch von gekochtem Fisch mischt. Das Treppenhaus ist aus rohem Zement, das Geländer aus Holzleisten zusammengenagelt.

Wir steigen die Treppen hoch, bleiben vor einer angelehnten Tür stehen und ich hole tief Luft. Mein Herz rast. Ich habe das Gefühl, mich in einem Traum zu befinden. Total unwirklich, das alles. Es ist so weit. Dort drinnen ist mein Vater. Ich werde ihn endlich kennenlernen. Ich umfasse Hannas Hand und merke, dass meine Handflächen feucht sind.

Die Tür ist nur angelehnt. »*Permesso?*«, ruft Silvo, schiebt sie auf und marschiert in den Flur.

»Silvestro! Komm rein«, höre ich eine Männerstimme.

Hanna und ich gehen ihm hinterher.

»Ich habe jemanden mitgebracht.« Silvo tritt ins Wohnzimmer und gibt den Blick auf uns frei. »Überraschung!«

Jede Menge Augen starren uns aus dem flackernden Halbdunkel an, alle um einen riesigen Esstisch gruppiert. Ein Fernseher taucht das Zimmer in blaues Licht.

»Wer ist das?«, fragt der Mann am Kopfende, der nur mit einem Unterhemd bekleidet ist. Das muss er sein. Mein Vater. Ich schlucke. Sieht er mir ähnlich?

»*Ecco*!«, ruft Silvo und zeigt auf mich, als wäre ich gerade aus einer Geschenktorte gehüpft. »Carmelinda aus Deutschland. Gaetanos Tochter. Und das«, er zieht Hanna an der Hand nach vorne, »ist seine Enkelin.«

Stille.

Silvo dreht sich zu mir. »Das sind deine Tante Mimma, deine Cousine Nunzia und dein Cousin Amedeo aus Deutschland.« Am anderen Ende des Tisches sitzen zwei Alte, bestimmt die Großeltern. »Das sind *Nonna* und *Nonno*, und das ...« Er zeigt auf den Mann im Unterhemd. »... ist dein Onkel Calcedonio.«

Onkel? Ich sehe ihn verwirrt an.

»Mariiia!«, ruft die *Nonna* jetzt und reckt ihren knochigen Arm in die Luft. »Gaetanos Tochter!« Die Tante presst sich die Hand vor den Mund und im Fernseher läuft irgendetwas über Silvio Berlusconi. Warum wundert mich das jetzt nicht? Hanna drängt sich an meine Hüfte, ich lege den Arm um sie. Ich weiß nicht, was ich sagen soll, also sage ich in das flackernde Wohnzimmer hinein: »Ciao.«

Onkel Calcedonio erhebt sich von seinem Stuhl, tritt vom Tisch zurück, stemmt die Hände in die Hüften und mustert mich. So viel wie heute bin ich noch nie gemustert worden. Ich trete von einem Fuß auf den anderen und schlucke trocken. Der Onkel kommt langsam auf mich zu. Er ist einen Kopf kleiner als ich. Aus dem Saum seines Unterhemdes wächst ein grauer, lockiger Pelz, der auch Schultern und Nacken überzieht. Es ist heiß hier drin und die Haare glänzen feucht. Er breitet die Arme aus und ruft: »Meine Nichte!«

Das ist der Startschuss für den Rest der Gesellschaft. Sämtliche Familienmitglieder springen jetzt von ihren Stühlen auf und drängen auf uns zu. Ich halte die Luft an und versinke in der schweißfeuchten, kitzeligen Umarmung meines Onkels, gefolgt von Drückern, Schulterklopfern, Wangenkneifern und feuchten Küssen der ganzen Familie.

Vor allem die *Nonna* zwickt mich von unten herauf mehrfach in die Wangen. Sie ist zwei Köpfe kleiner als ich, betastet während ihrer Umarmungen prüfend meine Hüften und tätschelt mir schließlich zufrieden den Po. »An der ist wenigstens was dran!«, resümiert sie. »Obwohl sie Deutsche ist!«

Silvo lacht.

Verdammt, ich werde schon wieder rot. Hoffentlich sieht er das in diesem blauen Dämmerlicht nicht.

»*A tavola!* Essen ist fertig!«, ruft Tante Mimma, die drei Köpfe kleiner ist als ich, und unterbricht damit die allgemeine Begutachtung. »Ihr esst natürlich mit.«

»Also dann.« Silvo hebt die Hand und grüßt in die Runde. »Schönen Abend noch.«

»Bleibst du nicht zum Essen?«, ruft Tante Mimma.

»Nein danke, meine Mutter hat auch schon gekocht«, sagt Silvo. Und weg ist er.

Der Onkel zieht ein zerknittertes Taschentuch aus seiner Hosentasche und tupft sich die Augen. »Ach, wenn er doch nur hier wäre.«

»Wer?«

»Mein Bruder. Dein Vater. Gaetano.«

»Er ist nicht hier? Ich dachte ...« Meine Enttäuschung verdunkelt das Zimmer noch mehr.

Der Onkel nimmt meine Hand und schüttelt den Kopf. »Aber jetzt setzt euch erst mal.« Auf Deutsch fügt er stolz hinzu: »Sitz! Platz!«, und zeigt auf die beiden Stühle neben sich. »Ich auch Deutschelande.« Dann wechselt er wieder ins Italienische. »Und nennt mich gefälligst *zio*. Ich bin schließlich euer Onkel. Das ist Zia Mimma«, er zeigt auf seine Frau, »Und ich bin Zio Calcedonio.«

»Zio Calzone!« Hanna klatscht in die Hände. »Wie meine Lieblingspizza!«

Der Onkel lacht los, tief und bellend. »Na gut, du kannst auch Zio Calzone zu mir sagen.«

Und dabei bleibt es.

»Wo ist denn mein Vater?«, frage ich.

Der Onkel winkt ab. »Blöde Geschichte.« Damit scheint das Thema für ihn beendet zu sein.

Seine Frau geht um den Tisch herum und teilt die Vorspeise aus. »Mehr!«, brummt er, als sie mir auftut und mich dabei mit ihrem ausladenden Busen streift. Ausweichen geht nicht.

Ich sehe mich im Wohnzimmer um. In einer Vitrine glitzert Nippes. Tierchen aus Kristall, Heiligenfiguren und Puppen mit dicken Backen und rosafarbenen Mündern. Hinter mir steht eine Kommode mit einem goldgerahmten Spiegel darüber, an der Wand links von mir prangen Familienfotos und rechts der riesige Flachbildfernseher. Daneben steht auf einem kleinen Sims eine Plastikstatue von Padre Pio mit einer Lichterkette, die bunt blinkt. Bücher kann ich nur zwei entdecken: die Bibel und eine Biografie von Silvio Berlusconi.

»Danke, das ist wirklich genug!«, wehre ich nach dem dritten Löffel Meeresfrüchte-Salat ab und versuche, dabei nicht auf den Schweißfleck unter Zia Mimmas Achsel zu achten.

Zio Calzone blickt mich nur streng an und brummt: »Iss! So etwas Gutes bekommst du in Deutschland nicht.«

»Das ist eklig«, flüstert Hanna und schaut entsetzt auf die Tintenfisch-Saugnäpfe in ihrem Teller.

Zia Mimma sieht ihren Blick. »Ich mach dir schnell Nudeln.«

»Das ist wirklich nicht nötig«, sage ich, doch die Tante winkt ab. Hanna schaut zwischen uns hin und her.

»Spaghetti?«, fragt Zia Mimma sie.

»*Siii*!« Hanna strahlt.

Zia Mimma lacht, kneift ihr in die Wange und verschwindet in der Küche. »Fangt schon an«, ruft sie über die Schulter zurück.

»Iss!«, sagt Zio Calzone noch mal zu mir.

Und ich esse.

Erst den Berg Meeresfrüchte-Salat, dann Spaghetti mit Scampi, Hanna bekommt sie mit Tomatensoße. Dann zweierlei gebratene Fischfilets, dazu Rosmarin-Kartoffeln. Anschließend frische Feigen.

»Die sind aus meinem Garten«, sagt der *Nonno* stolz.

Dann süße Teilchen aus der Bar, mit Ricotta gefüllt und Pistazien bestreut. Schließlich der erlösende Espresso.

»Na also«, brummt Zio Calzone. »Das Mädel kann zumindest ordentlich was essen.«

»Hab ich doch gleich gesagt«, nuschelt die *Nonna*. Dann lehnt sie sich zurück, fummelt ihr Gebiss aus dem Mund, legt es neben ihren Teller und lässt einen langen, zufriedenen Rülpser hören.

Hanna verkneift sich nur mühsam das Lachen. Sie holt Luft, um etwas zu sagen, doch gerade noch rechtzeitig stoße ich sie mit dem Fuß unter dem Tisch an. »Aua, Mama, warum trittst du mich?«, sagt sie empört. »Hast du gehört, dass ...«

»Pscht!«, mache ich und schaue sie möglichst streng an, obwohl ich am liebsten mitgelacht hätte.

Zum Glück stellt mir Zio Calzone jetzt Fragen und lenkt mich ab. »Erzähl uns etwas über dich. Was machst du? Wie geht es Mitzi?« Ich will gerade anfangen, da poltert er plötzlich: »Ruhe!« Ich zucke zusammen und die Tischgesellschaft verstummt mit einem Schlag. »Nachrichten!«

Erst jetzt merke ich, dass der Fernseher die ganze Zeit in voller Lautstärke getönt hat. Ein feister Nachrichtensprecher im tannengrünen Anzug räuspert sich umständlich und blickt auf die Blätter in seiner Hand. Er ist genauso unnatürlich haselnussbraun gebrannt wie Berlusconi und trägt offensichtlich ein Toupet. »Nachdem unser Premierminister Neapel vom Müllproblem befreit hat, streikt nun die Müllabfuhr in Palermo.« Es werden Bilder eingeblendet, ganze Straßenzüge mit meterhohen Müllbergen bedeckt, schwarze Rauchschwaden steigen in den Himmel. »Anwohner haben über zweihundert überfüllte Container in Brand gesteckt. Heute ist der Chef des nationalen Zivilschutzes in Palermo eingetroffen. Er wird dem Notstand innerhalb einer Woche ein Ende setzen, notfalls wird die Armee zum Abtragen der Müllberge eingesetzt.«

»Ha!«, ruft meine Cousine Nunzia, die neben mir sitzt. »Wir haben ja schon gesehen, wie gut der *Cavaliere* aufräumen kann!« Sie hat ein Nasenpiercing und reißt die Augen beim Sprechen so weit auf, dass man ihren weißen Augapfel rund um die Iris sehen kann.

»Schhh!«, macht Zio Calzone.

Der Nachrichtensprecher stockt und schaut sich irritiert um. »Ah, ich sehe gerade, eine aktuelle Meldung …«

Eine brünette Dame stöckelt ins Studio, stark geschminkt, mit langen Locken und gefährlichem Dekolleté. Sie lächelt, hält ihren Busen in die Kamera und reicht dem Mann mit den unechten Haaren ein neues Blatt. Er grinst sie schmalzig an, sie umturtelt ihn ein wenig, dann wirft sie uns einen unanständigen Blick zu und verschwindet wieder.

»Sind das immer noch Nachrichten?«, flüstere ich Nunzia zu.

»Schhh!«, macht Zio Calzone wieder.

Nunzia lacht auf: »Ja. Die auf Berlusconis Kanal.«

»Ruhe!«, poltert Zio Calzone.

Die Augen des Tannengrünen fliegen übers Blatt. Ab und zu macht er »*Eh eh eh*« oder nickt vor sich hin. Zio Calzone beugt sich vor, sein Schnurrbart zittert. Endlich blickt der Nachrichtensprecher auf und wendet sich wieder an die Zuschauer. »Meine sehr verehrten Damen und Herren. Soeben hat mich die Meldung erreicht, dass unser Premierminister und seine Partei einmal mehr Opfer der kommunistischen Propaganda geworden sind.«

»Wie immer. Die Verschwörung«, feixt Nunzia und verdreht die Augen.

»Still jetzt!« Diesmal lässt Zio Calzone seine Faust auf die Tischplatte donnern, dass die Teller nur so wackeln.

Hanna zuckt zusammen und greift nach meinem Arm.

»*Papà*, das Kind!«, herrscht Nunzia ihn an.

Apropos Papa. Ich weiß noch immer nicht, wo mein Vater ist. Aber jetzt gerade traue ich mich nicht, zu fragen. Stattdessen lege ich den Arm um Hannas Schultern.

Der Nachrichtensprecher redet weiter: »Beim Wettbewerb *America's plate international* hat Finnland eine *Pizza Berlusconi* vorgestellt. Sie ist mit ...« Er hebt sich das Blatt nah vors Gesicht. »... mit geräuchertem Rentier belegt. Damit hat Skandinaviens größte Pizza-Restaurant-Kette das italienische Team geschlagen.«

»Finnen?« Zio Calzone drückt sich die Hand auf die Brust. »Diese linken Hunde! Jetzt stehlen sie uns auch noch die Pizza.«

»*Papà*, keiner stiehlt uns was, und Finnland ist demokratisch.«

»Und warum dann *Pizza Berlusconi*? Das ist eine offene Beleidigung. Auf internationalem Parkett.«

»Es ist nur ein Pizza-Wettbewerb.«

»Geräuchertes Rentier!« Zio Calzone verzieht angeekelt den Mund. »Aber ist ja klar, dass du die Kommunisten verteidigst.«

»Lieber Kommunisten als Berlusconi«, sagt Nunzia.

»Verräterin!« Zio Calzones Zeigefinger schnellt vor.

»*Basta*!«, ruft Zia Mimma und wirft mit einer Gabel nach Zio Calzone. »Wir haben Gäste!« Dann wendet sie sich mir zu. »Bitte entschuldige. Wenn es um Politik geht, sind die beiden nicht zu bändigen.«

Ich versuche, zu lächeln. Wo bin ich hier gelandet? Was sind das für Leute? Ich glaube, wir sollten jetzt langsam verschwinden.

»Finnen! Rentiere!« Zio Calzone wischt sich mit der Serviette ein wenig Öl vom Unterarm, dort, wo ihn die Gabel getroffen hat. »Wo soll das alles noch hinführen?«

»Also, wir würden dann ...«, stammle ich. »Hanna ist müde. Gibt es denn ein Hotel hier im Ort?«

Zio Calzone starrt mich an, als hätte ich ihm gerade eröffnet, dass Berlusconi zu den Kommunisten übergelaufen ist. »Hotel? Gaetanos Familie?« Er schnaubt empört durch die Nase. »Ihr schlaft natürlich bei uns.«

»Aber das können wir doch nicht annehmen.« Die Vorstellung, mit dieser durchgeknallten Familie eine Nacht zu verbringen, ist nicht gerade prickelnd.

»Amedeo, Nunzia, holt ihre Koffer! Und die Kleine bleibt hier und bekommt ein Eis.« Er legt Hanna eine Hand auf den Arm. »Magst du ein *gelato*?«

Sie strahlt und nickt. Das Wort hat sie verstanden.

»Mimma, los, bring der Anna ein Eis«, ruft Zio Calzone.

»Ich heiße aber Hanna.« Sie zeigt auf sich selbst und sagt auf Italienisch: »*Io sono Hanna*«.

Der Onkel lacht und klatscht in die Hände. »Ja, ich weiß, Anna.«

»Nein, mit H.«

Ich stoße sie mit dem Ellbogen an. »Italiener können kein H. Du nennst ihn Zio Calzone, er nennt dich Anna, das ist doch ein Deal.«

»Na gut.« Hanna nickt.

Mein Cousin Amedeo steht auf. »Ich helfe dir mit den Koffern.« Er ist mir bisher gar nicht groß aufgefallen, saß die ganze Zeit über still am Tisch und hat nichts gesagt. Jetzt begleitet er Nunzia und mich zur Tür.

Ich schaue zurück zu Hanna. Soll ich sie wirklich allein lassen? Wieder ploppt die Warnung meiner Mutter auf: *Du glaubst gar nicht, wie schnell so ein Kind in Sizilien verschwindet.* Ich kenne diese Leute doch gar nicht. Vielleicht ist das nicht mal meine richtige Familie.

»Willst du nicht doch mitkommen?«, frage ich Hanna.

»Nein, ich esse lieber *gelato*.«

Ich seufze. Wenn ich sie jetzt überrede, fasst Zio Calzone das bestimmt als totalen Affront auf. Die ganze Familie wird stockbeleidigt sein und das mit der Suche nach meinem Vater kann ich knicken.

»Komm.« Nunzia schiebt mich vor sich her.

Na los, hab ein bisschen Vertrauen, sage ich mir selbst. Mach dich mal locker. Was sollen die Hanna schon tun? Ich gehe hinter Amedeo hinaus. »Du lebst also in Deutschland?«, frage ich ihn, um mich abzulenken.

»Ja, in Ludwigshafen.«

»Und was machst du da?«

»Gastronomie.«

»Gastronomie! Ha! Er ist nur Barmann«, sagt Nunzia grinsend. Amedeo tritt nach ihr, doch sie springt lachend zur Seite.

»Es gibt da ein Problem«, sage ich. »Meine Reisetasche ist nicht angekommen. Nur die von Hanna.« Verdammt. Die Tasche. Mir wird plötzlich ganz kalt. Ich Vollidiotin habe vor lauter Aufregung vorhin nicht nur die Reisetasche, sondern auch die Fotoausrüstung im Auto gelassen, gut sichtbar auf dem Beifahrersitz. Dabei weiß doch jeder, dass man das in südlichen Ländern nicht tun darf. Niemals. Nie. Ich sehe den Fiat 500 schon aufgebrochen, das Fenster zerschlagen und meine Fototasche futsch. Oder vielleicht ist sogar das ganze Auto weg. Ich lege einen Zahn zu.

»So ein Scheißland.« Amedeo schüttelt den Kopf. »Nicht mal das Gepäck kommt an.«

Nunzia verdreht die Augen. »Seit er in Deutschland lebt, ist Sizilien für ihn die Vorstufe zur Hölle. Er macht gerade Urlaub im Fegefeuer, musst du wissen.«

Wir erreichen die Piazza, und da steht das Auto, leuchtet gelb und unversehrt zu uns herüber, zumindest, soweit ich das von hier erkennen kann. Mein Blick bleibt an dem verbrannten Gerippe auf der anderen Seite des Parkplatzes hängen. »Was ist denn mit dem Laster passiert?«

»Ha!«, macht Amedeo. »Ich sag doch, dass das ein Scheißland ist.«

»Halt die Klappe«, faucht Nunzia ihn an. »Immerhin bist du von hier abgehauen.«

»Ja, um dein Studium zu finanzieren!«

Bitte nicht. Kein Streit. Ich fühle mich, als hätte mir jemand den Stöpsel gezogen und alle Energie würde aus mir entweichen. Plötzlich ist mir alles zu viel. Zu viel Geschrei und Gestreite, zu viel Enge und Nähe. »Da ist mein Auto«, sage ich deshalb mitten hinein in den nächsten Wortschwall und ziehe den Schlüssel aus der Tasche. Die beiden verstummen und ich scanne den Wagen. Alles noch da. Ich atme auf und werfe einen Seitenblick durch die Glasfront der Bar, die innen mit Neonröhren ausgeleuchtet ist. Silvo steht hinterm Tresen und winkt uns zu. Ich winke zurück, während Amedeo die Tasche aus dem Kofferraum holt. Dann öffne ich die Beifahrertür und hänge mir die Fototasche um.

Als wir zurückkommen, kichert Hanna zusammen mit Zio Calzone vor dem Fernseher. Erleichtert atme ich auf und schäme mich gleichzeitig dafür, dass ich überhaupt daran gedacht habe, dass ihr jemand etwas Böses will, genauso wie ich gedacht habe, dass mir hier direkt das Auto aufgebrochen wird. Es läuft eine Pannenshow, bei der die Missgeschicke immer zweimal gezeigt werden, unterlegt mit Lachsalven. Als wären die Leute zu blöd, um selbst zu wissen, wann etwas lustig ist. Überhaupt finde ich es pädagogisch nicht wertvoll, dass meine Tochter lernt, über das Unglück anderer zu lachen.

Hanna und Zio Calzone zeigen mit ihren Zeigefingern auf den Bildschirm und glucksen, als eine wohlbeleibte Braut durch die Holzbühne bricht und ihren frischgebackenen Ehemann mit sich reißt, der aber gerade die Hochzeitstorte anschneidet, weswegen diese gleich auch noch mit hinabstürzt und sich über das Hochzeitspaar verteilt.

»Das ist doch nichts für Kinder«, murmle ich Nunzia zu. »Und dann um diese Uhrzeit.« Die Kuckucksuhr, die über dem Sofa hängt, zeigt kurz vor elf.

»Jetzt mach dich mal locker.« Nunzia verdreht die Augen.

Ich betrachte die Fotos an der Wand. Die Bilder sind alle ziemlich neu, ich finde keinen Mann, der Gaetano sein könnte. Ich muss Nunzia unbedingt nach ihm fragen. Doch ich komme nicht dazu, denn sie streckt Hanna die Hand entgegen. »Kommt, ich zeige euch unser Zimmer, ihr schlaft bei mir.« Meine Tochter nimmt ihre Hand ohne zu zögern, und zusammen steigen sie die Treppe hinauf. Ich hinterher.

Nunzias Zimmer ist winzig und hat kein Fenster, nur ein paar Glasbausteine knapp unter der Decke, durch die ein schwacher Schimmer hereinfällt. Keine frische Luft, es ist eng und dunkel. Ich habe das Bedürfnis hinauszurennen und tief durchzuatmen. Aber da muss ich jetzt durch. An der Wand steht ein King-Size-Bett, und darüber hängt ein King-Size-Rosenkranz.

Nunzia zerrt eine Strandliege hinter dem Schrank hervor und klappt sie auf. »Ihr schlaft im Bett.« Sie schiebt die Liege unter ein rosafarbenes Monchichi-Poster, Original Achtziger-Jahre.

»Sollen wir nicht lieber die Liege nehmen?«

»Bist du verrückt? Ihr seid unsere Gäste. Außerdem seid ihr zu zweit. Ich räume euch gleich noch ein Fach im Schrank frei.«

Ich setze mich auf ihr Bett und sinke tief ein, nämlich genau bis zu den quietschenden Federn. Hanna gähnt und kriecht unter das Leintuch, das wohl als Bettdecke dienen soll. Ich gähne mit, bin hundemüde.

»Ich kann einfach nicht mehr Zähneputzen«, jammert Hanna theatralisch.

Ich muss grinsen. »Ausnahmsweise.«

Ihr scheint das hier alles nichts auszumachen. Im Gegenteil. Sie kuschelt sich in das Laken ein, schmiegt ihr Gesicht an den Hasi und lächelt selig.

»Hier, ein Nachthemd von mir.« Nunzia zieht ein Mickey-Maus-T-Shirt aus dem Schrank. »Da drüben ist das Bad.«

Zum Glück habe ich unseren Waschbeutel in Hannas Reisetasche verstaut. Nachdem ich gewaschen und mit frisch geputzten Zähnen wieder zurück bin, krieche ich neben Hanna unter das Leintuch. Sie schläft bereits fest. Jetzt kann ich endlich die entscheidende Frage stellen, wegen der ich hergekommen bin. »Wo ist er?«

»Wer?«

»Mein Vater.«

»Gaetano?«

Ich nicke. Furchtsam und hoffnungsvoll zugleich.

Vorhang aus Eis

»Hat dir das etwa keiner gesagt?« Nunzia dreht sich in meine Richtung und stützt sich auf ihren Ellbogen.

Ich schüttele den Kopf.

»Soweit ich weiß, ist Gaetano vor vielen Jahren in die Schweiz gezogen, angeblich arbeitet er als Koch in einem Restaurant. Ich habe ihn nie kennengelernt.«

»Das heißt, er lebt gar nicht in Sizilien?«

»Das wusstest du nicht?«

Ich schüttle den Kopf. »Ich weiß gar nichts über ihn. Bis heute früh wusste ich nicht mal, wo Santa Lucia del Monte ist und dass ich hier Familie habe.«

Wahnsinn, wir sind erst heute Morgen in München losgeflogen. Ich habe das Gefühl, als wäre ich schon mindestens eine Woche hier, so randvoll bin ich mit Sizilien und meiner neuen Familie.

»Aber seine Tochter lebt hier«, sagt Nunzia.

»Tochter?« Ich kralle die Hände in mein Leintuch.

»Ja, er hat eine uneheliche Tochter. Concetta.«

»Echt? Wie alt ist sie?«

Nunzia sieht mich prüfend an. »Ungefähr so wie du, schätze ich. Fünfundzwanzig ist sie.«

Die Welt bleibt kurz stehen. »Ich bin auch fünfundzwanzig.«

Nunzia gähnt. »Wenn du willst, bringe ich dich morgen zu ihr.« Dann zieht sie sich das Leintuch bis zum Kinn. »*Buona notte.*«

Ich fühle mich, als hätte mich der ausgebrannte Laster überfahren. Bleischwer liege ich auf dem Bett und lausche Hannas ruhigem Atem. Mein Vater ist nicht hier. Die Enttäuschung drückt mich in die durchhängende Matratze und liegt mir schwer im Magen. Vielleicht sind es aber auch der Meeresfrüchtesalat oder das dritte süße Teilchen, die mir Sodbrennen machen. Jedenfalls schießt mir heißer Mageninhalt regelmäßig die Kehle hoch wie das glühende Magma des Ätna. Gleichzeitig versetzt mich die Aussicht, meine Schwester zu treffen, in Aufruhr.

Am liebsten würde ich mich die ganze Zeit hin und her wälzen, doch ich will Hanna nicht wecken, deshalb zwinge ich mich dazu, still zu liegen. Concetta ist genau so alt wie ich. Ist sie meine verlorene Zwillingsschwester? Ich versuche, Lucia zu spüren, aber ich schaffe es nicht, mich auf sie zu konzentrieren. Ein Gedanke lässt mich nicht los. Wenn meine Schwester hier lebt, warum hätte meine Mutter dann behaupten sollen, dass sie bei der Geburt gestorben ist? Das ergibt überhaupt keinen Sinn.

Die Nacht dauert ewig. Vespas knattern draußen vorbei, Zio Calzone schnarcht wie ein Holzfäller, Nunzia wie eine Holzfällertochter und blutrünstige Mücken saugen an mir herum. Nur eines beschert mir kurzzeitig gute Laune: Der King-Size-Rosenkranz über meinem Bett leuchtet im Dunkeln.

Es knallt zweimal, ich fahre auf. Waren das Schüsse? Nein, bestimmt nur ein Traumfetzen. Irgendwann muss ich doch eingeschlafen sein. Hannas Stimme weckt mich. »Wer ruft denn da?«

Von draußen schallt ein blecherner Singsang herein, danach ein Karnevalslied vom Band.

Nunzia bewegt sich unter ihrem Laken. »Das sind die *ambulanti*«, murmelt sie. »Die fahren rum und verkaufen ihre Sachen.«

»Wie viel Uhr ist es?«, stöhne ich.

»Die fangen um sieben an. Ist praktisch, man braucht nie einen Wecker. Kommt, steht auf, wir müssen zum Markt, bevor es zu heiß wird.«

»Wohin?«

»Zum Wochenmarkt.«

»Ich dachte ... Also ich würde eigentlich gerne meine Schwester ...«, stammle ich.

»Concetta arbeitet auf dem Markt.«

Schlagartig bin ich hellwach. »Ich muss nur kurz mein Handy ...« Mist. Ich habe es gestern in der ganzen Aufregung gar nicht mehr angeschaltet. Ich drücke auf den An-Knopf, der Bildschirm wird hell und es erscheinen zwei Nachrichten. Eine vom Erzeuger und eine von meiner Mutter. Die öffne ich zuerst.

Hast du ihn gefunden?

Ach so, das wüsste sie jetzt schon gerne. Erst jahrelang herumbocken, und jetzt neugierig sein. Aber das ist mal wieder typisch. Kein *Wie geht´s?* Oder *Alles okay?* Oder *Seid ihr gut angekommen?* Ich presse die Lippen zusammen. Sie sitzt bestimmt daheim am Küchentisch, gießt ein Stamperl Schnaps in ihren Kaffee und suhlt sich in Selbstmitleid. Wahrscheinlich bereut sie schon, dass sie mir den Namen des Ortes verraten hat. Ich tippe zurück:

Nein.

Dann seufze ich und klicke auf die Nachricht vom Erzeuger.

Wenn du dich nicht sofort meldest,
komme ich nach Sizilien und hole Hanna!!!

Dass ich nicht lache. Das würde der sich doch nie trauen. Mehr als Ausrufezeichen kriegt er nicht zustande. Ich antworte trotzdem kurz, damit er sich beruhigt:

Alles okay bei uns.

Hanna bekommt ein *cornetto* zum Frühstück. Sie beißt hinein und die Schokoladencreme quillt heraus. Ich glaube, sie hat in ihrem gesamten bisherigen Leben noch nicht so viel Zucker gegessen, wie in einem Tag Sizilien. »Habt ihr nicht irgendwas Gesundes?«, raune ich Nunzia zu. »Müsli oder Obst oder so was?«

»Müsli?« Nunzia zieht ihre Augenbrauen hoch. »Das ist jetzt nicht dein Ernst, oder?«

Eigentlich schon. Aber ich komme mir gerade richtig blöd vor. Ist ja auch egal, das hier dauert ja nicht ewig. Also trinke ich schweigend einen schnellen Espresso, mein Magen ist wie zugeschnürt und mein Kopf wie mit Watte ausgestopft.

Nunzia hat einen knallroten Fiat 600 Sporting. Mit Spoiler. Auf dem hinteren rechten Kotflügel prangt eine Rolling-Stones-Zunge. Als ich den Sicherheitsgurt einklicken lasse, wirft sie einen verächtlichen Seitenblick auf mich und zeigt auf ein Metallteil, das in ihrem Gurtschloss steckt. Sie löst meinen Gurt wieder, kramt in der Mittelkonsole und steckt auch bei mir so ein Ding ein. Keine Ahnung wie das heißt.

»Dann piept der Sensor nicht«, erklärt sie mir.

»Wo hast du *das* denn her?«

»Vom Schrottplatz. Kostet einen Euro.«

Sie lässt den Motor aufheulen und fährt einfach drauflos, über alle Querstraßen und Kreuzungen, ohne einmal anzuhalten. Ich klammere mich mit der rechten Hand an den Haltegriff, mein Sicherheitsgurt fehlt mir, ich fühle mich nackt und schutzlos. Ab und zu drückt Nunzia kräftig auf die Hupe, und erstaunlicherweise lassen ihr alle die Vorfahrt.

»Es gibt da einen Spruch«, sagt sie. »*Donna al volante, pericolo costante.*

»Kenne ich.« Und mit einem Seitenblick auf sie füge ich hinzu: »Ist ja auch nicht sooo weit hergeholt.«

»Du verstehst das nicht.« Sie schüttelt den Kopf. »Du musst dir die Vorurteile der Männer zunutze machen. Sie gehen davon aus, dass eine Frau nicht Auto fahren kann, also bleiben sie vorsichtshalber stehen. Und du hast Vorfahrt. So einfach ist das.«

Wir rasen an kleinen Altären vorbei, die liebevoll in Mauernischen angelegt sind, streunende Katzen springen davon und Nunzia schlängelt sich geschickt um parkende Autos und Fußgänger. Vor lauter Festhalten schlafen meine Finger ein und kribbeln.

Nur einmal muss sie stehenbleiben. In einer engen Gasse hat ein Mann sein Auto auf der Fahrbahn abgestellt, um Zigaretten zu kaufen. Auf der Gegenseite blockiert ein klappriger dreirädriger Minilaster die Straße. »Spinnt der?«, sage ich. »Der kann doch nicht einfach sein Auto hier stehen lassen, der hält den ganzen Verkehr auf!«

Nunzia zuckt die Schultern. »Die paar Minuten ...« Sie blickt mich an. Jetzt, bei Tageslicht sehe ich, dass ihre Augen verschiedenfarbig sind, das linke ist hellbraun und das rechte dunkelbraun. »Und Linda ... Sei doch nicht so deutsch.«

»Bitte?«

»Na ja, du regst dich über Pannenshows auf, Hanna soll früh ins Bett gehen, du willst Müsli zum Frühstück, brauchst einen Sicherheitsgurt und bist immer in Eile. Wenn das nicht typisch deutsch ist?«

Hitze steigt mein Gesicht hoch. Ich komme mir vor wie der Erzeuger persönlich. Bin ich wirklich so bieder? In Deutschland fühle ich mich immer wahnsinnig sizilianisch, aber hier ...

Es geht weiter. Nunzia rast durch die Gassen, bis sie schließlich rückwärts in die Parklücke setzt. Die Stoßstange dockt hinten an. »Huch!«, macht sie, fährt wieder ein Stück vor und stellt den Motor ab.

Ich starre sie erschrocken an.

»Egal«, winkt sie ab und steigt aus.

Diesmal sage ich nichts.

Ab hier ist die Straße voller Marktstände, zwischen denen sich Frauen, vollbeladen mit Plastiktüten, drängen. Ich nehme Hanna fest an der Hand und wir tauchen in das Halbdunkel unter den Sonnensegeln ein. Die Händler rufen ihre Waren aus, jeder hat einen anderen Singsang, sozusagen eine persönliche Erkennungsmelodie. Es riecht nach Oliven und Käse, und ich lasse mich von den Frauen vorwärts schieben. Alte, junge, große, kleine, dicke, dünne – jedenfalls sind sie alle laut, sie schreien, gestikulieren, gackern, lachen, feilschen. Afrikaner bieten Schmuck und gefälschte Sonnenbrillen an, Reggae tönt aus den Boxen an ihren Klapptischen, Hanna hüpft im Takt der Musik neben mir her.

»Da ist sie!«, ruft Nunzia und winkt in Richtung eines Standes, an dem bunte Kleider vom Sonnendach herabbaumeln. »Ciao Concetta!«

Mein Herz setzt kurz aus.

Eine dickliche Frau winkt zurück. »Nunzia!« Sie hat blond gefärbtes Haar, das am Ansatz schwarz nachwächst, Pferdezähne und ein fliehendes Kinn. Die soll genauso alt sein wie ich? Ich hätte sie auf mindestens zehn Jahre älter geschätzt.

Nunzia umarmt und küsst sie, dann zeigt sie auf mich. »Das ist Carmelinda. Gaetanos Tochter aus Deutschland.«

Ich strahle Concetta an. Soll ich sie auch umarmen?

Ihr Lächeln gefriert, als hätte jemand einen Vorhang aus Eis vor ihr Gesicht gezogen. Obwohl sie einen Kopf kleiner ist als ich, schafft sie es, mich von oben herab anzusehen.

83

»Ciao«, sage ich und lächle weiter. Meine Schwester kennenzulernen, hatte ich mir anders vorgestellt. Mit Begeisterung und Lachen und Küssen und so.

Concetta verschränkt die Arme vor der Brust und kneift feindselig die Augen zusammen. Dann fragt sie Nunzia: »Was will die hier?«

Sind wir jetzt im Kindergarten, oder was?

»Sie ist extra nach Sizilien gekommen, um ihre Familie kennenzulernen«, sagt Nunzia. »Und das ist ihre Tochter. Deine Nichte.«

Jetzt schmilzt Concettas Gesicht genauso schnell, wie es vorhin zugefroren ist. »*Che bella bambina*!« Concetta beugt sich zu Hanna hinunter und kneift sie die Wange. »Ich bin deine Tante.« Sie dreht sich um, kramt in einer Schublade unter der Kasse und zieht einen giftgrünen Lolli hervor. »Hier, für dich.«

»*Grazie.*« Hanna fummelt das Plastik ab und steckt sich den Lutscher in den Mund.

»Ich freue mich sehr, dich kennenzulernen«, sage ich in meinem besten Schulitalienisch. Den Satz habe ich mir heute Nacht extra zurechtgelegt, genauso wie meine ganze Lebensgeschichte.

Concetta mustert mich, als wäre ich ein verdrecktes Kleid nach einem Tag auf ihrem Wühltisch, nickt grimmig und schaut dann gleich wieder zu Nunzia rüber. »Wie lange bleibt die noch?«

So langsam wird mir das hier zu blöd.

Nunzia zuckt die Schultern und fragt mich: »Wie lange bleibst du eigentlich noch?«

»Keine Ahnung. Ich wusste ja nicht, ob ich euch gleich finde, deshalb habe ich keinen Rückflug gebucht.« Ich verschränke die Arme vor der Brust. »Aber wenn ich störe, kann ich jederzeit in ein Hotel gehen.« Meine Stimme klingt zickig.

Um Concettas Mundwinkel huscht ein triumphierendes Lächeln.

Nunzia hakt mich unter. »Du kannst natürlich bei uns wohnen, solange du willst.«

»Und wo ist der Vater zu dem Kind?«, fragt Concetta wieder Nunzia, die zuckt die Schultern und schaut mich an.

So, mir reicht es. Wer nicht mit mir spricht, dem antworte ich auch nicht. Außerdem geht Concetta das gar nichts an. Ich beiße die Zähne zusammen, wende den Kopf und tue so, als würde ich Nunzia neben mir anschauen, aber aus dem Augenwinkel betrachte ich Concetta. So eine blöde Kuh. Sie sieht mir überhaupt nicht ähnlich. Und ich fühle auch rein gar nichts. Das ist nicht meine verlorene Schwester, von der ich über zwanzig Jahre lang geträumt habe. Das ist einfach nur eine unsympathische, hässliche, arrogante, unerzogene ...

»Linda?«

Ich zucke zusammen.

»Komm, wir shoppen noch ein bisschen.« Nunzia hebt die Hand zum Gruß. »Ciao, Cousinchen.« Dann zieht sie Hanna und mich weiter, wieder hinein in das Meer aus wogenden Frauen.

»Was habe ich der denn getan?« Die Empörung lässt meine Stimme schrill klingen.

»Mach dir nichts draus, die ist manchmal so. Sie fühlt sich eben von dir bedroht.«

»Bedroht?« Ich starre sie an.

»Sie denkt, du hast es auf ihr Erbe abgesehen.«

»Schwachsinn. Welches Erbe denn? Davon weiß ich gar nichts.«

»Das Haus am Meer.«

»Quatsch, ich wollte doch einfach nur meinen Vater kennenlernen. Und meine Schwester.«

»Ich dachte, du wusstest gar nichts von deiner Halbschwester?«

»Nein, von der nicht. Aber ich habe ja noch eine Zwillingsschwester. Ich dachte kurz, dass Concetta vielleicht, aber ... Nein!«

»Was? Echt?« Nunzia bleibt stehen. Eine dicke Frau rempelt sie fast um, doch Nunzia pariert mit einem gezielten Ellenbogenstoß. Dann dreht sie sich zu mir um, nimmt mich am Unterarm und zieht mich auf die Seite zwischen zwei Stände. »Erzähl!«

Ich angle nach Hannas Hand, damit sie nicht vom Strom der Frauen mitgerissen wird. »Sie ist angeblich bei unserer Geburt gestorben, aber ich glaube das nicht.«

»Warum?«

»Ich spüre es einfach, schon mein ganzes Leben lang. Ich träume von ihr, ich sehe sie, ich höre sie in meinen Gedanken. Das ist schwer zu erklären. Na ja, Concetta ist es jedenfalls nicht.«

Nunzia schüttelt den Kopf. »Sie ist die Tochter von Rosalba. Ganz genau weiß ich es nicht, aber ich glaube, sie hatte eine Affäre mit Gaetano, der wollte sie nicht heiraten, und dann ist er abgehauen. Deshalb ist die Familie nicht gerade gut auf ihn zu sprechen. Und wenn jetzt noch das Erbe bedroht ist ...« Sie hebt die Hände.

»Das Erbe ist mir scheißegal. Was erlaubt die sich eigentlich, mir so was zu unterstellen? Sie kennt mich doch gar nicht.« Wütend kicke ich einen Stein zur Seite. Dann fällt mir etwas ein. »Rosalba muss ziemlich bald nach Mitzi schwanger geworden sein.« Alle Schimpfwörter, die meine Mutter je über meinem Vater ausgeschüttet hat, kommen mir in den Sinn. Sizilianischer Süßholzraspler, Weiberschmecker, Hallodri ... Das erste Puzzleteil hat sich eingefügt. »Vielleicht ist Gaetano es wirklich nicht wert, gesucht zu werden«, murmle ich.

»Vielleicht will er ja auch gar nicht gefunden werden?«

Ich zucke die Schultern. »Aber Lucia ist etwas anderes. Sie ist ein Teil von mir. Ich muss wissen, was bei unserer Geburt passiert ist. Hilfst du mir?«

»Wenn ich kann ...« Nunzia schaut mich mit ihren verschiedenfarbigen Augen an. »Klar, ich versuche es. Was weißt du denn schon alles darüber?«

»Nichts.«

»Okay.« Nunzia hebt ihre rechte Augenbraue.

»Aber vielleicht kannst du herausfinden, in welchem Krankenhaus ich geboren wurde, und welcher Arzt oder welche Hebamme damals bei der Geburt dabei waren ...«

Nunzia legt mir die Hand auf den Arm. »Mache ich alles. Versprochen. Morgen. Jetzt komm, du brauchst Klamotten. Und shoppen macht immer gute Laune.«

Tatsächlich denke ich nach dem siebenundzwanzigsten Klamottenstand nicht mehr an die stutenbissige Concetta und ihren Weiberschmecker-Vater.

»Das kostet nur fünf Euro!«, rufe ich verzückt und halte ein buntes Strandkleid hoch. »Das nehme ich auch noch!«

»Dafür bist du zu alt«, sagt Hanna. Ich schlucke und lasse das Kleid sinken.

Nunzia lacht. »He, du freche Maus!« Dann schaut sie zu mir. »Quatsch, das sieht toll aus.«

Vier Paar Schuhe, drei Kleider, eine Jeans und zwei T-Shirts habe ich schon erstanden. Vor allem die Sandalen haben es mir angetan, mit geflochtenen Bändern und Perlen. »Sowas gibt es in Deutschland gar nicht«, rufe ich begeistert. »Schau mal die Handtaschen! Die kosten auch nur zehn Euro!«

Die Sonne steigt höher und sticht erbarmungslos zwischen den Zeltdächern hindurch, die Händler beginnen, ihre Ware in Kartons zu verpacken. Ich bin glücklich, aber völlig verschwitzt. Auch Hanna langt es. Dank eines Malbuchs, mehrerer Armkettchen und eines Barbie-Imitats für einen Euro hat sie bis jetzt durchgehalten, doch ich sehe, dass ihr Kopf rot ist und sie immer langsamer wird. Wir schleppen meine Ausbeute zum Auto und stopfen den Kofferraum mit Tüten voll.

»Ich habe Durst«, tönt Hanna vom Rücksitz.

»*Yes*, ich auch!« Nunzia lächelt sie im Rückspiegel an. »Wir halten bei der nächsten Bar.«

»Da!« Hanna zeigt nach draußen.

»Nein, da dürfen keine Frauen rein.«

»Was?« Ich starre sie von der Seite an. »Im Jahr zweitausendacht?«

Nunzia zuckt die Schultern. »Es gibt eben Bars für alle, und Bars für Männer.« Sie fährt halb auf den Bürgersteig und bremst. »Die ist für alle.«

Wir tauchen in die düstere Kühle ein, die Klimaanlage läuft auf Hochtouren, und bestellen Wasser, das so kalt ist, dass es an den Zähnen zieht. Plötzlich schwingt die Tür auf.

»Sie haben den Apotheker erschossen!«, ruft eine junge Frau durch die offene Tür herein.

»Mein Gott!« Nunzia schlägt sich die Hand vor den Mund.

»Was ist passiert?«, ruft die Frau hinter dem Tresen.

»Heute in aller Herrgottsfrüh! Als er aufsperren wollte!« Die Frau ist völlig außer Atem.

»Ich habe letzte Nacht Schüsse gehört«, flüstere ich und sehe besorgt zu Hanna, doch die hört gar nicht zu, sondern schleckt versonnen an einer Kugel Pistazieneis, die ihr die Frau hinterm Tresen geschenkt hat, und ist in ihr Malbuch vertieft.

»Hoffentlich geht das jetzt nicht wieder los.«

»Was denn?«

»Vor ein paar Wochen haben sie dem Bürgermeister das Haus angezündet, weil er Schwarzbauten abreißen lassen wollte. Und vorigen Montag haben sie auf der Piazza den Lastwagen in Brand gesteckt ...«

»Danach wollte ich dich gestern schon fragen ...«

»Der hat einem erfolgreichen Unternehmer gehört. Und jetzt der Apotheker. Er hatte schon drei Apotheken in Palermo, und vor kurzem hat er hier eine vierte eröffnet.«

»Schutzgeld?«, fragte ich.

»*Yes*. Das hat mit der Wirtschaftskrise zu tun. Je schlechter die Geschäfte laufen, desto schlechter verdient die ehrenwerte Gesellschaft. Also muss sie zu härteren Mitteln greifen, um ihren Anteil zu bekommen.«

Ich schlucke. »Weiß man, wer es war?«

Nunzia lacht auf. »Natürlich nicht. Hier herrscht *omertà*, das Schweigegesetz. Du siehst ja, was passiert, wenn sich jemand wehrt.«

»Was ist mit Polizei, Staatsanwaltschaft, Kronzeugenschutz und so?«

Sie verzieht spöttisch den Mund. »Du hast wohl zu viele Mafia-Filme gesehen. Hier hilft dir niemand.«

»Wie kann man so leben?« Ich sehe mein Gesicht im Spiegel, es wirkt bleich. »Hast du keine Angst?«

Nunzia schüttelt den Kopf. »Wir haben nicht viel Geld, also brauchen wir auch keine Angst zu haben. Außerdem kennt mein Vater die richtigen Leute.«

»Und zwar?«

Sie winkt ab. »Er ist eben eine sehr respektierte Persönlichkeit hier im Dorf. Und damit *basta*. Komm jetzt, meine Mutter wartet sicher schon mit dem Mittagessen. Und danach fahren wir an den Strand.«

»Hanna, willst du heute ans Meer?«, frage ich.

Sie blickt von ihrem Malbuch auf. »Au ja, Meer!«

»Schlag ein!« Nunzia hält ihr die flache Hand hin und Hanna drückt ihre eisverklebte Handfläche dagegen.

»Oh Mist!« Ich lange mir an die Stirn. »Mein Bikini ist in der anderen Tasche. Können wir noch mal zurück zum Markt?«

Nunzia schaut auf ihr Handy und schüttelt den Kopf. »Die Stände haben um zwölf dicht gemacht. Aber ich leih dir einen, das ist kein Problem.«

Die Katze

Nunzia kramt in einer Schublade und zieht einen pinken Bikini heraus, der verdammt klein aussieht. Prüfend sehe ich sie an. Sie hat viel weniger Busen als ich. »Meinst du, ich passe da rein?«

»Probier ihn halt mal an.«

Ich gehe ins Bad und schlüpfe hinein. Puh, das wird knapp. Ich ziehe an den Körbchen herum, um sie etwas großflächiger zu platzieren, scheitere aber.

Dann gehe ich wieder zurück ins Zimmer. »Meinst du, das geht?« Ich sehe zweifelnd an mir herunter.

»Klar!« Nunzia reckt den Daumen nach oben und grinst. »Sexy!«

»Mama, Mama, Mama, ich will zum Strand, komm jetzt!«, quengelt Hanna.

Na gut, hier kennt mich ja keiner. Ich seufze und ziehe eines der neuen Strandkleider über.

Wellen rollen auf einen weiten Sandstrand, an dem Kinder im Sand herumwühlen und junge, sehr schöne Männer Ball spielen. Wir breiten Badetücher auf dem Sand aus, legen unsere Sachen ab und ziehen unsere Klamotten aus. Mit einem seligen Lächeln gehe ich auf die Brandung zu. Endlich Meer.

»Warte, wir gehen erst noch ein Stück«, ruft Nunzia und marschiert los. Mir steht der Schweiß auf der Stirn und am liebsten würde ich mich sofort ins Wasser stürzen, aber ich will nicht schon wieder meckern.

»Und unsere Taschen?«, rufe ich ihr hinterher.

»Was meinst du?«

»Die können wir doch nicht so einfach hier liegen lassen.«

Sie dreht sich zu mir um. »Und warum nicht? Weil alle Sizilianer klauen, oder was?«

»Äh nein, natürlich nicht«, beeile ich mich zu sagen.

»Also, dann komm.«

Das Meer umspült unsere Füße, die Luft ist erfüllt von Gischt und warmer Wind bauscht meine Haare auf. Ich atme die salzige Luft tief ein. Hanna rennt durch die Ausläufer der Wellen, Wasser spritzt auf und sie lacht. So fühlt sich Freiheit an.

Ein roter Katamaran liegt in den Brechern, das Meer reißt an ihm. Zwei Bademeister in ebenso roten Shorts versuchen, ihn aus der Brandung zu ziehen. Ich stocke. Das ist ... Silvo! Und gleich wird er sich umdrehen und mich sehen, in diesem pinken Miniding. Ich verschränke die Arme vor meinem knappen Oberteil.

»Silvo!«, schreit Nunzia und winkt.

Bitte nicht. Ist das peinlich. Ich muss hier weg, raus aus Silvos Blickfeld, bevor er sich umdreht. Ich renne los, mitten hinein in die Brecher und will mich elegant in die Fluten stürzen, damit das Meer dieses Nichts von Bikini versteckt.

»Linda, nein!«, ruft Nunzia.

»Halt!«, schreit Silvo.

Ich renne weiter, halte mit den Händen das Oberteil an seinem Platz. Gleich der erste Brecher haut mich um, die Unterströmung zieht mir die Füße weg, und ich werde durchgenudelt wie im Schleudergang einer Waschmaschine. Keine Orientierung mehr, Kopf unten, Füße oben. Dann: ein fester Griff um meinen Arm.

»Ich hab sie«, höre ich und werde endlich in die richtige Richtung gezogen, mein Kopf ist wieder über Wasser, ich schnappe nach Luft, huste, spucke. Silvo hat mich unter den Achseln gepackt und zerrt mich durch das schäumende Wasser. Mein Held. Baywatch. Hab ich doch gleich gewusst. Ich bekomme Grund unter die Füße, rapple mich hoch.

»Mama, dein Busen hängt raus!«, höre ich Hannas Stimme über die Brandung hinweg.

Ich stolpere, sehe an mir herunter. Tatsächlich. Hektisch ziehe ich das Bikinioberteil wieder hoch, aber es hat sich verdreht. Am Strand hat sich eine Gruppe Schaulustiger gebildet, die wild gestikulieren. »Wellen unterschätzt«, höre ich, und »offene Küste nach Afrika.« Dann: »Letztes Jahr ist hier ein Mädchen ertrunken.«

Verdammt, ich ziehe weiter sinnlos an dem Stoff herum. Da drückt Silvo mich an seine glatte Brust und verbirgt mich vor den Blicken der Leute. Endlich sitzt der Bikini wieder. *Epiliert der sich?*, denke ich noch, da merke ich, dass Hanna weint.

Das schlechte Gewissen trifft mich wie eine Ohrfeige. »Alles gut!«, rufe ich und laufe los, auf meine Tochter zu, hebe sie hoch und umschließe sie fest mit den Armen. »Alles gut, Mucki.« Wie konnte ich nur so etwas Blödes machen? »Tut mir leid, mein Schatz.«

»Ich dachte, du ertrinkst«, schluchzt sie. »Und dann wäre ich ganz allein hier in Sizilien gewesen, nicht einmal Papa wäre mehr da gewesen ...«

Oh je, der Erzeuger, schießt es mir durch den Kopf. Ich habe völlig vergessen, ihn anzurufen.

»Ich wäre der alleinste Mensch auf der ganzen Welt gewesen!«, heult Hanna weiter.

»Aber ich bin doch da«, murmle ich und küsse sie auf die Stirn.

»Danke, lieber Silvestro, dass du mich gerettet hast«, flüstert der schöne Silvo in mein Ohr. Er ist von hinten an mich herangetreten und sein Atem jagt mir einen Schauer über den Rücken.

»Danke, Herr Bademeister«, sage ich.

»Seenotrettung!«

Ich lache. »Baywatch.«

Dann stelle ich Hanna wieder ab. Meinen Busen hat er jetzt eh schon gesehen.

»Wie bist du denn auf die bescheuerte Idee gekommen, da einfach rein zu rennen?« Er zeigt auf einen Ausguck auf Stelzen, an dem eine rote Fahne flattert. »Das heißt Baden verboten.«

»Also, äh, ich dachte ...«

»Ist ja noch mal gut gegangen«, sagt Silvo. »Aber dafür schuldest du mir ein Bier in der Strandbar, *bella tedesca*.« Er kneift mich zart in die Wange. Er epilierte sich wirklich. Kein Haar auf der Brust. Ob er sich auch ...? Ich werde rot. Er grinst mich an, bestimmt denkt er, ich bin wegen der Einladung rot geworden. Das ärgert mich, und ich werde noch röter. Ich fühle mich ungeschickt und hilflos, bin es überhaupt nicht mehr gewohnt, zu flirten. Seit dem Erzeuger hatte ich keine Affäre mehr, keine Liebelei, nicht einmal einen kleinen Flirt. Keiner hat mir je wieder nachgeschaut, seit ich schwanger war. Ich bin komplett von der Männer-Bildfläche verschwunden.

»Kommt mit, ich zeige euch Gaetanos Haus.« Nunzia rettet mich vor meinen eigenen Gedanken, und auch vor den Blicken der Leute, die immer noch den Kopf über mich schütteln.

»*A dopo*!«, ruft sie Silvo zu und zieht mich mit sich.

Wir gehen den Strand weiter entlang. Ich hätte mich gar nicht genieren müssen. Die meisten Frauen hier haben Kurven, Speckfalten, Rundungen, Röllchen, und trotzdem haben sie knappe Bikinis an und stehen selbstbewusst da, die Hände in die Hüften gestemmt und die Dekolletés stolz herausgedrückt. Auch ich trage mein Kinn gleich etwas höher.

»Hier ist es.« Nunzia geht voran, steile Stufen hinauf, die jemand in die Böschung gegraben und mit Holzbrettern stabilisiert hat. Als wir außer Hörweite sind, bleibt sie stehen und dreht sich zu mir um. »Nimm dich vor dem in Acht.«

»Vor Silvo?«

Nunzia nickt. »Der ist hinter jedem Rock her, und außerdem weiß er selbst nicht, was er will. Heute so, morgen so, und immer ist er in irgendwelche dubiosen Geschäfte verstrickt.«

»Und warum sagst du mir das?«

Nunzia grinst. »Weil du mit Leuchtschrift auf der Stirn stehen hast, wie sexy du ihn findest. Und in deinen Augen glitzern Herzchen.«

Hanna kichert.

Verdammt, ich laufe schon wieder rot an.

»Siehst du, deswegen.« Nunzia schüttelt den Kopf und klettert weiter die Treppe hinauf. Ganz oben taucht hinter dichten Oleanderbüschen ein Stück gelbe Fassade auf.

»Das ist es.« Nunzia schnauft noch von dem steilen Aufstieg.

»*Bello!*«, sagt Hanna.

Ich spähe durch den Zaun. Ein gelber Bungalow. Der Putz bröckelt an manchen Stellen ab und die Äste der Hibiskusbäume hängen tief über die Terrasse. An einer Wendeltreppe, die aufs Dach führt, rankt sich eine pink leuchtende Bougainvillea hinauf und unter einem Zitronenbaum liegen verschimmelte Früchte herum. Schade um die Zitronen, würde meine Mutter jetzt sagen.

»Ist schon ziemlich runtergekommen. Aber der Blick ist einmalig«, sagt Nunzia.

Ich drehe mich um. Von hier oben sehe ich über den ganzen Strand, links bis zu einer vorgelagerten Insel, rechts bis zu einem Hügel, der die Bucht begrenzt. Und sonst nur endloses Meer, das am Horizont mit dem Himmel verschwimmt. Ich verliere mich in den Blauverläufen. Da draußen schaukelt ein Fischerboot auf den Wellen. Und ja, die Böschung, die jetzt unter uns liegt, ist mit Agaven und Kaktusfeigen bewachsen. Mein Sizilien. Endlich. Ich habe es gefunden.

»Hier war ich also als Baby schon mal.« Ich schüttle den Kopf. »Wer wohnt da jetzt?«

Nunzia zuckt die Schultern. »Keiner.«

»Ich dachte, Concetta ...«

»Nein. Gaetano wollte nicht, dass jemals wieder jemand das Haus betritt. Seit er weg ist, steht es leer. Es gibt da so eine Geschichte. Mittlerweile ist es sicher auch innen ziemlich ramponiert. Wegen der Meerluft ...«

»Was für eine Geschichte?«

Nunzia senkt die Stimme. »Es heißt, dort geht ein Mädchen um.«

»Was?«

»Na, ein Geist.«

Ich lache auf. »Quatsch.«

»Frag mal die *Nonna*. Die hat sie immer gesehen.«

Ich starre meine Cousine an. Veräppelt sie mich?

Hinter uns ertönt eine Männerstimme. »Nunzia!« Ein kahlköpfiger Mann schaut über den Zaun des Nachbarhauses.

»Zio Peppino! Wie gehts?«

»Gut, gut. Und wer ist das?« Der Glatzkopf nickt in meine Richtung.

»Gaetanos Tochter aus Deutschland.«

Der Zio pfeift durch die Zähne und mustert mich von oben bis unten. Es ist mir unangenehm, aber ich denke einfach daran, wie selbstverständlich die anderen Frauen hier so sind, wie sie eben sind, und straffe die Schultern.

»Du bist Carmelinda?«, fragt er. »Ich erinnere mich noch an dich als Baby. Und an deine Mutter.«

»Wirklich?«

»Klar, wir waren ja Nachbarn.«

Aus seinem Garten ertönt eine Frauenstimme. »Pepiii!«

»Rosaria ruft mich. Aber ihr müsst unbedingt mal zum Grillen kommen. Ciao.« Er hebt die Hand zum Gruß und verschwindet wieder hinter den ausgefransten Wedeln einer Bananenpalme.

»*Ciao, zio*«, ruft Nunzia ihm hinterher.

»Noch ein Onkel?«

Nunzia lacht. »Nein. Das ist so eine Respekts-Sache, man sagt zu engen Freunden der Familie immer *zio* oder *zia*.« Dann zuckt sie die Schultern. »Oder eigentlich doch. Wir nennen hier alle Onkel und Tanten, und irgendwie sind sie es auch. Gefühlt zumindest.«

»Da, eine Mieze.« Hanna zeigt auf eine Natursteinmauer in Gaetanos Garten, auf der eine weiße Katze liegt und uns unverwandt anschaut. »Sie hat blaue Augen.«

Das Tier hat die Vorderpfoten elegant überkreuzt und beobachtet jede unserer Bewegungen. Ihr Blick ist so intensiv, als würde sie mir direkt in die Seele hineinschauen. Ich versuche, ihrem Blick standzuhalten, doch ich blinzele zuerst. Gruselig.

»Irgendwie spüre ich was«, murmle ich. Mir ist plötzlich ganz flau und nach Heulen zumute. »Ich kenne das hier. Es ist so ... Ich weiß nicht. Als würde sich etwas in mir erinnern.« Ich schlucke.

»Die Seele vergisst nie etwas«, sagt Nunzia.

»Meine Mutter würde jetzt sagen: Das Universum vergisst nichts. Aber das ist ja irgendwie dasselbe, oder?« In Wirklichkeit spüre ich Lucia, aber das sage ich nicht. Stattdessen versuche ich, die Tränen runterzuschlucken, die in meinem Hals aufsteigen.

Hanna nimmt meine Hand. »Was ist mit dir, Mama?«

»Alles gut, Mucki«, krächze ich. »Es ist nur ein bisschen viel auf einmal.«

Nunzia mustert mich mit ihren verschiedenfarbigen Augen. »Du brauchst Wurzeln. Da gibt es doch diesen Spruch: Nur wer Wurzeln hat, kann die Flügel ausbreiten, oder so ähnlich.«

Ich nicke und wische mir mit dem Unterarm über die Nase. »Wenn Kinder klein sind, gib ihnen Wurzeln. Wenn sie groß sind, gib ihnen Flügel. Goethe. Der war auch in Sizilien.«

»Sag ich doch. Weißt du was? Ich lasse mir einfach von der *Nonna* Gaetanos Telefonnummer in der Schweiz geben, und wir rufen ihn an.«

Ich nicke wieder.

Sie umarmt mich und gibt mir einen Kuss auf die Wange. »Wir müssen dich schließlich flugtauglich bekommen.«

Ich atme tief durch und wische mir noch mal übers Gesicht. Dann ziehe ich mein Handy aus der Tasche, knipse durch den Zaun hindurch ein paar Fotos vom Haus, und natürlich von dem grandiosen Ausblick.

Apropos Handy. »Ich muss unbedingt Hannas Vater anrufen, der springt im Dreieck.«

»Ja, Papa!«, ruft Hanna. »Darf ich ihn anrufen?« Sie hüpft auf und ab. »Ich will ihm alles erzählen.«

Ich tippe auf den Kontakt und reiche ihr das Handy. Sie hält es sich ans Ohr, tritt ungeduldig von einem Bein auf das andere. Dann sinkt ihr Strahlen zusammen und sie gibt es mir zurück. »Nicht erreichbar.«

Ich halte das Telefon ans Ohr und höre gerade noch das Piepen der Sprachbox. »Hier ist Linda. Ich wollte dir nur sagen, dass bei uns alles okay ist. Ciao.«

Dann schicke ich die Fotos, die ich gerade gemacht habe, per MMS an meine Mutter. Der Gedanke daran, was ihr mein Vater angetan hat, tut mir fast körperlich weh. Sie hat alles für ihn aufgegeben, war hier ganz allein, ohne Familie, ohne Freunde. Ihr Kind ist gestorben, oder zumindest dachte sie das. Und dann hat der Mistkerl sie auch noch betrogen.

Wir bleiben bis zum Sonnenuntergang am Strand. Im Laufe des Nachmittags kommen noch ein paar Freunde von Nunzia, sie spielen eine Art Federball mit Holzschlägern, auch Silvo ist dabei, und ich schiele immer wieder verstohlen auf seinen durchtrainierten Körper. Keine übertriebenen Muckis aus dem Fitnessstudio, sondern echte, schöne Muskeln von jemandem, der sich einfach viel bewegt.

Amedeo taucht auf und kauft am Kiosk Eis für uns.

»Seit wann lebst du schon in Deutschland?«, frage ich ihn, als er wieder neben uns sitzt, und schlecke Zitrone-Maulbeere.

»Seit letztem Sommer. Eigentlich wollte ich nur einen Monat lang bleiben und ein bisschen Geld verdienen, aber dann konnte ich nicht mehr zurück.«

»Warum?«

»Ach, Familiengeschichten«, sagt er unbestimmt und hält mir sein Eis hin. »Probier mal. Mandel-Pistazie.« Amedeos Augen sind fast schwarz.

Ich schlecke. »Auch lecker. Was denn für Familiengeschichten?«

Amedeo zuckt die Schultern. »Na ja, ich muss Geld verdienen, damit Nunzia weiter studieren kann.«

»Kostet die Uni was?«

»Ja, ein paar hundert Euro jeden Monat, und dazu kommt noch das Zimmer in Palermo. Das kann sich mein Vater nicht mehr leisten.«

»In Deutschland kostet die Uni nichts.«

»Ich sag doch: Italien ist ein Scheißland. Was machst du eigentlich? Studierst du auch?«

»Geht ja nicht, wegen Hanna«, murmle ich und schäme mich, weil es in Deutschland so leicht ist, zu studieren, und ich meine Chance nicht nutze. Um das Thema zu wechseln, frage ich: »Hast du manchmal Heimweh?«

Amedeo schaut übers Meer und spannt die Kiefermuskeln an. »Am Anfang war es schlimm«, sagt er leise. »Ich kannte niemanden außer meinem alten Onkel Giuseppe. In der Arbeit haben sie mich richtig mies behandelt, ich konnte kein Deutsch. Der einzige Ort, den ich in der Stadt allein gefunden habe, war das Einkaufszentrum. Dort habe ich meine freien Tage verbracht.«

Ich stelle mir vor, wie Amedeo einsam auf einer Bank zwischen all den hastenden Menschen sitzt, und schlucke. »Und jetzt?«

»Mittlerweile habe ich Freunde. Aber wirklich wohl fühle ich mich noch immer nicht.«

»Warum?«

Er zuckt die Schultern. »Ich bin ein Fremder. Werde ständig von der Polizei kontrolliert, vor allem nachts, auf dem Heimweg von der Arbeit. Wo kommen Sie her, wo wollen Sie hin, Ausweis und Führerschein, haben Sie getrunken, Alkoholtest. Das kenne ich schon. Aber letztes Mal bin ich ausgestiegen, habe die Hände in die Taschen gesteckt, weil es kalt war. *Handy raus*, hat mich der Polizist angebrüllt. Ich wollte also in meine hintere Hosentasche greifen, um das Telefon rauszuholen, da haben sie mich plötzlich angesprungen, mir den Arm auf den Rücken gedreht und mich breitbeinig ans Auto gestellt. Ich wusste erst gar nicht, was los ist, da hat er geschrien:

Ich hab gesagt, Hände raus. Und als ich erklärt habe, dass ich ihn falsch verstanden habe, hat er geantwortet: *Dann lern halt Deutsch.* Nur so als Beispiel.«

Ich spüre, wie mein Gesicht heiß wird. »Solche Arschlöcher. Das tut mir leid. Ich hoffe, du weißt …«

»Ja ja, ihr seid nicht alle so, ich weiß«, unterbricht er mich und lächelt wenig überzeugend. »Aber sonst passt alles«, fügt er etwas zu schnell hinzu und steht auf, geht zu Hanna und hilft ihr, Muscheln in die Türme ihrer Sandburg zu drücken. Schon komisch. Er zieht über Sizilien her, aber in Deutschland scheint er sich auch nicht wohl zu fühlen. Ich glaube, er ist heimatlos.

Die Sonne sinkt tiefer, das Licht wird weich. Ich beobachte das Fischerboot auf dem Meer, es schaukelt noch immer an der gleichen Stelle wie vorhin. Wie es wohl für meine Mutter war, hier zu leben? Jeden Tag diese Aussicht, jeden Tag Strand und Meer und Sonne? Ich stelle mir vor, wie ich dort oben Spaghetti mit Tomatensoße koche, für Hanna und den schönen Silvo. Ich beobachte ihn aus dem Augenwinkel. Er sitzt neben Nunzia und gräbt mit den Füßen im Sand herum. Ich seufze noch einmal. Sogar seine Zehen sind schön.

Ein Hubschrauber knattert durch meine albernen Tagträume. Ich lege den Kopf in den Nacken und sehe hoch zum Himmel. Es sind sogar zwei schwarze Helikopter, die über uns herandonnern, hinaus aufs Meer fliegen, und dann tief über dem Boot kreisen. Drei Motorboote nähern sich derselben Stelle und ziehen schäumende Spuren durchs Wasser.

»Ist was passiert?«, frage ich.

»Küstenwache«, sagt Nunzia. »Flüchtlinge.«

Ich starre sie an und zeige auf das Fischerboot. »Echte Flüchtlinge? Da drin? Und die kommen hier einfach so an? Am Strand?« Sofort ploppen die Bilder aus der Fernsehdokumentation in meinem Kopf auf. Aber das hier ist kein Film. Das ist echt.

Silvo schaut mich an, als wäre ich nicht ganz dicht. »Was glaubst du denn? Dass es die nur im Fernsehen gibt? Ein Fake für die Nachrichten, oder was?«

Sein zynischer Ton trifft mich. »Natürlich weiß ich, dass es Flüchtlinge gibt«, sage ich gereizt. »Ich dachte nur nicht, dass die am helllichten Tag ... ich meine, hier am Badestrand ...«

Ich schaue aufs Meer hinaus. Dort draußen im Sonnenuntergang erreichen die Motorboote gerade das kleine Boot und umkreisen es. Von Ferne nähert sich ein größeres Schiff, wahrscheinlich, um das Boot abzuschleppen oder die Flüchtlinge an Bord zu nehmen. »Oh Gott, das ist ja schrecklich«, flüstere ich. »Da muss man doch was tun.«

»Ach ja? Und was? Du willst wohl die ganze Welt retten, von deinem sicheren, reichen Deutschland aus.« Silvo klingt kalt und arrogant.

»Spinnst du?« Ich schnappe nach Luft.

»Du hast doch keine Ahnung von unserer Realität. Für euch Deutsche sind immer nur die Flüchtlinge die Opfer, aber wie es uns Sizilianern geht, das interessiert euch nicht.«

»So ein Quatsch.«

Silvo lacht auf. »Ihr wollt immer Gutmenschen sein. Aber von diesen Flüchtlingen hier nehmt ihr in Deutschland keinen einzigen auf. Keinen einzigen. Ihr seid fein raus, so ganz ohne Meer Richtung Afrika. Ihr lasst uns hier komplett allein. Tausende Flüchtlinge, jedes Jahr. Scheiß auf die Europäische Union. Die hilft nur den reichen Ländern. Uns lasst ihr hier krepieren.«

»Die Flüchtlinge da krepieren, die *profughi*!«, schreie ich und zeige aufs Meer hinaus.

»Warum schreist du, Mama? Was ist das für ein Boot? Und was sind *profughi*?«, fragt Hanna.

»Menschen, denen es in ihrem eigenen Land so schlecht geht, dass sie von dort weglaufen und mit Booten hierherkommen«, erkläre ich mit einem wütenden Seitenblick auf Silvo.

»Aber es sind doch so hohe Wellen.« Hanna hat aufgehört, ihre Sandburg mit Muscheln zu verzieren und schaut übers Meer. »Was passiert jetzt mit denen?«

Ich übersetze die Frage ins Italienische. Nunzia streichelt ihr über den Arm. »Keine Sorge, Kleines. Das Boot ist eh schon leer, schau. Da ist gar niemand mehr drin.« Die Küstenwache schleppt das Boot nah am Strand vorbei. Es hat einen blauen und einen roten Streifen und wir können erkennen, dass es verlassen ist.

»Wo sind die Leute denn hin?«, frage ich. Mit einem Seitenblick auf Hanna flüstere ich: »Sind die ertrunken?«

Nunzia schüttelt den Kopf. »Wahrscheinlich haben sie irgendwann nachts die Küste erreicht. Dann haben sie das Boot wieder ins Meer geschoben, damit es abtreibt und die Behörden nicht erkennen können, wo sie an Land gegangen sind. Mit der Flut ist es dann wieder angetrieben.«

»Und wo sind sie jetzt?«

Silvo schnaubt durch die Nase. »Sie haben bestimmt schon eines der Häuser hier aufgebrochen und sind auf Beutetour.«

»Beutetour?« Alarmiert schaue ich die Böschung hoch.

»Blödsinn«, sagt Nunzia. »Die verstecken sich nur. Red nicht so einen Schwachsinn, Silvo.«

Silvo steht auf und klopft sich den Sand von seiner Badehose. »Ich gehe ein Bier trinken. Wer kommt mit?«

Wir schütteln alle den Kopf.

Silvo grinst mich an. »Wolltest du mich nicht einladen? Du kannst die Welt schließlich nur retten, weil ich *dich* vorhin gerettet habe.« Er zwinkert, aber es sieht gekünstelt aus.

»Du findest das lustig?«, fauche ich ihn an. »Da waren vielleicht Kinder mit an Bord.« Ich zeige wieder aufs Meer.

»*Bambini*?« Hannas Kinn beginnt zu zittern. Das Wort hat sie verstanden. »Schreist du wegen mir?«

Ich nehme ihre Hand. »Nein, wegen den Flüchtlingen.«

»Waren da Kinder dabei?« Sie reißt die Augen auf.

Scheiße, das hätte ich nicht sagen sollen. »Nein, nein, bestimmt nicht.« Ich ziehe sie auf meinen Schoß, und als ich ihren warmen, kleinen Körper an meinem spüre, sehe ich die Bilder von den verzweifelten Kinderaugen aus der Doku. Die rotzverschmierten Kleinen, die von ihren Eltern auf das Boot gesetzt worden sind und die Überfahrt ganz allein durchgemacht haben, geistern durch mein Herz. Ich halte Hanna fest.

»Dann geh ich halt allein.« Silvo trollt sich.

»So ein Idiot!«, murmle ich.

»*Yes*! Mit dem Idioten hast du recht.« Nunzia grinst, wird aber gleich wieder ernst. »Aber das mit der Europäischen Union stimmt leider auch. Schonmal vom Dubliner Übereinkommen gehört?«

Ich schüttle den Kopf.

»Es besagt, dass sich immer das Land um die Asylanträge der Flüchtlinge kümmern muss, in dem sie ankommen. Damit haben Süditalien und Griechenland die Arschkarte gezogen.«

Betreten blicke ich den Booten hinterher, die schon fast um die nächste Felsnase verschwunden sind. Darüber habe ich noch nie nachgedacht. Dann schaue ich Nunzia an. »Und was passiert mit den Flüchtlingen, wenn sie doch noch erwischt werden?«

»Die Erwachsenen und die Familien kommen ins Auffanglager, die unbegleiteten Kinder in ein Heim.«

»Ihr redet von Kindern, ich hab´s genau gehört«, sagt Hanna.

»Nunzia hat gerade gesagt, dass es spezielle Häuser für Kinder gibt, damit sie nicht in die Lager müssen. Da ist es schöner.«

»Aber dann sind die Kinder ja ganz allein«, sagt Hanna. »Wann holen ihre Eltern sie dort ab? Sie sehen sich doch irgendwann wieder, oder?«

Ich schaue übers Meer. Ich weiß nicht, was ich ihr sagen soll. Wie kann man einem kleinen Kind so was erklären?

»Ich glaube schon«, sagt Hanna. »Man sieht alle wieder, die man liebt. Irgendwo im Universum. Das sagt die Oma Mitzi immer.«

Und dabei belassen wir es.

Die Engelmacherin

Meine zweite Nacht mit Mickey Maus und dem phosphoreszierenden Rosenkranz läuft nicht wirklich besser. Ich schlafe ein, sobald mein Körper die durchhängende Matratze berührt. Aber im Traum starrt mich die Katze mit den blauen Augen an, ich schrecke hoch, sinke wieder zurück in einen zähen, schweißfeuchten Schlaf. Dann taucht meine Mutter auf, wie sie einsam am Küchentisch sitzt. Etwas piept. Mit einem schmerzhaften Ziehen in den Waden wache ich auf, das habe ich immer, wenn ich schlecht träume. Aber was habe ich überhaupt geträumt? Keine Ahnung. Es piept wieder. Mein Handy.

Im dunklen Zimmer angle ich danach, das Display leuchtet auf. Fünf Uhr morgens. Meine Mutter hat eine Nachricht geschickt. Ich reibe mir die Augen. Vielleicht kann sie nicht schlafen, die Fotos von Gaetanos Haus treiben sie wohl um. Wahrscheinlich hat sie sich die ganze Nacht hin und her gewälzt, während in den dunklen Ecken ihres Zimmers die Erinnerungen hockten, um sie in einem Moment der Schwäche anzuspringen. Vielleicht schaffe ich es ja, etwas aus ihr herauszubekommen, wenn sie mir nicht ins Gesicht schauen muss. Mit Sicherheitsabstand sozusagen. Ich stelle das Handy lautlos, um die anderen nicht zu wecken, und setze mich leise auf. Dann öffne ich die Nachricht.

Kommt sofort heim.

Jetzt bin ich hellwach und tippe:

Ist was passiert?

Mir nicht. Aber ihr seid in Gefahr.

Warum?

Das Dorf ist nicht gut. Nimm dich vor den Leuten in Acht.

Was fällt ihr ein? So ein Schwachsinn. Das Blut schießt mir in den Kopf. Gerade hat sie mir noch leidgetan, aber *das* werde ich nicht schlucken. Scheiß auf den Sicherheitsabstand. Ich krieche aus dem Bett und schleiche aus dem Zimmer. Wo kann ich hier in Ruhe telefonieren? Aus dem Schlafzimmer von Zio Calzone und Zia Mimma dringt sägendes Holzfällerschnarchen. Mein Blick fällt auf die Badezimmertür. So. Jetzt stelle ich sie zur Rede.

Ein höllischer Schmerz durchfährt meinen Fuß, nein, mein ganzes Bein, und ich sacke zusammen. »Fixhallelujasakramentnochamal«, zische ich zwischen zusammengebissenen Zähnen hervor. Mein kleiner Zeh ist am Türstock hängen geblieben. Ich hechle ein paar Mal wie bei Hannas Geburt in den Presswehen, dann lässt der Schmerz endlich nach.

War das wirklich ich? Habe ich gerade genauso geflucht wie meine Mutter? Ich schüttle den Kopf. Vorsichtshalber drehe ich hinter mir den Schlüssel im Schloss um. Ich setze mich auf den Klodeckel, dann drücke ich auf ihre Telefonnummer. Es klingelt nur ein Mal.

»Linda?«

Ohne Begrüßung lege ich los. »Was fällt dir eigentlich ein«, zische ich, so leise es in meinem Zorn eben möglich ist. »Was soll das heißen, nimm dich vor den Leuten in Acht? Ausgerechnet du! Du hast meine Pläne immer torpediert, und jetzt beschuldigst du die einzigen Menschen, die mir geholfen haben?«

»Mei, jetzt wirst du fei ein bisserl theatralisch, meinst nicht?«. Ihre Stimme klingt völlig gelassen, was mich gleich noch wütender macht. Von wegen was passiert. Nach Gefahr hört sich das nicht an.

»Du könntest dir von den Sizilianern ruhig eine Scheibe abschneiden, in Sachen Familiensinn«, fauche ich. »Die haben mich in zwei Tagen mehr unterstützt, als du im ganzen Leben.« Meine Stimme zittert, meine Hand zittert, mein Herz zittert. Und mein Zeh tut immer noch saumäßig weh. Es ist still am anderen Ende der Leitung und ich höre Zio Calzones Schnarchen. Es beginnt leise, steigert sich immer weiter, bis es in einem Röcheln erstirbt. Dann ist es ein paar Sekunden still und beginnt von neuem. »Also, warum soll ich mich vor ihnen in Acht nehmen?«

»Herrschaftszeiten! Weil des alles Mafiosi sind und ich mir halt Sorgen mach um euch. Ich will euch beschützen, verstehst du des nicht?«

»Beschützen? Vor was denn? Du spinnst ja. Das ist doch nur wieder einer von deinen Psychotricks, um mich zu manipulieren.« Am liebsten würde ich das Handy im Klo runterspülen.

»Mei, jetzt glaub mir halt einfach. Des Dorf hat mein Leben zerstört. Sei nicht so stur und komm sofort heim, bevor es zu spät ist.«

Ich ziehe die Knie eng an den Körper. Die Schüsse und der ausgebrannte LKW ploppen in meinem Kopf auf. Und mit welchen falschen Leuten hat Zio Calzone Geschäfte gemacht?

»Wo wohnt ihr denn überhaupt?«, will meine Mutter wissen.

»Bei Zio Calcedonio, Zia Mimma und ihren Kindern Nunzia und Amedeo. Das sind bestimmt keine Mafiosi. Du müsstest mal sehen, wie lieb die sich um Hanna kümmern.«

»Ach mei. Der Calcedonio. Und die Mimma.« Meine Mutter seufzt versonnen. Dann wird ihre Stimme plötzlich hart. »Und die *Nonna*? Gibt´s die schiache Hexen auch noch?«

»Ja, die ist ziemlich skurril ...«

»Halt dich bloß von der fern«, unterbricht mich meine Mutter. »Die mit ihren Flüchen und Kräutern.«

»Spinnst du? Auf die Familie lasse ich nichts kommen, nur damit du´s weißt. Sie haben uns hier so herzlich aufgenommen, obwohl sie mich gar nicht gekannt haben. Wenigstens meine sizilianischen Verwandten helfen mir, ganz im Gegensatz zu dir.«

Sie schnaubt. »Als hätt ich dir nicht geholfen, als du mit der Hanna auf der Straße gestanden bist!«

»Das meine ich nicht. Ich rede von meinem Vater und meiner Schwester, und dazu hast du verdammt noch mal nie was gesagt! Wenn du mir endlich die Wahrheit erzählen würdest, könnte ich dich *vielleicht* verstehen.«

Meine Mutter seufzt. »Weißt, eine Wunde kann nur verheilen, wenn man sie nicht anfasst.«

»Jetzt hör mir bloß mit deinen Eso-Sprüchen auf. Es ist fünf Uhr morgens und ich sitze auf dem Klo.« Meinen Zeh erwähne ich nicht. »Außerdem hast du deine Wunde fünfundzwanzig Jahre nicht angefasst, und verheilt ist sie trotzdem nicht.«

Kurze Stille. Dann sagt sie ganz leise: »Des ist kein Eso-Spruch. Des ist eine echte Wunde. Und die tut immer noch so weh, des kannst du dir gar nicht vorstellen, und deshalb kratze ich nicht am Schorf umeinander, verstehst? Damit des nicht wieder anfängt zu eitern.«

Ich schlucke. Höre ihre Einsamkeit durchs Telefon. Plötzlich tut sie mir leid. Ach verdammt, jetzt knicke ich schon wieder ein. »Ich kriege es eh raus«, fauche ich sie an. »Auch ein Furz, den du unter Wasser lässt, kommt irgendwann an die Oberfläche. Aber wenn du mir helfen würdest, ginge es halt schneller. Also?«

»Des kann ich nicht.«

»Na gut. Aber eins sag ich dir: Wenn du mir schon nicht hilfst, dann hör wenigstens auf, mir Angst zu machen. Ich lass mir das hier nicht von dir verderben.«

»Ach geh, ich will dir doch nix verderben, ich will dich ... ich will euch ... also, halt der Gefahr entreißen!«

»Jetzt wirst *du* aber theatralisch.« Ich lache auf. »Du kommst doch nur nicht damit klar, dass genau das eingetreten ist, was du immer um jeden Preis verhindern wolltest.«

Sie schnappt mehrmals nach Luft. Wahrscheinlich spürt sie, dass ihr die Situation entglitten ist wie ein Stück nasse Seife in der Badewanne.

»Und du kannst nichts dagegen tun. Garnichts!«, zische ich.

»Des werden wir schon noch sehen!«

Soll ich nachlegen? Soll ich ihr erzählen, dass ich von Gaetanos Affäre weiß und seine Tochter kennengelernt habe? Vielleicht lockt sie das aus der Reserve. Aber als ich gerade loslegen will, sagt sie, schon wieder so leise: »Hast ihn getroffen?«

Jetzt könnte ich sie auch mal zappeln lassen, so wie sie es seit Jahren mit mir macht. Damit sie mal weiß, wie das ist. Ich reibe mir über das Gesicht. Was soll das bringen. Ich sehe sie vor mir, wie sie in ihrem zerwühlten Bett sitzt, in dem sie sich die ganze Nacht schlaflos hin und her gewälzt hat, ihre dystopische Kämpferinnenfrisur zerdrückt.

»Nein, Gaetano ist nicht hier, er lebt in der Schweiz.«

»Na also.« Sie klingt erleichtert. »Dann kannst ja jetzt zurückkommen. Am besten morgen. Ich kann dir fei gleich die Tickets kaufen, wenn das Reisebüro aufmacht, gell?«

»Nein, das wirst du nicht tun!« Unfassbar. Da werde ich weich, habe Mitleid mit ihr, und zack, hat sie schon wieder Oberwasser. »Ciao Mitzi«, sage ich und lege auf.

Ich humple zurück ins Zimmer und krieche wieder ins Bett. Ich zögere, dann tippe ich noch eine Nachricht. Was soll´s. Zumindest kann ich es ein letztes Mal versuchen.

Ich muss wissen, was bei meiner Geburt passiert ist.
Sag es mir endlich. Wo ist Lucia? Bitte.

Ich schicke die Nachricht ab und rolle mich wieder neben Hanna ein, die beim Atmen leise durch die Nase pfeift. Die Wärme ihres Rückens tröstet mich. Meine Mutter hat nichts verstanden. Garnichts. Ich brauche meine Tochter nicht vor ihrer Familie zu beschützen. Ich muss ihr die Wurzeln geben, die ich nicht habe. Draußen zwitschern die Vögel, viel lauter und drängender als in Deutschland, und ich starre an die Decke, bis der erste fliegende Händler sein schepperndes Megafon anstellt und Nunzia sich grunzend auf die andere Seite wälzt.

»Also, wo starten wir?«, fragt Nunzia, als wir frische *cornetti* in unseren Milchkaffee tauchen.

»Keine Ahnung.« Ich beiße die aufgeweichte Spitze von meinem Hörnchen ab. Hanna hat Granita zum Frühstück bekommen und rührt mit einem seligen Lächeln in dem eiskalten, zitronigen Mus herum. Zia Mimma steht schon jetzt, am frühen Morgen, vor zwei dampfenden Töpfen. Sie hat ihre Haare mit einer Plastikklemme hochgesteckt und an ihren Schläfen rinnt Schweiß herab. Es riecht nach frischer Tomatensoße mit Basilikum. Der Duft meiner Heimat. Er kriecht durch meine Nasenlöcher, füllt mich aus und macht mich randvoll mit Zuversicht. Der Schatten meiner Mutter löst sich auf. Nunzia reicht mir eine Wasserflasche und ich trinke drei Gläser hintereinander. Dann hole ich tief Luft.

»Zia Mimma, darf ich dich was fragen?«

»Ja?« Sie dreht sich zu mir um.

»Weißt du, was damals zwischen Gaetano und meiner Mutter passiert ist?«

Meine Tante legt den Kochlöffel ab. Sie dreht das Gas runter, setzt sich zu uns an den Tisch und faltet die Hände im Schoß. Dann schüttelt sie den Kopf. »Das war eine schlimme Geschichte. Dein Vater hat als junger Mann in München gelebt. Eines Tages kam er zurück und hatte diese Deutsche dabei. Mit so einem dicken Bauch.« Sie zeigt mit den Armen an, wie groß die schwangere Kugel meiner Mutter war. »Die beiden standen plötzlich vor der Tür, die *Nonna* hat fast der Schlag getroffen und sie hat die Tür gleich wieder zugeknallt.«

»*Nonna* hat sie einfach rausgeschmissen?«

Zia Mimma lacht auf. »Sie hat die beiden gar nicht erst rein gelassen. Eine Deutsche. Schwanger. Und verheiratet waren sie auch nicht.« Sie schüttelt den Kopf. »*Nonna* wollte Gaetano davon überzeugen, das Kind wegzumachen.«

»Was?« Nunzia reißt die Augen auf.

»Die wollten mich ...?« Ich breche mit einem Seitenblick auf Hanna ab. Mir ist eiskalt. Ich schlucke trocken.

Zia Mimma schaltet den Fernseher an und sucht den Kinderkanal. Ein Comic-Schwein singt aus voller Kehle, und die Zia macht noch ein bisschen lauter. Dann tätschelt sie meinen Unterarm. »Nur die *Nonna*. Sie war eine Engelmacherin und hat den Mädchen aus der Umgebung geholfen, die ungewollt schwanger geworden sind. Die kannte sich mit so was aus.«

»Und meine Eltern?«, frage ich und drücke mir die Fingernägel in die Handfläche, weil ich Angst vor der Antwort habe.

»Gaetano ist fuchsteufelswild geworden, hat mit der *Nonna* gestritten und ist mit deiner Mutter in das Haus am Meer gezogen. Zumindest das hat die *Nonna* ihnen erlaubt, aber nur unter der Bedingung, dass sie sich nicht im Dorf blicken lassen. Dein Onkel und ich, wir haben sie manchmal heimlich besucht. Sie haben ziemlich abgeschieden gelebt, bis du auf die Welt gekommen bist.«

»Nur ich?«, unterbreche ich sie.

»Was?«

»Ich meine, ob es noch einen Zwilling gab.«

Zia Mimma zieht die Stirn in Falten. »Davon weiß ich nichts. Ihr habt zu dritt dort gewohnt, Gaetano, deine Mutter und du.«

»Waren meine Eltern glücklich?« Die Frage kommt einfach so aus mir heraus.

Ein trauriges Lächeln umspielt Zia Mimmas Mundwinkel. »Deine Mutter hat sich hier nie wohlgefühlt, und *Nonna* hat nicht lockergelassen. Sie wollte, dass Mitzi abreist und Gaetano eine Frau aus dem Dorf heiratet.« Sie seufzt tief. »Eines Tages wart ihr weg und wir haben nie wieder etwas von euch gehört.«

In mir tut sich ein Abgrund auf. Wie sehr muss meine Mutter gelitten haben. Ich spüre, wie meine Augen feucht werden, und blinzle. »Und Gaetano?«

»Als ihr weg wart, hat er sich verkrochen wie ein Einsiedler. Schließlich ist er in die Schweiz gezogen und hat sich hier nie mehr blicken lassen.«

»Habt ihr eine Telefonnummer von ihm? Oder eine Adresse?«, fragt Nunzia.

Zia Mimma schüttelt den Kopf. »Er hat den Kontakt zur gesamten Familie abgebrochen. Als wären wir allesamt schuld an seinem Unglück.«

»Weißt du vielleicht, in welchem Krankenhaus ich geboren wurde?«

»Natürlich, im *Ospedale di Agrigento*.« Sie lächelt und ich kann sehen, dass ihr ein Eckzahn fehlt. »Sooo klein warst du, als ich dich zum ersten Mal im Arm gehalten habe.« Sie wischt sich mit dem Ärmel über die Augen.

»So, Schluss jetzt mit den Sentimentalitäten.« Nunzia steht auf und klatscht in die Hände. »Also los, fahren wir zum Krankenhaus. Vielleicht finden wir dort etwas über deine Geburt heraus.«

»Über unsere.«

»Hanna kann bei mir bleiben«, sagt Zia Mimma. Sie dreht sich zu ihr um. *»Cucinare? Con la zia?«* Sie zeigt auf die Küche und macht Rührbewegungen.

»Au ja!« Hanna springt auf.

Nunzia rast ungebremst um die Kurven, ich rumple mit der Schulter gegen die Tür. Das Handy in meiner linken Hand fühlt sich an wie ein Stück Blei. Der Bildschirm ist leer, keine Nachricht, um das verstörende Loch in mir auszufüllen, egal wie lange ich darauf starre. Die *Nonna* wollte mich also wegmachen und hat meine Mutter behandelt wie eine Aussätzige. In dem Vakuum, das sich in meiner Brust gebildet hat, wirbeln neue Gefühle herum, mit denen ich nicht umgehen kann. Mitleid. Schlechtes Gewissen. Ja, und auch Scham, die brennt am meisten. Ich habe das Bedürfnis, mit meiner Mutter zu reden. Soll ich sie noch mal anrufen?

»Schau mal«, sagt Nunzia und zeigt aus dem Fenster. Oben auf einem Hügel ragen sandfarbene Säulen auf. »Die besterhaltenen griechischen Tempel der Welt.«

»Toll«, sage ich, aber ehrlich gesagt sind mir diese Ruinen da draußen völlig egal. Die nächste Kurve schleudert mich rüber zu Nunzia. Ich kralle mich mit der Rechten am Haltegriff über dem Fenster fest, meine Handfläche ist feucht. Endlich geht es in den Ort hinein und sie fährt langsamer.

»Hier ist es«, sagt Nunzia. Wir stehen auf einem großen Parkplatz. »Du bist blass. Alles in Ordnung?«

Ich stecke das Handy wieder ein. »Alles klar. Nur ein bisschen Kopfschmerzen.«

Das Krankenhaus hat einen original Achtziger-Look. Innen hüpfen pastellfarbene Dreiecke über die Wände und der Boden glänzt in blauem und grünem Linoleum. Er hat Risse, die mit Tesaband verklebt sind. Es riecht nach Chlor und darunter irgendwie süßlich, nach schwelenden Entzündungen und Siechtum. Die Kopfschmerzen bohren sich immer stärker in meine Schläfen, und jetzt kommt auch noch eine Übelkeit dazu, die mich in Krankenhäusern immer überfällt.

Nunzia marschiert durch die Halle, auf einen Infoschalter zu, und erklärt der Dame durch das ovale Fenster in der Glasscheibe, dass wir auf der Suche nach einer Akte sind. Ich stelle mich eng neben sie, um alles zu hören, unsere Schultern berühren sich. Es ist ein schönes Gefühl. Ich bin nicht mehr allein.

»Wann war das genau?«, fragt die Frau.

»Neunzehnhundertdreiundachtzig«, antworte ich. »Vierundzwanzigster Februar.«

Die Frau rechnet kurz im Kopf und nickt dann. »Die Akten müssen von Gesetzes wegen vierzig Jahre lang aufbewahrt werden.«

»*Yes*!«, sagt Nunzia. »Wusste ich´s doch.«

Kopfschmerzen und Übelkeit sind weggefegt, und das schlechte Gewissen auch. »Können wir sie sehen, bitte?«

Die Frau schaut auf die Uhr. »Kommt in zwei Stunden wieder, dann kann ich ins Archiv runter gehen. Und bringt einen Personalausweis mit.«

Nunzia nimmt mich an der Hand und wir laufen hinaus. »Siehst du, bald weißt du Bescheid.«

Ich fühle mich euphorisch, aber gleichzeitig habe ich Angst.

Was, wenn Lucia lebt?

Und was, wenn sie tot ist?

Wir setzen uns in die Bar neben der Kathedrale und warten. Immer wieder kontrolliere ich mein Handy, doch meine Mutter hat mir noch keine Antwort geschickt. Der Erzeuger auch nicht, aber das ist mir ganz recht so.

»Hier im Glockenturm wird der Brief des Teufels aufbewahrt«, sagt Nunzia. »Kennst du die Geschichte?«

Ich schüttle den Kopf.

»Es gab vor dreihundert Jahren eine Nonne, der immer wieder der Teufel erschienen ist. Eines Tages hat er sie gezwungen, einen Brief an Gott zu schreiben. Der besteht aus lauter mysteriösen Zeichen und Symbolen, die keiner entziffern konnte. Die Nonne hat das Geheimnis, was darin stand, mit ins Grab genommen, und bis heute konnte sich kein Wissenschaftler einen Reim darauf machen, was das für eine Sprache ist.«

»Ist ja gruselig. Und der wird hier aufbewahrt?« Ich schaue hinauf zu dem imposanten Gebäude mit seinen Barockschnörkeln und dem Glockenturm, aus dem es um

Punkt zwölf hektisch bimmelt. Als auch noch mein Handy klingelt, falle ich vor Schreck fast vom Stuhl. Eine unbekannte Nummer. Mit italienischer Vorwahl. Wer kann das sein?

»*Pronto*?«

»Hier ist der Flughafen Catania«, sagt eine Frauenstimme. »Wir haben hier ein Gepäckstück mit Ihrer Nummer. Vermissen Sie eine Reisetasche?«

»Ja!«

»Wohin sollen wir sie bringen?«

»*Un momento.*« Ich drücke Nunzia mein Handy in die Hand. »Sie haben meine Tasche gefunden. Gibst du ihnen die Adresse durch?«

Nunzia spricht mit der Frau, legt auf und reicht mir das Handy zurück.

»Und, wann bringen sie die Tasche?«, frage ich.

Nunzia zuckt die Schultern. »Irgendwann.«

»Ja, aber wann genau?«

»Später. Oder morgen. Wenn es zu ihrer Route passt.«

»Aber die müssen doch sagen, wann ...«

»Jetzt mach dich mal locker«, sagt Nunzia und spielt an ihrem Piercing. »Sei doch froh, dass du sie sogar gebracht kriegst und sie nicht selbst am Flughafen abholen musst. Ob du sie ein paar Stunden früher oder später hast, ist doch egal.«

Ich seufze. Zum Glück habe ich mich auf dem Markt mit Klamotten eingedeckt. Nur die Unterhosen muss ich mir von Nunzia leihen.

Trotz der drei Gläser *gazzosa*, die ich getrunken habe, ist mein Mund völlig ausgetrocknet, als wir wieder vor dem

119

Infoschalter stehen. Deshalb überlasse ich Nunzia das Reden.

»Wir würden gerne die Akte von ...«

»Ach so, ja.« Die Frau winkt ab. »Die haben wir leider nicht gefunden.«

»Aber Sie sagten doch, dass ...«

»Ich weiß, was ich gesagt habe. Sie ist aber nicht da. Wahrscheinlich wurde sie doch vernichtet.«

Das darf nicht wahr sein. Ich kralle meine Hände in den Stoff meines Kleides. Ich bin so kurz vor dem Ziel. »Können Sie noch mal nachsehen? Ich suche meine Zwillingsschwester ...« Meine Stimme bricht.

»Tut mir leid, *signora*.« Die Frau klappt das Fenster mit Nachdruck zu.

Wir stehen fassungslos vor der Glaswand. Nunzia legt den Arm um mich. »Die hat doch gar nicht nachgeschaut«, knurrt sie. »Oder sie will uns die Akte aus irgendeinem Grund nicht geben.« Dann klopft sie gegen das Fenster.

Die Frau schaut auf, bleibt aber sitzen und schüttelt stur den Kopf.

Nunzia klopft noch mal.

Jetzt verdreht die Frau die Augen, steht auf und öffnet das Fenster. »Ich habe euch doch gesagt, dass ...«

»Ich bin die Tochter von Calcedonio Inguanta«, unterbricht Nunzia sie scharf. »Meine Cousine ist extra aus Deutschland angereist, um etwas über ihre verschwundene Schwester herauszufinden. Sie werden jetzt noch mal im Archiv nachsehen, und zwar sofort. Und ich bin sicher, Sie werden dort auch etwas finden, ansonsten wird mein Vater bei Ihrem Chef vorsprechen.«

Die Frau mahlt mit den Kiefern. Sie wirft Nunzia einen Blick zu, der direkt aus der Vorhölle kommt, und erhebt sich. »Wartet hier.«

»Vierundzwanzigster Februar neunzehnhundertdreiundachtzig«, rufe ich ihr nach. Dann schaue ich Nunzia an. »Was war denn das gerade?«

»Ich mache das nur ungern, aber manchmal muss es sein. Ohne Beziehungen erreichst du hier nichts.«

»Welche Beziehungen?«

Sie winkt ab. »Beziehungen halt.«

Ich will weiter nachfragen, aber da kommt die Frau zurück. Hinter ihr ein Typ im weißen Kittel mit Stethoskop um den Hals und einer Akte aus verknicktem Karton in der Hand. Ich halte die Luft an.

»Signorina Inguanta?«

Nunzia nickt.

»Bitte entschuldigen Sie die Unannehmlichkeiten. Hier ist die Akte, nach der Sie gefragt haben.«

Ich ziehe meinen Ausweis aus der Tasche und will ihn dem Arzt durch das Fenster reichen, doch er winkt ab.

»Nicht nötig.«

Verwirrt stecke ich meinen Perso wieder weg und nehme die Akte. Erst sollte sie weg sein und dann bringt sie der Oberarzt persönlich? Was läuft hier? Egal. Hauptsache, ich habe sie.

Wir setzen uns auf eine der Besucherbänke. Ich muss meinen Zeigefinger mit Spucke befeuchten, um umzublättern, weil ich es nicht schaffe, mit meinen zitternden Fingern die dünnen Ecken zu greifen.

»Da stehst nur du«, sagt Nunzia. Sie versucht, die handschriftlichen Vermerke zu entziffern. Unsere Köpfe sind über die Akte gebeugt und ihre Haare kitzeln mich an der Wange.

»Schau noch mal genau«, sage ich.

»Da steht nichts von einem zweiten Kind, nichts von Zwillingen, gar nichts. Glaub mir. Nur du stehst hier bei der Geburt.«

»Blätter zurück.«

»Da steht was über eine Voruntersuchung.«

»Steht da was von einer Zwillingsschwangerschaft?«

Nunzia blättert, liest, fährt mit ihrem Zeigefinger über die Zeilen und murmelt vor sich hin. »Da!«

»Was?«

»Tatsächlich. Da steht, dass deine Mutter mit Zwillingen schwanger war.« Nunzia sieht mich an. »Kann es sein, dass sie das andere Kind vor der Geburt verloren hat?«

»Quatsch. Wenn ein Zwilling im Bauch stirbt, kommt er tot zur Welt, aber er ist nicht einfach weg.«

Nunzia zieht ihr Handy aus der Tasche, dreht sich mit dem Rücken zum Glasfenster und fotografiert die beiden Seiten ab. Dann steckt sie ihr Telefon wieder weg und bringt die Akte zurück. Ich gehe ihr hinterher.

»Arbeitet der Arzt, der bei der Geburt dabei war, noch hier? Dottor Scarano?«

Die Frau schüttelt den Kopf. »Nein, er ist in Rente.«

»Können Sie mir seine Adresse geben?«

Die Frau bläht ihre Nasenflügel. »Also, das geht nun wirklich nicht!«

Ich warte, ob Nunzia wieder ihren Vater ins Spiel bringt, aber sie lässt es gut sein und zieht mich hinter sich zur Tür. »Egal. Mein Vater kennt hier jeden. Die

Adresse finden wir auch so raus«, sagt sie. »Ich habe eine Idee. Lass uns zum Friedhof fahren und nach einem Grab suchen.«

Ich nicke. »Du hast recht. Wenn Lucia bei der Geburt gestorben ist, muss es eins geben.«

Das verwahrloste Grab

Hinter einer hohen Mauer liegt der Friedhof von Santa Lucia del Monte, als wäre es keine Ruhestätte, sondern ein Gefängnis. Wir gehen durch ein schmiedeeisernes Tor, in den Platanen über uns zwitschern die Vögel. In der Mitte des Friedhofs sehen die Gräber aus wie in Deutschland, rechteckige Flecken mit Grabsteinen drauf. Doch in der Mauer, die das gesamte Gelände umspannt, sind unzählige Nischen eingelassen wie Bienenwaben, Stockwerk über Stockwerk, Kästchen an Kästchen, so weit ich schauen kann. Ich lasse meinen Blick an ihnen entlangschweifen.

»Das sind die billigen Plätze, je weiter oben, desto weniger kosten sie«, erklärt Nunzia. »Und dort«, sie zeigt auf einen breiten Weg, der von Kapellen gesäumt ist, »liegen die reichen und mächtigen Familien.«

Wir schlendern durch die Reihen, lesen alle Namen und Jahreszahlen. Von jedem Grab aus schaut mich das Gesicht eines Toten an. Überall Fotos. Ich spüre einen kalten Hauch aus dem Jenseits. »Hier liegen so viele junge Männer«, sage ich. »Schau mal, der war erst siebzehn. Und der da zweiundzwanzig. An was sind die denn alle gestorben?«

»Anfang der Neunziger herrschte hier Krieg.«

»Was denn für ein Krieg?«

»Schießereien, Attentate, Messerstechereien.« Das M-Wort vermeidet sie, wie immer.

Jetzt sind die Fotos noch bedrückender. Ich gehe schnell weiter. Wir suchen ewig, die Toten nehmen kein Ende. Wir kommen zu einem unkrautüberwucherten Grab, auf dem kleine Deko-Steinsäulen herumliegen, die offensichtlich irgendjemand umgetreten hat. »Und was ist das?«, frage ich.

»Schau.« Nunzia zeigt auf eine Steinplatte, auf der steht: *Zur Erinnerung an den Flüchtling, 1999.* »Der wurde angeschwemmt, ohne Papiere. Sie wussten nicht, wohin mit ihm, also hat er hier ein anonymes Grab bekommen.«

»Um das sich keiner kümmert«, stelle ich fest.

Nunzia hebt die Arme.

»Gibt es hier keinen Friedhofswärter oder so was?«

»Doch, klar.« Ihr Gesicht friert erst ein, sie starrt mich an, und dann grinst sie breit. »Das ist die Lösung! Du bist genial.«

Ich schaue sie verständnislos an.

»Der Friedhofswärter kennt alle Gräber, und er hat auch ein Register über alle Toten, die hier bestattet wurden.«

Ich fasse sie am Unterarm. »Kennst du den?«

»Klar.« Sie zieht ihr Handy aus der Tasche und tippt auf einen Kontakt. Dann spricht sie ins Telefon: »*Ciao, sono Nunzia. Ti devo parlare. Dove sei?*« Sie hört kurz zu, dann legt sie auf. »Er ist in der Bar.«

Wir laufen durch die Gassen und stehen irgendwann vor der Bar, in die keine Frauen dürfen. Nunzia strafft die Schultern. »Du wartest hier.« Dann zieht sie die Glastür auf und verschwindet im düsteren Innenraum.

125

Ich stehe allein auf dem kaum vorhandenen Bürgersteig, die Autos fahren viel zu nah an mir vorbei und es stinkt nach Katzenpisse und Abgasen. Jetzt, wo Nunzia nicht bei mir ist, starren mich die Leute aus ihren Autofenstern heraus unverfroren an. So fühlt man sich also als Fremde. Ich trete von einem Fuß auf den anderen.

Endlich kommt Nunzia zurück, im Schlepptau einen jungen Mann, blass und schwammig, mit hängenden Augenwinkeln. Um seinen dicklichen Körper spannt sich ein dunkelblau glänzender Trainingsanzug und unter seinem Bauch hängt ein Hip-Bag. »Das ist Beppe«, stellt sie ihn vor. Sogar sein Name klingt schlaff.

»*Piacere.*« Er streckt mir seine Hand entgegen. »Eigentlich darf ich das nicht, aber für Nunzia mache ich eine Ausnahme.«

Er geht voran, die Gasse hinauf bis zur Kirche. Als er das Portal aufzieht, wabert uns kühle, weihrauchgeschwängerte Luft entgegen. Er stippt seine Finger in den Weihwasserbehälter neben der Tür, malt sich ein Kreuzzeichen auf die Stirn und knickst vor dem Mittelgang. Nunzia tut es ihm gleich. Ich fühle mich deplatziert, stehe mit baumelnden Armen neben dem Portal. In Kirchen wird mir immer blümerant. Ich bin überhaupt nicht gläubig, aber wer weiß, ob es hier drin nicht doch einen Gott gibt, der meine Gedanken lesen kann? Das wäre gar nicht gut, denn sobald ich eine Kirche betrete, versuche ich, auf keinen Fall an etwas zu denken, was man nicht in Kirchen denken soll, und natürlich fallen mir dann nur blasphemische, ungehörige und schmutzige Sachen ein. Eilig gehe ich den beiden hinterher zur Sakristei.

Beppe zieht einen Schlüssel aus seinem Hip-Bag und sperrt auf. »Setzt euch.« Er zeigt auf einen Tisch mit zwei Stühlen, dann öffnet er ein Schränkchen, nimmt eine Flasche Wein und drei Plastikbecher heraus. Er gießt uns ein. »Ich hole das Register.« Er geht in ein weiteres Hinterzimmer und ich höre, wie er herumkramt.

»Das ist Messwein«, flüstert Nunzia und zwinkert mir zu. »Der ist gut, probier mal.« Sie nippt.

Das zum Beispiel sollte Gott auf keinen Fall erfahren.

»Ist das wirklich ein Friedhofswärter?« Ich dachte immer, das sind alles so bucklige Greise wie der Geiermeier aus *Der kleine Vampir*.

Nunzia nickt. »Eigentlich verwaltet er die Gelder der Diözese von Palermo. Aber er wohnt hier, und nebenher kümmert er sich um unseren Friedhof.«

Er schlurft wieder herein, legt ein zerfleddertes Buch auf den Tisch und trinkt seinen Plastikbecher auf Ex. »Da müsste das Jahr dreiundachtzig drin sein«, sagt er.

Während sich Nunzia und Beppe unterhalten, schlage ich das Register auf. Die Aufzeichnungen beginnen 1970, ich arbeite mich schnell bis zu meinem Geburtsjahr vor. Da ist es. Ich blättere die braunen Seiten jetzt so vorsichtig um, als könnten sie unter meinen Fingern zerbröseln. Ich räuspere mich. »Nunzia?«

Sie blickt mich an.

»Da. Februar.«

Sie beugt sich auch über das Buch. Wir gehen alle Einträge sorgfältig durch. Nichts. Keine Lucia und auch keine andere Person mit dem Nachnamen Inguanta. Reimann ebenfalls nicht.

»Glaubst du mir jetzt? Sie ist nicht gestorben!«

»Aber auch nicht geboren.«

Beppe starrt uns an. »Hä?«

»Zumindest laut den Akten im Krankenhaus.« Nunzia erzählt ihm im Kurzdurchlauf die ganze Geschichte von der Zwillingsschwangerschaft und dem verschwundenen Kind.

Er knipst mit den Fingernägeln und kippt noch einen Becher Messwein. »Also eines ist sicher: Wer nicht in diesem Register steht, liegt auch nicht auf diesem Friedhof.«

»Und, habt ihr etwas herausgefunden?« Tante Mimma hebt mit der Gabel einen Tintenfisch aus dem kochenden Wasser.

Hanna steht auf einem Stuhl neben dem Gasherd und schaut mit leuchtenden Augen von oben in die Töpfe. »Schau mal Mama, die Saugnäpfe«, sagt sie, halb kichernd, halb angeekelt.

»Iiih«, mache ich und sie lacht. Dann schaue ich Zia Mimma an. »Nicht wirklich. Nur, dass Lucia nicht in der Krankenhausakte vorkommt, und dass es auch kein Grab auf dem Friedhof gibt.«

»Bist du sicher, dass du eine Schwester hattest?« Zia Mimma schnippelt die Fangarme mit der Schere in mundgerechte Stücke.

»Ja. In der Akte steht, dass meine Mutter mit Zwillingen schwanger war.«

»Ich habe es fotografiert.« Nunzia hält ihr Handy hoch. »Und den Namen von dem Arzt haben wir auch. Dottor Scarano. Kennst du den?«

Zia Mimma überlegt. »Scarano. Nein. Aber frag mal deinen Vater, der kennt jeden.« Dann tätschelt sie meine Hüfte. »Aber jetzt wird erst mal gegessen. Die anderen kommen auch gleich.«

Zio Calzone breitet die Arme aus. »Alle Kinder an einem Tisch. Das größte Glück für einen Vater.« Dann legt er mir die Hand auf die Schulter. »Du bist jetzt auch wie eine Tochter für mich.« Er blinzelt gerührt und ich werde rot. Das hat noch nie einer zu mir gesagt. Er strahlt Hanna an. »Und du bist wie meine Enkelin. *Io sono il tuo nonno.*« Er spricht langsam und deutlich, zeigt erst auf sich selbst und dann auf sie.

Hanna nickt begeistert. »Mein echter Opa ist ja eh nicht da«, sagt sie zu mir, »dann nehme ich halt den hier. Der ist gut.«

Sie hat ihn verstanden. Ich bin richtig stolz darauf, wie gut sich meine kleine Sizilianerin mit Händen, Füßen und ihrem DVD-Wortschatz verständigen kann. Sie saugt die Sprache auf wie ein Schwamm.

Zufrieden nimmt Zio Calzone die Fernbedienung und stellt den Fernseher an. »Mittagsnachrichten.«

Der Sprecher mit Toupet schallt über den Esstisch. »Dank zweier Heldinnen des Alltags konnte gestern ein Akt der Blasphemie verhindert werden.« Zio Calzones Gabel erstarrt in der Luft und Zia Mimma bekreuzigt sich. »Der Straßenaltar der Madonna von Lecco wurde seit Jahren von den Schwestern Agnese und Angela gepflegt.« Ein Bild von zwei grauhaarigen Damen in Kittelschürzen wird eingeblendet. »Gestern beobachteten die beiden, wie sich ein junger Mann mit einem Eimer,

Zement und einer Maurerkelle an der Nische zu schaffen machte. Die Absicht des wegen seiner Kleidung als Moslem erkennbaren jungen Mannes war den beiden schnell klar: Er wollte die Madonna in ihrer Nische einzementieren.«

»Diese Flüchtlinge!«, zischt Zio Calzone. Der Tintenfischarm fällt von seiner Gabel.

»*Papà!*«

»*Silenzio!*«

»Aber unsere mutigen Heldinnen waren sofort zur Stelle. Sie redeten so lange auf ihn ein, bis er ihnen die Madonnenfigur aushändigte. Die beiden Engelchen aus Gips, die sich ebenfalls in der Nische befanden, mauerte er jedoch ein. Die beiden tapferen Frauen riefen die Polizei zur Hilfe. Diese stellte den Moslem zur Rede, der aussagte, ihm sei die Jungfrau Maria ein Dorn im Auge gewesen. Die Skulptur verletze seine religiösen Überzeugungen. Er gehe jeden Tag unterhalb der Nische zur Arbeit und ertrage es nicht, dort immer wieder die Mutter Gottes erblicken zu müssen.«

»Da seht ihr es! Alles Gotteslästerer!« Zio Calzones Schnurrbart zittert.

»Iss und schweig!«, herrscht Zia Mimma ihn an.

»Heute Morgen wurde die Nische unter Polizeischutz aufgebrochen, der Zement wurde entfernt und die in der Wohnung der beiden Damen in Sicherheit gebrachte Madonnenfigur wurde an ihren alten Platz zurückgestellt. Wenn er noch einmal zur Maurerkelle greift, wird der Übeltäter in Untersuchungshaft gesteckt.«

»Was? Die haben den einfach laufen lassen?« Zio Calzone schmeißt seine Gabel auf den Teller, dass es nur so klirrt. »Nicht nur, dass sie uns die Arbeitsplätze wegnehmen, jetzt stehlen sie auch noch unsere Heiligen ...«

»*Papà*, nicht schon wieder.« Nunzia verdreht die Augen. »Wir wissen, dass du deinen Laden verloren hast, aber daran sind bestimmt nicht die Flüchtlinge schuld.«

»*Silenzio*!«

»Unser Premierminister Silvio Berlusconi hat den beiden Heldinnen einen Dankesbrief übermitteln lassen, um sie für ihre Zivilcourage zu würdigen.«

»Als hätten wir keine anderen Probleme in Italien.« Nunzia verdreht die Augen.

»Wenn einer unsere Probleme lösen kann, dann der *Cavaliere.*« Zio Calzone spießt ein neues Stück Tintenfischarm auf seine Gabel.

»Der *Cavaliere* ist unser größtes Problem«, knurrt Nunzia.

»Blödsinn! Wer es von einem Kreuzfahrtschiff-Sänger zum reichsten Mann Italiens schafft, der kann nicht nur ein Unternehmen führen, sondern auch das ganze Land.«

Nunzia faucht ihren Vater an: »Wenn das stimmen würde, könnte er zum Beispiel dafür sorgen, dass es mehr Arbeit für alle gibt. Und ich müsste mein Studium nicht hinschmeißen.«

»Was?« Amedeo, der wie immer schweigend in seinem Teller herumgestochert hat, sieht auf und alle Köpfe drehen sich zu ihm. »Du lässt dein Studium sausen?«

Stille.

Dann reißt Nunzia die Augen auf und schreit los. »Was soll ich denn machen? Ich bin momentan die Einzige in der Familie, die etwas verdient. Mein Beautysalon läuft gut und ...«

»Beautysalon!« Amedeo greift sich an die Stirn. »Dieses Loch in der Garage! Ich wette, du zahlst keinen Cent Steuern. Du hast doch so sehr dafür gekämpft, aufs *liceo* zu gehen und zu studieren. *Papà* hat sich jahrelang jeden Euro abgespart, damit du auf die Uni gehen kannst, und seit er arbeitslos ist, zahle ich für dich. Ich dachte, du machst diesen Beauty-Kram nur nebenbei.« Amedeo steht auf und beginnt, durchs Wohnzimmer zu laufen. Dabei fuchtelt er mit den Armen. »Du wolltest Jura studieren, um Italien zu einem besseren Land zu machen, weißt du noch? Ich bin nur nach Deutschland ausgewandert, damit du auf die Uni gehen kannst. Und jetzt willst du alles hinschmeißen? Wegen einem illegalen Beautysalon?«

»Was weißt du denn schon!« Nunzias Augen sprühen Funken. »Du sitzt im schönen Deutschland, hast Arbeit ohne Ende und verdienst einen Haufen Geld.«

Zio Calzone nickt. »Genau. Du hättest schon viel früher nach Deutschland gehen sollen. Dann hätten wir den Laden nicht verloren.«

Amedeo wird blass und presst die Lippen zusammen.

Jetzt erhebt Zia Mimma ihren mächtigen Körper vom Stuhl und richtet den Zeigefinger auf ihren Mann. »Wage es nicht, die Schuld für dein eigenes Versagen deinem Sohn in die Schuhe zu schieben! Du hast deinen Laden aus völlig anderen Gründen verloren, das weißt du ganz genau. Dein Sohn musste deswegen seine Jugend opfern. Wenn du keine Geschäfte mit den falschen Leuten gemacht hättest, würde er noch immer hier bei uns leben und nicht in diesem ... diesem ...« Sie wirft einen Seitenblick auf mich. »Diesem Deutschland.«

Zio Calzone ist auf seinem Stuhl zusammengesunken und schaut mürrisch auf seinen Teller.

»Ich will überhaupt nicht mehr in diesem Scheißland leben«, schreit Amedeo. »Ich gehe zu Ilaria.« Er läuft aus dem Wohnzimmer und knallt die Tür hinter sich zu.

Ich lege den Arm um Hanna. Zio Calzone greift nach der Fernbedienung, stellt den Fernseher lauter und sticht in seinen Tintenfisch, als müsste er ihn erst noch erlegen.

»Wer ist Ilaria?«, flüstere ich Nunzia zu.

»Seine Verlobte.«

Wir essen, ohne ein weiteres Wort zu verlieren. Nicht einmal die Pannenshow kann die schlechte Laune vertreiben, die wie eine düstere Wolke über dem Tisch hängt. Hanna stochert in ihrem Essen herum, obwohl Zia Mimma ihr extra Nudeln mit Butter und Parmesan gemacht hat. Die Saugnäpfe des Tintenfischs waren ihr doch zu eklig.

»*Papà*, ich wollte dich was fragen«, bricht Nunzia schließlich das Schweigen.

»Hm?«, knurrt Zio Calzone.

»Kennst du einen Dottor Scarano?«

Er kaut unerträglich langsam und ich beobachte jede seiner Kieferbewegungen. Dann schluckt er endlich. »Der Scarano, der früher Oberarzt im Krankenhaus war?«

Mein Herz stolpert kurz. »Ja genau«, hake ich ein. »Er war bei meiner Geburt dabei. Ich würde gerne mit ihm reden.«

»Er wohnt nicht mehr hier, ist nach seiner Pensionierung in den Nachbarort zu seiner Tochter gezogen.«

Ich greife nach Nunzias Arm. »Er lebt noch. Wir können mit ihm sprechen.«

Sie nickt. »*Yes.*«

»Aber erst morgen«, bestimmt Zia Mimma. »Jetzt fahren wir zu Zio Peppino. Er hat uns zum Grillen eingeladen.«

»Aber wir haben doch gerade gegessen«, sage ich mit einer gewissen Verzweiflung, denn mein Magen ist so voll, dass er zwickt.

Doch Zia Mimma geht gar nicht darauf ein, sondern sagt nur: »Und pack deine Badesachen ein.«

Hanna fährt bei Zio und Zia im hellblauen Panda mit, und ich habe auf der Fahrt in Nunzias wildem Fiat Sporting endlich Gelegenheit, sie nach Zio Calzone zu fragen: »Was ist denn mit dem Laden von deinem Vater passiert?«

Ihre Hand schließt sich fester ums Lenkrad. »Er hatte einen kleinen Eisenwarenhandel, der erst ganz gut lief. Aber dann hat er sich mit den Warenbestellungen verkalkuliert und bei den falschen Leuten Kredit aufgenommen.«

»Was für Leute?«

Sie winkt ab. »Leute halt.«

Die Worte meiner Mutter laufen wie eine Leuchtschrift durch meinen Kopf: *Das sind alles Mafiosi.* »Und dann?«

»Sie haben ihn ausbluten lassen. Zinswucher. Bis er ihnen den Laden für einen Spottpreis verkaufen musste.«

»Scheiße, das tut mir leid.«

Sie zuckt die Schultern. »Er war selbst schuld. Hätte eben mit denen keine Geschäfte machen dürfen. Mein Bruder tut mir viel mehr leid, er muss jetzt alles ausbaden und uns finanzieren. Vor allem mich.«

»Er macht das für dich und trotzdem schmeißt du dein Studium hin? Also ehrlich gesagt kann ich schon verstehen, dass er sauer ist.«

Ich sehe ihr an, dass ich sie damit getroffen habe. »Glaub mir, ich werde ihm jeden Euro zurückzahlen, aber das schaffe ich eher mit dem Beautysalon als vor Gericht«, sagt sie. Ihre Finger trommeln auf das Lenkrad. »Weißt du, ich dachte, ich könnte Sizilien zu einem besseren Ort machen. Aber das ist sinnlos. Man kann hier nichts bewegen. Es steckt zu tief in den Leuten drin.«

»Was meinst du mit *es*?«

»Alles.« Sie gestikuliert wütend. »Du hast es heute ja selbst gesehen. Nur wenn du die richtigen Beziehungen hast, bekommst du das, was eigentlich jedem Bürger zusteht.«

»Sowas wie Akteneinsicht?«

Sie nickt. »Dasselbe passiert auf dem Einwohnermeldeamt oder im Wartezimmer beim Arzt. Als normaler Mensch stehst du dir stundenlang die Beine in den Bauch. Aber wenn du die Tochter von Sowieso bist, oder die Frau von X-Ypsilon, wirst du vorgelassen. Es läuft immer gleich: Jemand tut dir einen Gefallen, dann schuldest du ihm einen. Und wenn du den nicht zurückgibst, legst du dich automatisch mit den falschen Leuten an.« Der Sporting rummst in ein Schlagloch, Staub wirbelt auf.

»Ich wusste nicht, dass es die Mafia immer noch gibt.«

Nunzia kneift die Lippen zusammen, als ich das böse M-Wort sage.

»Aber ihr sprecht das Wort nie aus.«

»Kann sein.«

Ich schaue sie von der Seite an. Ein Sonnenstrahl fällt durchs Seitenfenster und ihr Piercing glitzert. Sie sieht so stark aus, aber etwas in ihr fürchtet sich.

»Traust du dich nicht, hier als Staatsanwältin zu arbeiten?«

Sie fährt noch forscher als sonst um die nächste Kurve und ich hänge am Haltegriff, um nicht gegen das Armaturenbrett zu knallen. »Das ist ein Leben in Angst«, sagt sie. »Wenn du wichtige Prozesse führst, brauchst du Personenschutz für die ganze Familie. Und wie oft der versagt, bekommst du ja sicherlich auch in Deutschland mit.«

Ich nicke. »Und als Anwältin?«

»Sagen wir es mal so: Wenn ich hier im Dorf als Anwältin überleben wollte, müsste ich die falschen Leute verteidigen. Und das mache ich nicht. *Basta*.«

»Das heißt, du gibst deinen Traum von einem besseren Sizilien auf, weil du keine Mafiosi verteidigen willst?«

Sie schweigt und ich sehe, wie ihre Kiefermuskeln hervortreten.

»Das ist echt eine scheiß Situation. Aber eins verstehe ich noch nicht. Warum ist dein Vater im Dorf so hoch angesehen, wenn er sich doch mit den falschen Leuten angelegt hat? Das passt nicht zusammen.«

»Altlasten«, sagt sie knapp. »So, Schluss jetzt, das Thema macht nur schlechte Laune.« Nunzia tritt aufs Gas und nach der nächsten Kreuzung kommt das Meer in Sicht. Es leuchtet blau bis zu der dunstigen Linie, wo es fast mit dem Himmel verschwimmt. Sie legt den Kopf in den Nacken und singt aus voller Kehle: »*Ma ma ma mare, mare, mare ...*«

Den Song kenne ich und stimme ein: »*Ma che voglia di arrivare* ...« Mein Blick wandert über das blaue Glitzern. Der Wind, der durch die heruntergekurbelten Seitenfenster hereinweht, wirbelt mein Haar durcheinander. *Du weißt doch, jeder hat sein eigenes Meer im Herzen, das uns immer wieder seine Wellen spüren lässt. Und du weißt, jeder muss seinen Träumen folgen, um nicht unterzugehen*, singt Nunzia. Mein Herz wird ganz weit und lässt alles rein, die Sonne, den Wind und auch die Wellen.

»*Ma ma ma mare, mare, mare* ...«, grölen wir zusammen und lachen. Als die ersten Häuser in Sicht kommen, kehrt mein Blick zurück zum Ufer und sucht nach dem gelben Bungalow.

Das Mädchen mit den Keksen

Zio Peppino steht im Unterhemd vor seinem Haus, eine Flasche Bier in der Hand, und winkt. Er lehnt an einem Betonpfeiler, an dem etwas windschief das Gartentor hängt. Baustellenzaun ist um den Pfeiler gewickelt und das Netz aus dünnem Draht sperrt das Meer aus, das dahinter leuchtet.

Als wir näher kommen, zieht Zio Peppino die Mundwinkel nach unten und seine Augenbrauen wandern direktproportional nach oben. Er hat dunkle Ringe unter den Augen und ein dickes, goldenes Kreuz um den Hals, das in der Sonne funkelt. Aus seinem Mundwinkel hängt eine Zigarette. »*Ciao tedesca*«, ruft er. Er nimmt die Kippe aus dem Mund und küsst mich links und rechts auf die Wangen. Er riecht nach kaltem Rauch.

»Wow, was für ein krasses Kreuz«, flüstere ich Nunzia zu, als er gerade dabei ist, Zia Mimma und Zio Calzone zu küssen.

»Er hat vor einigen Wochen seinen Glauben neu entdeckt. Er gehört jetzt einer Männergruppe an, die sich mit religiösen Fragen auseinandersetzt.« Nunzia grinst. »Er gibt aber noch immer damit an, wie viel Alkohol er trinken kann. Und das ist Tante Rosaria.«

Ich zucke zurück. Die Frau, die mit ausgebreiteten Armen auf uns zukommt, hat ein Hängeauge, eine dicke, dunkelbraune Warze auf der rechten Wange und schiefe, gelb-braune Zähne. Sie gibt mir einen feuchten Kuss auf die Backe. Hanna sieht sie mit schreckgeweiteten Augen an, doch sie lässt die Schmatzer über sich ergehen. Sobald sich Rosaria dem nächsten Gast widmet, verzieht sie angeekelt das Gesicht und wischt sich die Spucke von den Wangen.

Wir betreten das Grundstück. Das Haus hat nur Rohputz auf der Fassade, die Terrasse ist aus nacktem Beton.

»Ich verstehe nicht, warum die Leute ihre Häuser nicht ein bisschen schöner herrichten«, flüstere ich. »Eine schön gefliste Terrasse, ein paar nette Pflanzen drumherum ...« Ich stoße mit der Schuhspitze gegen den Terrassenrand. »Als hätten sie einfach einen Eimer mit Beton ausgeleert.«

»Sie *haben* einfach einen Eimer mit Beton ausgeleert.«

»Das Haus von Gaetano gefällt mir jedenfalls besser.«

»Das war bestimmt der deutsche Einfluss deiner Mutter.« Nunzia zwinkert mir zu.

»Was macht Zio Peppino eigentlich beruflich?«, frage ich Nunzia.

»*Maresciallo* bei der Finanzpolizei.«

Der *Maresciallo* und die Zahntante holen ein paar Flaschen mit einer brauen Flüssigkeit und stellen drei Schüsseln mit Chips daneben.

»Probier mal.« Nunzia gießt das Getränk in einen Plastikbecher. »Das ist *spuma*.«

Schaum?

»Gibt´s nur hier.«

Ich koste. Es schmeckt herb und süß zugleich, wie so vieles in Sizilien.

Auch Hanna probiert. »Wie *Almdudler*.«

»Los, ihr jungen Leute geht jetzt runter ans Meer und habt ein bisschen Spaß, solange es noch hell ist«, schlägt Zio Peppino vor, »und wir Alten bereiten in der Zwischenzeit das Essen vor. Meine Frau hat sowieso gerade Hausarrest.«

»Ich helfe mit«, ruft Hanna und greift nach Zia Mimmas Hand.

Das Wasser liegt heute ruhig und freundlich da. Keine Brecher, und auch keine Flüchtlingsboote. Ich atme auf und schaue mich verstohlen um, aber ich kann Silvo nicht entdecken.

»Heute kannst du schwimmen gehen, ohne dass dich der Bademeister retten muss.« Nunzia grinst, und ich bekomme rote Ohren. Voll ertappt.

Wir hüpfen durch die Wellen, dann schwimmen wir los, auf einer orange glitzernden Spur direkt in die tiefstehende Sonne hinein.

»Dein Onkel hat deiner Tante doch nicht wirklich Hausarrest gegeben, oder?«, fragte ich Nunzia, als wir wieder am Strand sitzen.

Sie lacht. »Der Zio nicht, sondern der italienische Staat. Das Haus ist ein Schwarzbau.«

»Das Haus vom *Maresciallo*?«

Sie zuckt die Schultern. »Wenn sogar der Regierungschef seinen Staat bescheißt, warum sollte es dann ein *Maresciallo* nicht tun?«

»Da hast du wohl recht. Aber warum Hausarrest?«

»Du darfst auf deinem Grund und Boden zwar Wände errichten, aber sobald du ein Dach drauf baust, wird es ein Wohnhaus. Dann brauchst du eine Baugenehmigung. Hast du die nicht, wird das Haus versiegelt. Brichst du das Siegel und baust weiter, bekommst du Hausarrest.«

»Für wie lange?«

»Einen Monat. Dreimal am Tag kommt die Polizei, um zu kontrollieren, ob du auch wirklich zuhause bist.«

»Hier könnte ich es auch einen Monat aushalten…« Ich sehe übers Meer und schiebe meine Füße so weit vor, dass die Wellen an ihnen lecken.

»Früher wurde nur eine Geldstrafe verhängt, und die Häuser wurden alle zwei Jahre legalisiert, da war es einfacher. Seit einiger Zeit gibt es jetzt diesen Hausarrest. Seitdem gehören fast alle Häuser hier den Frauen …«

»Ne jetzt, oder?«

»Klar, die Frauen sind ja sowieso daheim.« Nunzia hebt die Arme. »Danach folgt noch ein Monat, in dem du zwar dein Haus, aber nicht deinen Wohnort verlassen darfst. In dieser Zeit musst du täglich auf der Polizeiwache unterschreiben.«

»Und dann?«

»Nichts. Dann kannst du weiterbauen.«

»Gibt es keine Geldstrafe mehr?«

»Doch, aber nur zweitausend Euro. Die meisten melden ihre Baustelle nämlich nicht als Wohnhaus, sondern als landwirtschaftlich genutztes Grundstück an.«

»Nur zweitausend Euro?«

»Genau. Und das lohnt sich richtig, weil man so nah am Meer eigentlich überhaupt nicht mehr bauen darf. Küstenschutz.«

Ich drehe mich um und zeige auf die Häuser, die auf der Böschung zusammengewürfelt sind.

»Dann sind das hier alles Schwarzbauten?«

»Viele. Aber nicht alle. Das Haus von Gaetano nicht, das wurde gebaut, bevor der Küstenschutz kam, irgendwann Anfang der Siebziger. Deshalb ist Concetta auch so scharf drauf. Erste Reihe, Meerblick und legal. Das ist unbezahlbar.«

Ich rubble das Salz ab, das auf meinem Unterarm eine weißliche Kruste gebildet hat. Der rote Sonnenball verschwindet im Meer.

»Komm, wir gehen hoch.« Nunzia steht auf und klopft sich den Sand ab. Als wir die Stufen zu Zio Peppinos Haus hinaufsteigen, zeichnen sich die Palmen dunkel vor einem milchigen Horizont ab.

Die Grill-Gesellschaft ist bereits eingetroffen. Alle reden wild durcheinander, gestikulieren, küssen sich und hauen sich gegenseitig auf den Rücken. Nur Zio Calzone fehlt noch, er ist zurück in den Ort gefahren, um die Großeltern abzuholen. Nun hält er mit quietschenden Reifen vor dem Haus, eine Staubwolke wirbelt auf und aus dem Autoradio dröhnt *I am the tiger*. Zia Mimma verdreht die Augen und eilt zur Tür des hellblauen Panda, um *Nonna* und *Nonno* herauszuhelfen.

Die Männer verschwinden hinter dem Haus, nur den *Nonno* lassen sie bei uns auf der Terrasse zurück. Ich rücke ihm einen Stuhl zurecht, die Plastikbeine schrappen über den Beton, da kommt Concetta um die Ecke. Ich stocke, starre sie an. Halte den Stuhl vor mir wie einen Schild.

Sie stemmt die Hände in die Hüften und mustert mich von oben bis unten. »Was will die denn hier?«, fragt sie Nunzia.

»Sie gehört zur Familie. Sie ist deine Schwester.«

»*Halb*schwester! Mit der will ich nicht an einem Tisch sitzen.«

Nunzia verdreht die Augen. »Ach komm, jetzt stell dich nicht so an. Setz dich zu uns, lernt euch doch erst mal kennen.«

Concetta reckt ihr fliehendes Kinn vor und verlässt demonstrativ die Terrasse.

»Danke«, sage ich zu Nunzia.

»Stimmt doch auch.« Sie stößt mich mit dem Ellenbogen an und grinst. »Du gehörst jetzt zu uns, egal, ob es Concetta passt oder nicht.«

Ich ziehe meinen Stuhl neben den von *Nonna*. Jetzt, wo ich weiß, was sie meiner Mutter angetan hat, sehe ich wie bei einem Hologramm hinter der skurrilen Oma eine Hexe aufblitzen, knorrig und boshaft. Ich erinnere mich daran, wie sie mich bei der Begrüßung abgetastet hat, ob genug an mir dran ist. Wie die Alte bei Hänsel und Gretel. Auch die *Nonna* hat ein paar Kinder auf dem Gewissen, genau wie die böse Hexe im Märchen, und beinahe hätte sie auch mich zu einem Engelchen gemacht. Meine eigene Großmutter. Mir ist plötzlich kalt und ich lege die Arme eng um meinen Oberkörper.

»Mariiiia!«, ruft *Nonna* plötzlich und reckt ihre knochigen Arme in den Himmel. Ich zucke zusammen. »Heute Morgen war das Meer höher als sonst! Ich habe es gewusst. Oh Jesus. Das Fernsehen hat es auch gesagt.«

»Beruhig dich, *Nonna*.« Nunzia tätschelt ihr das Knie. »Es war nur ein kleines Seebeben. Weit weg, bei Rimini, heute Nachmittag. Davon haben wir hier gar nichts gespürt.«

»Ein Seebeben?«, frage ich und schaue alarmiert zu Hanna, aber sie kaut Chips und trinkt schon den dritten Becher Cola.

»Meinst du nicht, es reicht?«, sage ich und will ihr den Becher abnehmen, doch Zia Mimma drängt sich zwischen uns und schenkt ihr nach.

Nonna zeigt auf die glatte Wasseroberfläche, von der blasser Dunst aufsteigt. »Seht nur, das Meer ist ganz weiß geworden, heilige Mutter Gottes. Wie damals, in diesem Land, ihr wisst schon.« Sie schlägt die Hände vors Gesicht. »So viele Tote.«

»Nein, keine Toten«, sagt Nunzia und tätschelt weiter.

»Doch, damals schon, auch Kinder. Und Touristen. Die Flutwelle.«

Jetzt dämmert es mir. »Meinst du den Tsunami? Die Flutwelle in Thailand?«

»Wo?« Sie sieht mich verständnislos an.

»Sie hat Sizilien noch nie verlassen«, flüstert mir Nunzia zu. »Außerdem hat sie nicht mehr alle.«

»Das war an Weihnachten vor vier Jahren«, erkläre ich.

»Nein, nicht im Winter. Da war es warm, die Leute haben gebadet. Hab ich im Fernsehen gesehen.«

»In Thailand ist es auch im Winter warm«, sage ich, doch *Nonna* hört gar nicht zu, sondern betet ein Vaterunser.

»Amen. Erst das Erdbeben, dann eine Flutwelle, jetzt ist es aus mit uns!«

Nunzia winkt ab. »Du darfst nicht alles ernst nehmen, was sie sagt. Sie ist immer etwas ... nun ja, fatalistisch.«

Ob ich aus der je etwas Vernünftiges über Lucia herausbekommen werde? Ich schnüffle. Der Geruch nach

144

gegrilltem Fleisch vermischt sich mit dem Duft des Jasmin. Wie ist es möglich, dass mir schon wieder das Wasser im Mund zusammenläuft?

»Ich hab Hunger«, sagt auch Hanna.

Als hätte sie es gehört, kommt Zia Mimma um die Ecke und balanciert eine kolossale Platte, auf der sich ein Berg Fleisch und Würste türmt. Nunzia nimmt mit einer Papierserviette eine Wurst und reicht sie Hanna. Dann gibt sie jedem einen Plastikteller, der so vollbeladen ist, dass er fast umknickt.

Nonna nimmt ihr Gebiss aus dem Mund und legt es neben ihren Teller. Dann greift sie nach einer Wurst und kneift mit ihren Kiefern einen Happen ab.

»Für mich nur ein kleines Stück von dem weichen«, sagt *Nonno*.

»Der isst nicht mehr so wie früher, seit er keine Zähne mehr hat«, nuschelt *Nonna* so undeutlich, dass ich sie kaum verstehe. »Bald ist es aus und vorbei mit ihm. Er sitzt immer nur rum. Kaum hab ich ein neues Knie und kann wieder laufen, muss ich ihn bedienen.« Sie schluckt die Wurst runter, gießt Wasser in einen Plastikbecher und gibt ihn *Nonno*.

»Das trinke ich nicht.« Er verschüttet das Wasser absichtlich auf seine Hose.

»Mariiia!« *Nonna* zieht ein Stofftaschentuch aus ihrer Schürzentasche und tupft an ihm herum.

»Lass das«, knurrt er und stößt mit seinem Gehstock nach ihr, worauf *Nonna* mit dem Fuß nach ihm tritt.

»Den lieben langen Tag sitzt er da auf seinem Stuhl!«

Der *Nonno* erhebt sich wackelig, stützt sich auf seinen Stock und schlurft zu Zio Peppino. »Gib mir Wein.«

Der Zio schenkt ihm eine zimtfarbene Flüssigkeit aus einer Plastikflasche ein, und *Nonno* ext den ersten Becher. Dann lässt er sich nachschenken und prostet uns zu.

Nonna schnaubt, doch bevor sie zu einer neuen Schimpftirade anheben kann, unterbricht Nunzia sie.

»Linda will die Geschichte von dem Mädchen hören.«

»Welches Mädchen?«

»In Gaetanos Haus.«

»Ah!« *Nonna* reibt sich die Hände. »Das Mädchen.« Sie nickt. Dann beugt sie sich vor und senkt die Stimme. »Nachdem deine Mutter Gaetano verlassen hat, habe ich mit ihm in dem Haus gewohnt.« Sie zeigt auf die Hecke, die zwischen den Grundstücken verläuft. »Irgendwer musste sich ja um ihn kümmern.« Sie sieht mich vorwurfsvoll an, so als wäre es meine Schuld gewesen, dass meine Mutter nach Deutschland zurückgekehrt ist. Ich habe schon auf der Zunge, dass *Nonna* daran ja wohl nicht ganz unbeteiligt war, aber ich will die Geschichte nicht unterbrechen. »So ohne Ehefrau, einsam und allein«, lamentiert die *Nonna* weiter.

»Ist ja gut«, unterbricht Nunzia sie. »Was war mit dem Mädchen?«

»Ja, das Mädchen. Wenn ich nicht schlafen konnte, bin ich in der Küche gesessen und habe den Rosenkranz gebetet. Und dann kam sie hoch.«

Ich versuche zu schlucken, habe aber gar keine Spucke im Mund. »Wer?«

Nonna beugt sich noch weiter zu mir und ich rieche ihren säuerlichen Atem. »Das kleine Mädchen, das im Keller war. Sie kam rein, setzte sich still zu mir und hörte mir zu. Ich hatte immer eine Schachtel Kekse für sie da.«

»Kekse?«

»Natürlich, Kinder wollen immer Kekse.«

»Was war das für ein Mädchen?«

»Sie sah aus wie du damals. Aber du warst ja in Deutschland. Sie hatte niemanden mehr zum Spielen.«

Trotz der milden Luft bekomme ich Gänsehaut. »Und warum war sie im Keller?«

»Das habe ich sie auch gefragt, aber sie hat nie geantwortet. Wenn ich mit dem Rosenkranz fertig war, ist sie wieder gegangen.«

»Und Gaetano?«

Nonna winkt ab. »Ach der! Der ist immer nur wütend geworden und hat gesagt, dass ich spinne und aufhören soll, Spukgeschichten zu erzählen. Seit er in die Schweiz gegangen ist, steht das Haus leer. Aber ich habe eine Schachtel Kekse für sie auf dem Tisch liegen lassen. Armes kleines Ding.« Sie seufzt. Dann kneift sie mit den Kiefern herzhaft in eine Wurst.

»Das ist ja gruselig«, flüstere ich Nunzia zu.

Sie lacht auf. »Ach was, das sind nur ihre Schuldgefühle. Wahrscheinlich erscheinen ihr nachts all die Kinder, die sie zu Engeln gemacht hat.«

Ich bekomme keinen Bissen mehr herunter. »Weißt du etwas über meine Geburt?«, frage ich *Nonna*. »Gab es da noch ein zweites Kind?«

Nonna kaut und sieht mich quälend lange an. »Zweites Kind?«

»Zwillinge. Hatte ich eine Zwillingsschwester?«

»Ja sicher. Lucia. Sag ich doch. Das Mädchen.«

Meine Hand krampft sich um die Papierserviette und ich halte die Luft an.

»Sie ist bei eurer Geburt gestorben.«

»Weißt du das sicher?«

»Natürlich.«

»Hast du ihre Leiche gesehen?«

»Das nicht. Aber ihren Geist. Das reicht mir.«

»Meine Mutter weiß nichts von einer Zwillingsschwester«, sagt Nunzia.

»Darüber spricht keiner gerne. Vielleicht ist die Kleine noch da.« *Nonna* blickt zur Hecke.

Ein Schauer läuft mir über den Rücken. »Hat irgendwer einen Schlüssel für das Haus?«

»Natürlich. Ich.«

»Du?« Nunzia fuhr von ihrem Plastikstuhl auf.

»Aber Gaetano will nicht, dass jemand reingeht. Das hat er gesagt, bevor er gegangen ist.«

»Warum?«

»Zu viele schlechte Erinnerungen, hat er gesagt.«

Nunzia legt ihrer Großmutter vertraulich eine Hand aufs linke Knie. »Aber Gaetano ist doch gar nicht da.«

»Und?« *Nonna* schüttelt sie ab.

»Er würde es gar nicht erfahren.«

Nonna verschränkt die Arme vor der Brust. »Ich habe es versprochen. Und was eine Mutter ihrem Sohn verspricht, das muss sie auch halten.«

Der *Nonno* lacht auf. »Ja! Du und dein Sohn.«

»Halt die Klappe«, knurrt *Nonna* und tritt nach ihm, doch er pariert mit dem Gehstock.

»Linda würde so gerne das Haus ihres Vaters sehen«, unterbricht Nunzia die beiden.

Nonna schüttelt stur den Kopf. Sie stopft sich ein großes Stück Fleisch in den Mund und beginnt, genüsslich daran zu lutschen. Sie wird erst mal nichts mehr sagen, das ist klar.

Nunzia sieht sie von der Seite an. »Vielleicht hat Lucia die Kekse ja aufgegessen und braucht neue? Sie hat bestimmt Hunger.«

Nonna kaut weiter, aber langsamer.

Tarantella

Ich zucke zusammen und werde ganz steif auf meinem Stuhl. Silvo betritt den Garten. Er trägt Jeans mit Löchern an den Knien und ein schwarzes, enges T-Shirt. Um sein linkes Handgelenk schlingen sich Lederbänder. Ein Seufzer entweicht mir und Nunzia sieht mich streng von der Seite an. »Carmelinda! Gestern fandest du noch, dass er ein Idiot ist.«

»Ja, Mama.« Ich verdrehe die Augen.

Silvo sieht mich, winkt, kommt auf mich zu und mein Herz stolpert. *Idiot, Idiot, Idiot* sage ich mir selbst in Gedanken vor, doch mein Magen zieht sich zusammen und ich sehe alles nur noch in Slow Motion.

Als er uns fast erreicht hat, klingelt sein Handy so laut, dass sich alle zu ihm umdrehen. Er hat ein nagelneues iPhone und als Klingelton ertönt Jovanotti, *A te*, das schönste italienische Liebeslied, das ich je gehört habe. Und jetzt sieht Silvo mich dabei mit seinen Wahnsinnsaugen an. Extralang. War ich jemals sauer auf ihn? Nein, ich glaube nicht. Und wenn schon. Man soll doch nicht so nachtragend sein, oder?

Er nimmt den Anruf an und schneidet den Refrain ab. »Ich kann heute nicht, bin auf einer Grillparty bei Zio Peppino«, ruft er ins Telefon. Dann hält er es ein Stück von seinem Ohr weg. Er hat den Lautsprecher aktiviert.

»Wir kommen vorbei«, antwortet eine blecherne Männerstimme.

»Giovanni kommt!«, ruft Silvo.

»Na bravo.« Nunzia verdreht die Augen. »Der bringt bestimmt wieder seine ganzen Schwager mit.«

Silvo steckt das Handy in die hintere Hosentasche und legt mir seine Hand auf die Schulter. *Ciao, bella tedesca.* Mein Magen kribbelt und Wärme breitet sich von meiner Schulter aus. Er beugt sich zu mir herunter und küsst mich links und rechts auf die Wangen. Bilde ich mir das ein oder verharrt er dabei ein wenig zu lange? Mein Gesicht wird heiß.

»Mama, warum wirst du rot?«, fragt mich Hanna.

Schnell stehe ich auf. »Warum sollte ich rot werden?«

»Wie eine Flasche Ketchup.«

Silvo grinst, *Ketchup* hat er wohl verstanden.

»Und, alles klar?«, frage ich. »Heute wieder eine Touristin gerettet?«

Er lacht. »Nein. Aber da fällt mir ein, du schuldest mir noch ein Bier.«

»Ja klar. Ein Baywatch-Bier.«

»Ich begrüße mal die anderen und bringe uns auf dem Rückweg welches mit. Nunzia, du auch eine Flasche?«

»Nein, danke«, knurrt sie. Kaum ist er weg, tritt sie mir unterm Tisch gegen das Schienbein. »Reiß dich bloß zusammen!«

»Ja-ha!« Es geht mir auf die Nerven, dass sie sich aufspielt wie meine Anstandsdame. Ich bin schließlich erwachsen.

Ich beobachte, wie Silvo von Gast zu Gast schlendert, mit jedem ein paar Sätze wechselt und dabei gestikuliert, als würde er ein ganzes Orchester leiten. Endlich kommt er zurück in unsere Richtung, aber jetzt hält ein Jeep vor dem Gartentor. Er ruft: »Giovanni ist da!«, und dreht wieder ab.

Drei Männer klettern aus dem Wagen, jeweils mit Frau und einer Unmenge an Kindern. Es ist mir ein Rätsel, wie die alle in ein einziges Auto gepasst haben. Sie laden vier Kisten voll Tomaten und Kopfsalaten aus, sowie sechs Platten mit bunten, streuseligen, cremigen und schoko-ladigen Süßigkeiten.

»Wir haben auch einen halben Schwertfisch dabei.« Ein Hüne mit Vollbart schwenkt unter den Jubelrufen der Gäste eine Plastiktüte, die so prall gefüllt ist, dass sie gleich reißt.

»Ist das Giovanni?«, flüstere ich Nunzia zu.

Sie nickt.

»Und eine Eistorte!«, ruft eine Frau, die ihm auf waghalsigen Absätzen hinterher stöckelt. Sie knickt ein, fängt sich aber gerade noch und balanciert die Torte gekonnt nach oben aus. Eine echte Stiletto-Expertin, das ist klar.

»Mama, die kann ja gar nicht richtig laufen«, flüstert Hanna.

»Pscht!« Ich knuffe sie mit dem Ellbogen.

Einer der Schwager schleppt einen Topf, der so groß ist, dass eine Ziege darin Platz gefunden hätte. Er strahlt und ruft: »Für die Pasta!«

»Aber wir haben doch schon gegessen«, sage ich.

Nunzia lacht nur.

»Alle Männer in die Küche!«, dröhnt Giovanni durch den Garten. »Jetzt kochen wir!«

Aha- und Oho-Rufe locken uns in die Küche. Dort steht breitbeinig Giovanni und schwenkt den gigantischen Topf hin und her, dann hebt er ihn mit Schwung hoch und lässt ihn wieder absacken. Seine Oberarme haben den Umfang von Baumstämmen.

»Was macht der denn da?«, frage ich.

Nunzia zuckt die Schultern. »Er rührt um. Wie sonst willst du zehn Kilo Pasta bewegen?«

Der andere Schwager steht schon mit dem nächsten Stapel an Plastiktellern bereit. Giovanni stellt den Topf mit einem Scheppern auf den Boden und begräbt die Teller unter Nudelbergen, die dann durchgereicht werden, bis jeder Gast einen in der Hand hält.

»Pasta mit Schwertfisch!«, dröhnt Giovanni. »Und wehe, es bleibt was übrig!«

Ich bin pappsatt, aber erstens schmecken die Nudeln himmlisch nach Fisch und Kirschtomaten, und zweitens traue ich mich angesichts der strengen Blicke von Giovanni nicht, etwas übrig zu lassen. Als die letzte Nudel ihr Ende gefunden hat, stopfen die Gäste ihre Teller in einen schwarzen Müllbeutel und Giovanni lädt mit seinen Schwagern mannshohe Boxen aus dem Jeep. Ich muss dieses Auto-Modell unbedingt mal googeln. Vielleicht hat es ja Geheimfächer? Oder einen versteckten Gepäckraum?

Die schnellen Rhythmen einer Tarantella ertönen. Akkordeon, Tamburin, Maultrommel, Flöte, alles wild durcheinander. Giovanni packt seine Frau am Ellbogen. »Jetzt wird getanzt!«, ruft er und wirbelt sie herum. Fasziniert schaue ich zu, wie sie sich auch diesmal gekonnt auf ihren Stöckelschuhen ausbalanciert. Jetzt tanzt Giovanni auf einen seiner Schwager zu. Der schüttelt den Kopf und versucht, nach hinten auszuweichen. »Meine Schuhe drücken«, ruft er über die Musik hinweg. Aber Giovanni schüttelt den Kopf, packt ihn mit der Linken unterm Oberschenkel und hebt sein Knie an. Der Schwager umarmt ihn, um nicht umzufallen, und Giovanni streift ihm den Schuh aus, den er mit einem eleganten Schwung über den Zaun wirft. Dann greift er blitzartig um und entblößt auch den rechten Fuß des Schwagers.

Ich lache gerade noch hämisch über den barfüßigen Schwager, da reibt sich Giovanni die Hände. »So!« Sein Blick schweift über die Gäste und bleibt an mir hängen.

Nein! Bitte nicht.

Unerbittlich tanzt Giovanni auf mich zu. Ich versuche, mich auf meinem Stuhl ganz klein zu machen, und sehe unbeteiligt in die andere Richtung. Soll ich aufspringen und aufs Klo rennen?

Zu spät.

»*Eh, tedesca*«, dröhnt er direkt vor mir. Er ist so nah, dass ich gegrillten Fisch und Schweiß rieche. Ich muss zu ihm aufsehen. Die ganze Gesellschaft starrt mich grinsend an. Kann ich nicht einfach schmelzen und im Boden versickern, oder so was in der Art?

»Kannst du Tarantella tanzen?«

Ich schüttele den Kopf.

Giovanni zeigt mit seinen rußigen Händen auf die Tanzfläche. »Dann komm.«

Aber ich will nicht tanzen! Hilfesuchend sehe ich zu Nunzia rüber, doch die lacht sich kaputt und ruft: »Los!«

So eine Verräterin. Das kann sie doch nicht machen.

Giovannis Pranke schließt sich um meinen Oberarm, er zerrt mich auf die Tanzfläche, verschränkt die Arme hinter dem Rücken und hebt zum Takt der Musik abwechselnd die Knie. Mit einem Kopfnicken fordert er mich auf, es ihm gleich zu tun.

Ungeschickt versuche ich, den Takt zu finden. Die anderen Gäste bilden einen Kreis um uns und glotzen. Aus dem Augenwinkel sehe ich Concetta, die mit dem Finger auf mich zeigt und einer anderen Frau etwas zuflüstert. Ihre Mundwinkel sind höhnisch nach unten gezogen. Mein Gesicht ist heiß und ich fühle mich zittrig, so als würde ich gleich ohnmächtig werden. Ich hatte schon immer Angst vor Publikum, habe in der Schule jedes Referat verkackt, weil ich nicht vor der Klasse sprechen konnte. Und jetzt soll ich vor Zuschauern tanzen? Ohnmächtig werden wäre eine Option, denke ich gerade, da grölt jemand: »*Forza*, Linda!«

Es ist Silvo. Auch das noch.

Keine Gnade. Giovanni hakt mich unter und dreht mich, bis mir total schwindelig ist, dann zieht er wieder abwechselnd die Knie hoch. Silvo kommt in den Kreis herein, hebt ebenfalls die Beine und tanzt auf uns zu. Er übertreibt absichtlich, hüpft herum wie eine Comicfigur, das sieht albern aus und ich muss grinsen. Er zwinkert mir zu, klopft Giovanni auf die Schulter und zeigt auf mich. Ich glaube, er will mich schon wieder retten. Giovanni lässt mich los, ich taumele, Silvo hakt mich unter und wirbelt mich in die andere Richtung. Ich muss lachen.

»Na also!« Giovanni lacht mit, laut und dröhnend wie der Donner eines Sommergewitters.

»Gruppentänze!«, juchzt eine der Schwägerinnen. Die ersten Takte von *Macarena* ertönen und die Frauen stürmen die Tanzfläche. Sie winken mir und ich tanze auf sie zu, wir formieren uns zu einer Gruppe und wackeln synchron mit den Hüften, klappen die Arme ein und wieder aus, drehen uns mit einem Hüpfer. Ich bin in ihrer Mitte, löse mich in der Gemeinschaft auf und zum ersten Mal in meinem Leben gehöre ich irgendwo dazu. Soll mich die blöde Concetta ruhig auslachen, ist mir doch egal. Ich tanze weiter und immer weiter.

Irgendwann sinke ich zurück auf meinen Stuhl, schütte mir zwei Becher Wasser rein und beobachte die Leute. Hanna spielt mit den anderen Kindern im Garten Fangen, sie kichert und kreischt und sieht richtig glücklich aus. Ich glaube, ich bin auch glücklich. Und ein bisschen sentimental. Ich vermisse meine Mutter. Sie hätte heute Abend einen Riesenspaß gehabt, vor allem bei der Tarantella. Ein Lächeln zuckt um meine Mundwinkel, doch gleichzeitig steigt eine zähe Traurigkeit in mir hoch. Wenn sie hier wäre, würde sie merken, wie herzlich und lustig unsere Familie ist. Vielleicht hat sie ja ... Ich ziehe mein Handy aus der Hosentasche und werfe einen Blick auf das Display, doch es ist schwarz und leer. Ich stecke das Telefon wieder weg und schiebe den Gedanken an Mitzi ganz weit hinter, in die letzte Ecke meines Kopfes. Ich beobachte lieber, was hier passiert.

Giovanni steht neben dem DJ-Pult, ein Mikrofon in der Hand, und winkt. Die Männer scharen sich um ihn und die ersten Töne eines Liebesliedes erklingen. *Una canzone d´amore*. Die Jungs schmettern los, recken die Arme in die Luft, pressen ihre Hände aufs Herz oder verziehen ihre

Gesichter zu schmerzvollen Grimassen. Ich seufze. Genau so muss ein Liebeslied klingen. Silvo singt auch mit, er schaut dabei die ganze Zeit zu mir, und mein Herz schmilzt zusammen mit dem Pistazieneis, das mir Zia Mimma auf einem frischen Plastikteller gibt. So könnte es ewig weitergehen.

Ich schlendere hinters Haus, natürlich so, dass Silvo es mitbekommt. Von hier kann ich das Meer sehen. Der Mond ist fast voll und zeichnet einen glitzernden Streifen über die Wellen. Sanftes Plätschern dringt die Böschung herauf. Ich blicke in die Ewigkeit, bin wie hypnotisiert von den Lichtreflexen, die auf dem Meer tanzen. Romantischer geht gar nicht.

»Willst du Gaetanos Haus sehen?« Es hat funktioniert. Silvo ist mir nachgegangen und steht so nah bei mir, dass ich seinen zitronigen Duft rieche.

»Klar. Aber *Nonna* bewacht den Schlüssel wie ein Rottweiler.« Meine Stimme krächzt und ich muss mich räuspern.

Silvo grinst und holt etwas aus seiner Tasche.

»Nein!« Ich starre den Schlüssel in seiner Hand an.

»Doch.« Er zwinkert mir zu. »Also, was ist jetzt? Kommst du mit?«

Ich sehe zum Haus und dann in Silvos Gesicht. Eine Hitzewelle steigt aus meinem kribbeligen Bauch hinauf bis in mein Gesicht, mein Kopf ist in Watte gepackt. Ich habe völlig vergessen, wie bescheuert sich das anfühlt.

Silvo legt seine Hand auf meinen Unterarm und flüstert: »Komm schon.«

Ich schlucke. Soll ich? Es ist Jahre her, dass ich ... Silvos Blick auf meiner Haut fühlt sich so gut an. Ich sehe mich um. Hanna spielt immer noch mit den anderen Kindern, sie würde es gar nicht merken, wenn ich mal kurz weg bin.

»Woher hast du den Schlüssel?«, krächze ich.

»Jeder braucht ein kleines Geheimnis, oder?«

Mein ganzer Körper steht unter Strom. Ich lebe, verdammt noch mal, und ich bin niemandem Rechenschaft schuldig. Außerdem muss ich ihn ja nicht gleich heiraten. Ich nicke. Silvo legt den Arm um mich und wir schlendern Richtung Gartentor.

»Was ist denn hier los?« Nunzia greift von hinten nach meiner Hand. »Wohin des Weges, ihr zwei?«

Silvo reißt seinen Arm von meiner Schulter, als hätte er sich verbrannt.

»Äh ... Sterne gucken«, stammle ich.

»Klar.« Sie rührt sich nicht vom Fleck, blickt zwischen Silvo und mir hin und her. »Es gibt Nachtisch.«

»Hatten wir schon.«

»Den zweiten Nachtisch.« Sie nickt energisch hinüber zur Partygesellschaft.

Silvo seufzt, zuckt die Schultern und trollt sich.

Nunzia haut sich mit der flachen Hand auf die Stirn. »Bist du eigentlich bescheuert? Wenn das meine Eltern mitbekommen.«

»Hey, ich bin erwachsen.« Trotzig schiebe ich das Kinn vor.

Nunzia lacht auf. »Ja, sehr.«

»Er hat einen Schlüssel für Gaetanos Haus. Er wollte es mir zeigen«, versuche ich mich zu verteidigen.

»Klar.«

»Ehrlich!«

»Und wozu hat er den wohl?« Nunzia schaut mich an, als wäre ich minderbemittelt.

»Keine Ahnung. Vielleicht versteckt er etwas. Flüchtlinge zum Beispiel. Oder es lebt wirklich ein Mädchen in dem Haus?«

»Bist du betrunken?« Nunzia schaut mich fassungslos an. Dann seufzt sie mitleidig. »Hör mal, du bist sicher nicht die erste Frau, der Silvo dieses Haus zeigt, wenn du verstehst, was ich meine. Es ist so: Du wohnst bei uns. Und wenn du was mit Silvo anfängst, zerreißt sich das ganze Dorf das Maul über unsere Familie. *Capito?*«

»*Capito.*«

Sie drückt mir einen Teller mit süßen Teilchen in die Hand. »Und jetzt bring das deiner Tochter.«

»*Aye, aye, Sir.*«

Ich gehe in den Garten, drehe mich in alle Richtungen. Wo ist Hanna bloß? Ich kann sie nirgends sehen. Da drüben sind die anderen Kinder, doch sie ist nicht bei ihnen. Ich stelle den Teller ab und laufe zu der kleinen Gruppe. »Habt ihr Hanna gesehen?« Die Kinder schütteln die Köpfe. Panik drückt mir die Kehle zu. Ich gehe um die Hausecke herum, hier ist der Garten finster und verlassen.

»Hanna?«, rufe ich in die Dunkelheit hinein. Meine Stimme klingt schrill.

In der Hecke, die zu Gaetanos Haus zeigt, raschelt es. Ich zucke zusammen, starre auf die Blätter und trete zurück. Eine Gestalt kriecht aus dem Unterholz. Ich presse mir die Hand auf den Mund, um nicht aufzuschreien.

»Ja, Mama?«

»Hanna! Was machst du da!« Ich reiße sie an mich und umarme sie, mein Herz rast wie wild.

»Was hast du denn? Ich spiele doch nur.« Sie macht sich los.

»In der Hecke?«

»Ja, mit dem Mädchen. Es ist da drin.«

Das Blut gefriert mir in den Adern. Ich starre die Hecke an. »Blödsinn, da ist doch kein Mädchen drin«, sage ich, aber trotz der Wärme überzieht eine Gänsehaut meine Arme.

»Doch!«

»Komm jetzt.« Ich will Hanna mit mir ziehen, da beginnt der Busch auf der anderen Seite des Zauns zu wackeln.

Himmel, was ist das? Ich höre eine leise Stimme. »*Water. Please.*« Ein dunkelhäutiger Mann kriecht aus dem Busch, steht auf und krallt seine Hand um den Draht. »*Water. Please.*«

»Hat er dir was getan?« Ich packe Hanna am Unterarm, reiße sie zurück.

»Aua! Lass mich los.« Sie zerrt ihren Arm aus meiner Umklammerung.

»Hat er dir was getan?«, frage ich noch mal.

»Nein, er ist total nett. Das Mädchen gehört zu ihm.«

»*No fear. Water please. Wife. Child.*«

Das Gebüsch gerät wieder in Bewegung und ich sehe die Umrisse von weiteren Menschen, die sich in der Böschung verstecken. Adrenalin schießt durch meinen Körper. Das müssen Flüchtlinge sein. Verdammt, wie viele sind das? Wenn die uns hier überfallen? Silvo hat doch gesagt, dass sie Häuser aufbrechen und alles stehlen. Ich muss die anderen rufen. Keine Ahnung, wie diese Leute drauf sind und was die alles erlebt haben. Mit traumatisierten Menschen ist nicht zu spaßen, das weiß jeder. Und ich bin hier ganz allein in der Dunkelheit. Mit einem Kind. Ich gehe noch drei Schritte zurück, ziehe Hanna mit mir.

Da sehe ich sie. Ein kleines Mädchen, etwa so alt wie Hanna, das mich mit weit aufgerissenen Augen anstarrt. Ihr Blick lähmt mich.

»Schau, da ist das Mädchen«, sagt Hanna.

Wenn ich jetzt schreie, ruft Zio Peppino die Polizei. Dann kommt die Familie ins Auffanglager und wird abgeschoben, vielleicht stecken sie das Mädchen sogar ins Kinderheim und es wird seine Eltern nie wiedersehen.

Ich hole tief Luft. »*Wait. I will bring something for you.*«

»Komm Hanna, die haben Hunger und Durst. Wir holen ihnen was.«

Hanna nickt aufgeregt.

»Besser, wir erzählen niemandem von den Leuten, okay?«

»Warum?«

»Das erkläre ich dir später. Jetzt holen wir ihnen erst mal was zu essen und zu trinken.« Ich lege meinen Zeigefinger über die Lippen. »Pscht.«

»Okay.«

Möglichst unauffällig schlendern wir zurück in den Garten, von dort ins Haus hinein und zur Küche. Die anderen Gäste sind alle draußen. Schnell jetzt. Ich blicke mich um. Da ist eine Hintertür. Ich öffne sie einen Spalt und sehe die dunkle Rückseite des Hauses. Bingo. Ich schleppe einen ganzen Träger Wasser hinaus, dann blicke ich mich in der Küche um.

»Bring das Brot raus«, sage ich zu Hanna.

Da steht noch ein Tablett mit süßen Teilchen. Die sind jetzt zwar nicht unbedingt gesund, haben aber zumindest viele Kalorien. Ich stelle alles vor die Tür, schließe sie wieder. Dann schlendern wir unauffällig zurück zum Gebüsch. Es ist niemand zu sehen.

»*Go there. Water. Food*«, flüstere ich in Richtung Böschung und zeige auf die Hausecke.

»*God bless you.*« Der Mann kriecht wieder hervor, steht umständlich auf und faltet die Hände. Er nickt mir zu und huscht um das Haus.

»*Ciao*«, ruft Hanna ihm hinterher und winkt.

Wir sehen ihm noch einen Moment lang nach. Die Bilder der Fernsehdoku ploppen wieder in meinem Kopf auf. Die Leute haben bestimmt Todesangst gehabt, in dem windigen Holzboot, mitten in der Nacht auf dem offenen Meer. Ich höre das Weinen der Menschen, spüre ihren quälenden Durst. Wie viele Tote haben die Augen dieses kleinen Mädchens schon gesehen?

»Mama, warum verstecken sich diese Leute im Gebüsch?«

Ich seufze und lege meinen Arm um Hanna. »Die sind vor dem Krieg in ihrem Land geflohen und mit dem Boot übers Meer gekommen. Sie dürfen sich aber nicht von der Polizei erwischen lassen, sonst werden sie verhaftet, in ein Flugzeug gesetzt und in ihr Land zurückgebracht, aber da ist Krieg.«

»Was ist Krieg?«

»Das ist, wenn Menschen gegeneinander kämpfen.«

»Und warum tun sie das?«

»Weil sie den anderen das Land wegnehmen wollen. Oder weil sie über die anderen bestimmen wollen.«

»Versteh ich nicht.«

»Ich ehrlich gesagt auch nicht.«

»Warum können sie nicht hierbleiben?«

»Weil es nicht gehen würde, wenn alle Leute, bei denen Krieg ist, zu uns kämen. Deshalb dürfen nur die bleiben, die beweisen können, dass sie in ihrem eigenen Land wirklich in großer Gefahr sind. Alle anderen müssen zurück.«

Hanna hat ihre Augenbrauen zusammengezogen und ich sehe die Falte über ihrer Nasenwurzel. »Das ist gemein. Muss das Mädchen auch zurück zum Krieg?«

»Ich weiß nicht. Aber schau, wir haben ihnen geholfen. Das ist doch gut. Jetzt haben sie was zu essen und zu trinken.«

Hanna nickt.

»Los, geh wieder spielen, Mucki.« Ich gebe ihr einen Kuss und sie flitzt zurück zu den anderen Kindern. Ich setze mich auf den Stuhl neben *Nonno*. Er ist eingenickt und sein Kinn ist herabgesunken, er sieht aus wie ein alter, trauriger Gorilla. Ich fühle mich kraftlos und aufgeputscht zugleich. Wird die Familie irgendwo Hilfe und Unterschlupf finden?

Nunzia setzt sich neben mich. »Immer noch beleidigt?«

»Was?« Ich schrecke aus meinen Gedanken auf.

»Wegen Silvo.«

»Ach so. Nein, schon okay. Es ist nur ... Ich bin erwachsen und kann eigentlich selbst entscheiden, mit wem ich was anfange.«

»*Yes*. Aber ich hab dir ja erklärt, dass das für unsere Familie ein ziemlicher Skandal wäre. Das perfekte Klischee. Deutsche Touristin hüpft hoppladihopp mit dem erstbesten Italo-Lover ins Bett. Ich hätte nicht gedacht, dass ihr wirklich so leicht zu haben seid.«

»Also hör mal!«

»Stimmt doch. Du bist seit drei Tagen hier, und schon würdest du mit ihm in die Kiste hüpfen.«

»Ja und? Er dürfte das doch auch. Dagegen hätte keiner was, wahrscheinlich würden die anderen Männer ihm sogar noch auf die Schulter klopfen.«

»Mag sein. Aber du bist unser Gast. Also pass dich bitte unseren Regeln an. Integration und so.«

Ich presse die Zähne zusammen. Ich ärgere mich über diese verkrustete Weltanschauung, aber ich kann hier jetzt auch nicht die Emanzipationsarbeit der letzten Jahrzehnte nachholen. »Okay«, murre ich.

»Okay was?«

»Okay, ich fange nichts mit ihm an.«

Nunzia nickt. »Danke.«

Wir sitzen ein paar Minuten schweigend nebeneinander. Die Grillgesellschaft löst sich langsam auf, die ersten Gäste verabschieden sich.

»Nunzia?«

»Ja?«

»Stimmt es, dass die Flüchtlinge in die Häuser hier einbrechen?«

»Na ja.« Sie macht eine ausholende Geste. »Einbrechen klingt so kriminell. Sie verstecken sich. Warum?«

»Nur so. Ich habe gerade an das Boot gedacht, das gestern angekommen ist. Und an die Menschen, die ver-

164

schwunden sind. Bekommen die eigentlich irgendwo Hilfe?«

Nunzia zuckt die Schultern. »Wenn sie sich zu erkennen geben, werden sie verhaftet. Deshalb versuchen sie unterzutauchen, stehlen Essen von den Feldern und Plantagen, betteln, klauen oder schlagen sich mit illegalen Erntehelfer-Jobs durch. Die meisten wollen in den Norden.«

»Würdest du einem Flüchtling helfen, wenn er dich drum bittet?«

Sie starrt mich an. »Wie kommst du denn darauf?«

»Nur so.«

»Keine Ahnung.«

»Sag schon. Wenn einer bei dir vor der Tür steht und dich um Hilfe bittet. Was würdest du tun?«

Sie zuckt die Schultern. »Flüchtlinge stehen nicht einfach so vor der Tür.«

»Und wenn doch? Nachts, wenn sie keiner sieht?«

»Also wenn nachts ein Fremder vor meiner Tür steht, würde ich sowieso nicht aufmachen.«

Ich schnaufe genervt. »Jetzt sag schon.«

»Na gut. Ich glaube, ich würde ihm nicht helfen. Damit würde ich ja die illegale Einwanderung unterstützen, die uns hier so viele Probleme macht.«

»Würdest du die Polizei rufen?«

Sie spielt an ihrem Nasenring. »Na ja, das auch nicht, ich würde ihm nichts Böses wollen. Ich glaube, ich würde ihn einfach weiterschicken. Keine Ahnung.« Sie schüttelt den Kopf und klatscht in die Hände. »Du denkst viel zu viel über komische Sachen nach. Komm, die Party ist zu Ende. Lass uns beim Aufräumen helfen.«

Die Frauen stürmen die Küche mit ebenso viel Energie, wie sie vorher die Tanzfläche unsicher gemacht haben. Tante Rosaria spült das wenige Besteck und Geschirr, das nicht aus Wegwerfplastik war, Zia Mimma trocknet ab, und die anderen leisten ihnen Gesellschaft.

Ich sehe unauffällig zur Hintertür. Habe ich einen Fehler gemacht? Nicht, dass die jetzt bei Zio Peppino einbrechen. Ich beiße mir auf die Unterlippe. Oder in Gaetanos Haus. Na gut, das wäre nicht ganz so schlimm, wem würden sie damit schon schaden? Das steht eh leer. Und Kekse gibt es dort auch. Ein Schauer läuft mir den ganzen Rücken hinunter. Ob etwas an *Nonnas* Spukgeschichte von dem Mädchen dran ist? Und warum in aller Welt hat Silvo einen Schlüssel zu dem Haus?

Die letzte Fleischgabel ist in der Besteckschublade verstaut und es herrscht Aufbruchsstimmung. Die Frauen umarmen mich, küssen mich links und rechts auf die Wangen. Nur Concetta starrt feindselig herüber. *So a großkopfade Blunzen*, würde meine Mutter jetzt sagen, und zwar mit Inbrunst.

Giovanni schwankt auf mich zu. Sieht so aus, als hätte er ein paar Gläser zu viel intus. »Hat mich sehr gefreut, dich kennenzulernen, *tedesca*«, dröhnt er. Dann hebt er mich hoch, als wäre ich ein Vogelküken, wirbelt mich durch die Luft und stellt mich mit so viel Schwung wieder ab, dass ich direkt in Silvos Arme falle.

»*Ciao bella*«, murmelt der in mein Ohr. »Bis zum nächsten Mal.« Sein Atem kitzelt mich.

»Carmelinda!« Nunzias Stimme zerschneidet die milde Nachtluft. »Holst du Hanna?«

Ich mache mich los.

166

Hanna ist inzwischen auf der Hollywoodschaukel eingeschlafen. Ihre Wangen sind mit irgendeinem Zuckerzeug verklebt. Sie lächelt im Schlaf. Die aufgerissenen Augen des Flüchtlingsmädchens spuken wieder durch meinen Kopf. Ich sehe zum Himmel und schicke ein Gebet Richtung Vollmond. *Liebes Universum, bitte beschütze diese Familie.* Meine Mutter sagt immer, dass etwas eintritt, wenn man es sich von ganzem Herzen beim Universum wünscht. Ich glaube eigentlich nicht an so was, aber man weiß ja nie. Ich hebe Hanna hoch und trage sie zum Auto.

Der Arzt

Wir kurven mit Nunzias rotem Sporting den Hügel runter, und dann die Serpentinen auf den nächsten Hügel wieder rauf. Der Ort, in dem Dottor Scarano wohnt, ist noch trostloser als Santa Lucia del Monte. Ein Kind pinkelt an die Hauswand, Hunde raufen, Müll liegt herum.

Nunzia parkt auf einer Piazza und wir laufen durch die Gassen. Der Geruch nach Waschmittel und Pizza weht mir um die Nase, über uns flattert frische Wäsche im Wind. Wir kommen an einer Barockkirche vorbei, dann an einem antiken Palazzo. Nunzia zeigt auf die bröcke-lige Fassade. »Hier hat eine Grafentochter gelebt, die mit elf Jahren freiwillig in die Klausur gegangen ist, um Nonne zu werden.«

»Freiwillig?« Ich ziehe die Augenbrauen hoch.

»Ja, die mit dem Brief des Teufels, hab ich dir doch erzählt. Da drüben ist das Kloster.« Sie zeigt auf ein Gebäude mit vergitterten Fenstern. »Da leben immer noch Nonnen in Klausur.«

Ich nicke, aber ich kann die vermutlich einzigen drei schönen Bauwerke, die es in diesem trostlosen Kaff gibt, nicht genießen. In mir drin steht alles Kopf.

Vor einer Garage, deren Tor offen ist, bleibt Nunzia stehen. »Hier muss es sein.«

»In der Garage?« Ich starre sie an.

Sie geht einen Schritt in das düstere Kabuff hinein und ruft: »*Permesso*?« Ihre Stimme hallt in dem kahlen Raum.

»*Chi è*?« Eine brüchige Stimme erklingt von oben.

»Wir suchen Dottor Scarano!«, ruft Nunzia.

»Kommen Sie hoch.«

Wir gehen durch die Garage, an der Wand hängt ein Papst-Kalender mit Werbung vom Supermarkt. Ganz hinten führt eine Tür in ein Treppenhaus. Wir steigen in den ersten Stock und treten in ein Wohnzimmer, dessen Anblick mich schier blendet. Unten so ein trostloses Loch und hier oben ein Barockschlösschen? Mit offenem Mund schaue ich mich um. Schnörkelige Möbel, dicke Damastvorhänge, ein glitzernder Kronleuchter an der Decke und jede Menge kitschige Porzellanfiguren. Auf einem goldfarben bestickten Sofa sitzt ein Mann mit verknittertem Gesicht. An seinem Knie lehnt ein Gehstock.

»Dottor Scarano?«

Der Alte nickt und schaut uns aus wässrigen Augen an.

»Guten Tag. Ich bin Nunzia Inguanta, die Tochter von Calcedonio Inguanta.«

Sein Gesicht lässt keine Regung erkennen, als Nunzia ihren Vater erwähnt. Aber seine Stimme klingt unfreundlich. »Was willst du?«

»Das ist meine Cousine Carmelinda. Die Tochter von Gaetano Inguanta.« Die Miene des Alten verdüstert sich, doch Nunzia redet unbeirrt weiter. »Sie wurde in Ihrem Krankenhaus geboren, Sie waren bei der Geburt dabei.«

»Ich war bei Tausenden von Geburten dabei.«

»Aber diese hier war besonders. Es war eine Zwillingsgeburt, und ein Baby ist dabei gestorben.«

Scarano schließt seine Hand fester um den Griff des Gehstocks. »Daran erinnere ich mich nicht.«

»Es war neunzehnhundertdreiundachtzig.«

»Lange her.«

Nunzia lässt nicht locker. »Das Merkwürdige ist, dass zwar die Zwillingsschwangerschaft in der Akte eingetragen ist, aber keine Zwillingsgeburt. Es ist nur von einem Baby die Rede. Doch der Mutter wurde gesagt, das andere Kind sei gestorben.«

Das Gesicht des Alten wird immer abweisender. »Davon weiß ich nichts. Geht jetzt.« Er nimmt seinen Stock und steht wackelig auf.

»Ich habe Fotos von der Akte.« Nunzia zieht ihr Handy aus der Tasche.

»Es ist wichtig, *Dottore*«, mische ich mich ein. »Ich suche meine Schwester. Ich glaube, sie lebt noch.«

»Raus jetzt!« Der Alte zeigt mit dem Stock auf die Tür.

»Sehen Sie?« Nunzia hält ihm das Handy vors Gesicht, doch er wehrt ihren Arm ab wie eine Hornisse.

»Meine Tochter kommt gleich nach Hause, sie wird die *Carabinieri* rufen, wenn ihr nicht sofort verschwindet!«

»Aber Sie müssen sich doch erinnern.« Meine Stimme klingt schrill. Die letzte Chance, etwas über Lucia herauszufinden, löst sich gerade zwischen diesen ganzen Barockschnörkeln auf. »Bitte!«

»Haut ab, habe ich gesagt!« Er kommt auf uns zu, schwingt seinen Stock und beginnt zu schreien: »Hilfe! Ich habe Diebe im Haus!«

»Komm, lass es gut sein.« Nunzia zieht mich mit sich. Wir springen die Stufen hinunter und verlassen die Garage.

Ich balle die Fäuste, als wir zurück durch die Gassen zum Parkplatz laufen. »Da ist was faul. Der weiß doch etwas. Warum sagt er uns nichts?«

Nunzia nagt an ihrer Unterlippe. »Keine Ahnung. Aber das bekommen wir heraus.«

»Und wie?«

»Mir fällt schon was ein.«

Nunzia knallt die Autotür hinter sich zu, lässt die Kupplung kommen und fädelt wieder in das Gassengewirr ein. Kraftlos lasse ich mich von den Kurven hin und her schubsen. Serpentinen runter, Serpentinen rauf. Meine Hoffnung, Lucia zu finden, wird mit jeder Kurve kleiner. Was hat der Arzt zu verbergen? Vielleicht haben meine Mutter und Amedeo recht, und Sizilien ist wirklich ein Scheißland voller Mafiosi. Eine Idee habe ich aber noch.

»Ich will in Gaetanos Haus nach dem Mädchen schauen, von dem *Nonna* erzählt hat«, sage ich.

Nunzia sieht mich von der Seite an und lacht. »Was? Glaubst du das etwa?«

Ich zucke die Schultern.

»Ach komm, das ist doch nur die Spukgeschichte einer verrückten alten Schachtel, die ein verdammt schlechtes Gewissen hat.«

Ich schaue aus dem Fenster, draußen liegen Steinbrocken in einem ausgedörrten Feld. »Ich muss da rein«, sage ich mit fester Stimme. »Vielleicht spüre ich dort Lucia.«

Als wir nach Hause kommen, warten gleich zwei Überraschungen auf mich. Erstens steht meine Reisetasche mitten im Wohnzimmer. Und zweitens blickt mir Tante Mimma beunruhigt entgegen. »Da wartet jemand auf dich. In der Bar. Ein Mann«, sagt sie.

»Ein Mann? Aber ich kenne hier doch niemanden.«

»Ein deutscher Mann.« Das hört sich aus ihrem Mund etwa so an wie: eine fette, haarige Spinne mit sechzehn Beinen.

Oh nein. Bitte nicht. »Wie heißt er?«

Sie zuckt die Schultern. »Irgendein komischer deutscher Name. Noch nie gehört.«

»Ralf?«

»Ja, genau.«

»Papa!« Hanna hüpft auf und ab. »Papa ist da!«

Ich presse meine Nasenwurzel mit Daumen und Zeigefinger zusammen und schließe die Augen. Der Erzeuger. Auch das noch. Er ist uns wirklich hinterhergeflogen, um Hanna zu holen. Jetzt ist mir klar, warum er nicht mehr auf meine Nachrichten reagiert hat.

»Soll ich mitkommen?«, fragt Nunzia.

Ich schüttele den Kopf. »Besser nicht.«

»Nimm dein Handy mit und ruf an, wenn es Probleme gibt. Versprochen?«

Ich nicke. »Komm, Mucki.«

Der schöne Silvo steht hinter der Bar, stützt die Ellbogen auf den Tresen und fixiert den Erzeuger. Seine Mutter hat sich neben ihm aufgebaut und stemmt die Hände in die Hüften. Auch sie starrt den blassen Deutschen unentwegt an, wie er da schmalbrüstig und mit Businesshemd in der hintersten Ecke sitzt. Das ist so typisch. Wer fliegt schon mit einem Businesshemd nach Sizilien?

»Papa!«

Er fährt vom Stuhl hoch. »Endlich! Meine Süße!« Er breitet die Arme aus und Hanna rennt los.

Silvo legt die Fingerspitzen seiner rechten Hand aneinander und wedelt damit vor seiner Brust auf und ab, was so viel heißt wie: Wer zur Hölle ist das?

Ich winke ab.

»Das ist dein Mann, oder?«, raunt er mir zu.

»Ex.«

Silvo grinst. »Ich rette dich gerne noch mal.«

»Danke, aber ich komme schon klar. Das ist eine Sache zwischen ihm und mir.«

Der Erzeuger hält Hanna auf dem Arm und wirft mir über ihre Schulter einen Blick zu, der mich direkt ins Fegefeuer befördern würde, wenn er könnte, und zwar ohne Umwege. »Ich nehme sie mit zurück nach Deutschland«, knurrt er. »Ich lasse sie nicht bei diesen ...« Er wirft einen Seitenblick auf Silvo. »Also hier ...« Er zeigt auf den ausgebrannten Lastwagen vor dem Fenster. »Ich habe Flüge gebucht. Heute Abend. Ob du mitkommst oder nicht, ist deine Sache. Hanna bleibt auf keinen Fall hier.«

»Aber ...«

»Du kannst froh sein, dass ich nicht die Polizei verständigt habe.« Er lässt Hanna runter und tupft sich mit einer Papierserviette den Schweiß von Stirn und Oberlippe. »Du bist ja wahnsinnig. Einfach mit dem Kind abzuhauen, ohne mir Bescheid zu sagen. Dafür könnte ich dir das Sorgerecht entziehen lassen. Ich bin ihr Vater, falls du es vergessen hast.«

»Ach ja?«, fauche ich und will gerade zu einem Wortschwall über sein unterdurchschnittliches Engagement in den letzten fünf Jahren anheben, da fällt mein Blick auf Hanna und ich schlucke meinen Zorn runter.

»Nicht streiten.« Sie greift mit der einen Hand nach Ralf, und mit der anderen nach mir. »Es ist so schön hier. Der Strand und das Eis. Und die Nunzia ist so lieb, und Zio Calzone ...«

Der Erzeuger ringt sich ein Lächeln ab. »Das ist toll, meine Süße, aber jetzt fliegen wir zurück nach Deutschland. Die Oma wartet schon.«

»So, so. Die Oma.« Hitze steigt in mir hoch. Sengende, glühende, siedende Hitze. »Hat dich meine Mutter geschickt?«

Er schaut auf die Uhr. »In einer Stunde müssen wir los. Geh packen.«

»Also hat sie. Das sieht ihr ähnlich. Ihr habt euch zusammengetan.« Ich gehe einen Schritt auf ihn zu. »Komm, Mucki.«

Sie steht vor Ralf, und er legt ihr von hinten die Hände auf die Schultern. »Sie bleibt hier bei mir, während du packst.«

»Lass sie los«, fauche ich.

»Gibt es ein Problem?« Silvo richtet sich hinter dem Tresen auf.

»*Niente problema.* Meine Tochter. *Io papà*«, ruft Ralf zu ihm rüber, zeigt dabei erst auf Hanna und dann auf sich selbst. Seine Hand zittert. Dann fragt er mich: »Was ist das überhaupt für einer?«

»Ein Freund.«

»Aha.«

»Das ist der Silvo«, plappert Hanna los. »Er hat Mama aus den Brechern gezogen, und dann ist ihr Busen ...«

»Hanna!« Ich schneide ihr das Wort ab.

»Was war mit dem Busen?« Ralf glotzt mich an.

»Himmelherrgottnoch mal!«, schreie ich. »Das geht dich überhaupt nichts an. Lass jetzt verdammt noch mal Hanna los!«

Silvo kommt hinter der Bar hervor. »Warte, das haben wir gleich.« Er baut sich mit verschränkten Armen etwas zu nah neben dem Erzeuger auf und legt ihm die Hand auf die Schulter. »Lasse Hanna. Sofort«, sagt er auf Deutsch.

»He!« Der Erzeuger schüttelt Silvo ab, doch er lässt Hanna los und tritt einen Schritt zurück. Sein rechter Augenwinkel zuckt. Soll er sich ruhig in die Hosen machen. Soll er mal spüren, wie es ist, am kürzeren Hebel zu sitzen. Ich könnte jetzt Hanna an der Hand nehmen, in den Mietwagen steigen und einfach abhauen. Nur so, aus Prinzip. Um dem Erzeuger zu zeigen, dass ich mich nicht von ihm herumkommandieren lasse, und dass er nicht mehr über mein Leben bestimmen kann. Diese Zeiten sind vorbei. Ach was, ich müsste nicht mal abhauen, ich bräuchte nur Nunzia anrufen, und die ganze Familie würde sich wie ein Rudel Löwen hinter uns stellen, um uns zu verteidigen. Ich fühle mich dem Erzeuger gegenüber so stark wie noch nie. Ich bin nicht mehr allein.

»Und was, wenn ich dir Hanna nicht mitgebe? Hetzt du dann Interpol auf uns?«, fauche ich ihn an.

»Wenn du Hanna hierbehältst, beantrage ich das Sorgerecht für sie, darauf kannst du Gift nehmen. Sie kommt auf jeden Fall mit nach Deutschland. Was du machst, ist mir egal.«

Mein Blick fällt auf Hanna, die unruhig zwischen uns hin und her schaut. »Bitte nicht streiten«, sagt sie wieder. Ihr trauriger Rehaugenblick dringt durch meine ganze Wut hindurch und trifft mich direkt ins Herz. Sie kann ja nichts dafür. Es ist nicht ihre Schuld, dass wir uns getrennt haben, und auch nicht, dass ich sie von einem Tag auf den anderen mit nach Sizilien genommen habe. Ein ganz kleines bisschen beneide ich sie sogar darum, dass sie einen Vater hat, der ihr nachreist, weil er sich Sorgen um sie macht. Ich seufze. Am Ende würde nur Hanna darunter leiden, wenn ich mich jetzt quer stelle. Das kann ich ihr nicht antun.

»Passt schon, Silvo«, sage ich. »Lass ihn bitte.«

Silvo zuckt die Schultern und trollt sich wieder hinter die Bar.

Ich nehme Hanna in den Arm. »Möchtest du, dass ich mit nach München komme?«

Sie nickt. Ich sehe, dass sie die Tränen nur mühsam zurückhalten kann, und fühle mich elend. Was muss sie nur alles aushalten wegen uns?

»Gut, ich gehe packen«, knurre ich den Erzeuger an. »Aber nur um des lieben Friedens willen. Und diese Rückholaktion wird noch ein Nachspiel haben, das sage ich dir. Für dich und für meine Mutter.«

Ich habe keine Ahnung, was das für ein Nachspiel sein soll, aber irgendwas muss ich ja sagen, um mein Gesicht zu wahren. Ich drehe mich um und verlasse mit hoch erhobenem Kopf die Bar.

Die ganze Familie hat sich auf dem Parkplatz versammelt. Unser Gepäck ist schon im Kofferraum von Ralfs

Mietwagen verstaut. Obwohl ich nur drei Tage in Santa Lucia del Monte war, fühlt es sich an, als wäre ich schon immer hier gewesen. Vielleicht war ein Teil von mir das auch. Nunzias Worte fallen mir wieder ein: *Die Seele vergisst nie etwas.*

Ich kaue eine Mini-Pizza. Die letzte. Silvos Mutter hat darauf bestanden, dass wir vor der Fahrt noch etwas essen und Hanna und mir mit klappernden Armreifen je ein rundes, tomatiges Stück in die Hand gedrückt. Der Erzeuger ist leer ausgegangen.

Ich schlucke gegen den Kloß an, der in meinem Hals immer dicker wird. Meine Bissen werden kleiner und kleiner, ich will die Pizza nicht aufessen, denn wenn die weg ist, gibt es keinen Grund mehr, hier noch länger herumzustehen. Dann muss ich ins Auto steigen und abfahren.

Ich würge das letzte Stück hinunter und knülle die Serviette in meiner Hand zusammen. Zia Mimma wischt sich eine Träne aus dem Augenwinkel. Amedeo umarmt mich und klopft mir auf den Rücken. »Vielleicht sieht man sich ja mal in Deutschland.«

»Ich bleibe an Lucia dran«, verspricht mir Nunzia. »Komm wieder. Du weißt ja, du musst noch deine Wurzeln finden, damit du wieder fliegen kannst.«

Nonna drückt mir eine Plastiktüte voller Knoblauch in die Hand. »Für dich. Aus unserem Garten. Ich habe gehört, in Deutschland muss man Knoblauch im Supermarkt kaufen.« Sie schüttelt den Kopf. »So ein komisches Land.«

Am Ende drückt mich Zio Calzone kurz aber fest an seine Brust und küsst mich auf die Wangen. »Ich hab dich lieb wie meine eigene Tochter. Kommt wieder. Ihr seid immer herzlich willkommen.« Er blinzelt.

Dann wird Hanna einmal durchgereicht. Jeder nimmt sie auf den Arm, küsst sie oder wirbelt sie durch die Luft, sodass sie vor Vergnügen kreischt.

Der Erzeuger steht abseits, steif und blass, und streift unsere neue Familie mit verächtlichen Blicken. Ich bin froh, dass er seinen eigenen Mietwagen hat und ich allein in meinem gelben Cinquecento fahren kann. Sogar das Auto habe ich liebgewonnen. Ich kann mir schon vorstellen, wie er versuchen wird, den Sizilianern die deutsche Verkehrserziehung näherzubringen. Er wird die älteren Herren mit heulendem Motor überholen, dabei ein grimmiges Gesicht machen und dann viel zu knapp vor ihnen einscheren und abbremsen, um ihnen eine Lektion zu erteilen.

Als wir losfahren, tritt auch Silvo vor die Bar und winkt. Ich winke zurück, dann schaue ich auf die Straße vor mir. Jetzt, wo mich keiner mehr sieht, kann ich die Tränen endlich laufen lassen. Warm rinnen sie über meine Wangen und ich wische sie mit dem Unterarm vom Kinn, bevor sie mir in den Ausschnitt tropfen. Ein letztes Mal fahre ich durch die engen Gassen. So verschwommen, durch die Tränen hindurch, sehe ich plötzlich ihre Schönheit. Ein letztes Mal Serpentinen. Dann ziehen verbrannte Erde und Oleanderbüsche an mir vorbei.

Ich drehe das Autoradio auf und öffne die Fenster. Der Wind bläst mir ins Gesicht und trocknet die nassen Spuren auf meiner Haut. Irgendwie bin ich stolz auf mich. Es war eine total verrückte Aktion, von einem Tag auf den anderen nach Sizilien zu fliegen.

Aber es war das Beste, was ich je gemacht habe.

Zwillingsgeburt

»Wie kommst du dazu, mir den Erzeuger nachzuschicken? Ist er jetzt plötzlich dein Lieblingsschwiegersohn, oder was?«

Hanna ist gleich fürs Wochenende mit zu ihrem Vater gefahren, sodass ich meinem Ärger freien Lauf lassen kann, und zwar ungefiltert. Meine Mutter sitzt am Küchentisch. Sie nimmt ihre Brille ab und lässt die *Süddeutsche* sinken.

»Du hast ihn immer einen Schluchtnscheißer geheißen, der dahin zurückgehen soll, wo er hergekommen ist«, keife ich weiter. »Wir alleinerziehenden Mütter gegen den Rest der Welt, weißt du noch? Vor allem gegen die Väter unserer Kinder. Und jetzt machst du ausgerechnet mit Ralf gemeinsame Sache? Ich bin so enttäuscht von dir. So dermaßen enttäuscht.« Ich knalle meine Reisetasche in die Ecke.

»Ich freu mich auch, dich zu sehen. Hattest du einen schönen Urlaub?« Sie legt die Zeitung auf den Tisch.

»Werd jetzt nicht zynisch.«

»Ich rede, wie ich will.«

»Und du machst, was du willst, ich weiß.«

»Genau.«

»Aber ich auch.«

»Also?« Sie fummelt an der Zeitung herum und das Papier raschelt.

»Also was?«

»Wie war es?«

»Aha, jetzt interessiert dich die sizilianische Familie plötzlich doch? Schau mal einer an.«

»Jetzt beruhig dich halt.«

»Ich *bin* ruhig.«

Mitzi seufzt. »Schau, ich hab halt wen gebraucht, der euch von da wegholt. Und da hab ich ihm gesagt, dass er jetzt mal seinen Mann stehen und seine Tochter aus den Fängen der ...«

»Mann stehen. Ha! Gezittert hat er wie ein, wie ein ...« Ich ringe nach dem richtigen Wort.

»Hosenbiesler«, hilft meine Mutter aus.

»Genau!«

»Aber er hat es geschafft.«

»Was?«

»Er hat euch zurückgebracht.«

Ich schnappe nach Luft. »Wie war das bei deinem Dalai Lama? Gib denen, die du liebst, Flügel um wegzufliegen, Wurzeln um zurückzukommen und Gründe, um zu bleiben? Du hast dreimal voll verkackt, würde ich sagen.« Ich nehme die Reisetasche. »Wir brauchen Wurzeln, die Hanna und ich. Und wenn wir die woanders finden, dann kommen wir nicht mehr zurück.«

Meine Mutter klappt den Mund auf und dann wieder zu. Ich glaube, es ist das erste Mal, dass sie nicht mehr weiß, was sie sagen soll. Sie sieht aus, als hätte ich ihr gerade eine Ohrfeige verpasst. Ich marschiere aus der

Küche, gehe in mein Zimmer und knalle die Tür hinter mir zu.

Die Klamotten aus meiner Reisetasche räume ich direkt wieder in den Schrank, ich habe sie ja gar nicht angehabt. Als ich bei den neuen Sommerkleidchen angelangt bin, klopft es an der Tür. Meine Mutter steckt den Kopf zu mir herein und wedelt mit einer Prosecco-Flasche. »Magst ein Schlückerl?«

»Nein!«

»Mei, jetzt sei halt nicht sauer.«

»Soll das eine Entschuldigung sein, oder was?«

»Ja.«

»Sag´s.«

»Was?«

»Entschuldigung!«

Sie verdreht die Augen und seufzt theatralisch auf. Sie hat sich noch nie für irgendetwas entschuldigt.

»Na gut. Liebe Linda, entschuldige bitte. Sind wir wieder gut miteinander? Magst jetzt einen Prosecco?«

Ich werfe das Kleid, das ich gerade aus der Tasche gezogen habe, über die Lehne des Sessels. »Nur, wenn du mir endlich erzählst, was damals passiert ist. Sonst kaufe ich gleich wieder Flugtickets. Ich kriege es sowieso irgendwann raus, aber du könntest mir viel ersparen.«

»Des ist fei ein fesches Kleid.«

»Lenk nicht ab. Ich weiß zum Beispiel schon, dass die *Nonna* euch eiskalt abgewiesen hat, als ihr vor ihrer Tür standet, und dass sie dich wieder loswerden wollte.«

»Na gut.« Sie stellt zwei Gläser auf den Couchtisch, setzt sich im Schneidersitz aufs Sofa und ruckelt sich zurecht. Ich setze mich ihr gegenüber auf den Sessel, den Oberkörper vorgelehnt.

»Die Kerze zünden wir an, gell? Des ist doch viel gemütlicher.« Sie nimmt eine Schachtel Streichhölzer, ihre Hände zittern und sie lässt sie fast wieder fallen. »Herrschaftszeiten!«

»Jetzt red halt endlich.«

Der Schwefelkopf zischt auf, meine Mutter zündet die Kerze an und schaut in das Züngeln hinein, dann holt sie tief Luft. »Mei, ich hab ihn so geliebt.«

»Den Gaetano?«

Sie nickt.

»Weißt, wir waren so glücklich miteinander. Aber wir mussten uns ständig verstecken und unsere Liebe geheimhalten. Dass ich unverheiratet mit einem Spaghettifresser zusammenlebe, hätte meine Mutter nie akzeptiert. In den Sechzigern bei uns auf dem Dorf war es so was von spießig.« Sie verdreht die Augen. »Mei, und irgendwann warst halt du unterwegs. Ich hab nicht den Mut gehabt, es ihr zu sagen. Sie hat das selber durchmachen müssen. Und sie hat alles dafür getan, dass mein Leben mal leichter wird. Ich hab ein bisserl gebraucht, um des zu verstehen. Damals hab ich mich nur eingesperrt und bevormundet gefühlt, aber meine Mutter hat es nur gut gemeint. Du weißt ja, dass ich auch ein uneheliches Kind bin, und dass die Oma damals, kurz nach dem Krieg, von ihren Eltern auf die Straße gesetzt wurde. Wegen der Schande.«

Ich nicke. »Weißt du wirklich nicht, wer dein Vater war? Oder hast du mal was über ihn rausgefunden?«

Sie schüttelt den Kopf. »Dieses Geheimnis hat die Oma mit ins Grab genommen. Vielleicht ein amerikanischer Soldat. Aber gewiss weiß des keiner.« Meine Mutter trinkt noch einen Schluck. »Schaut ganz danach aus, als hätte ich die Geschichte wiederholt. Sie hatte eine uneheliche Tochter von einem Ausländer, genau wie ich.«

»Und ich ziehe meine Tochter auch allein groß ...«, sage ich.

»Ja, und jetzt bist du auf dem besten Weg, dir einen Sizilianer zu angeln.«

»Was? Woher ...« Ich starre sie an und werde rot. Das kann sie nicht wissen.

Sie lacht. »Erwischt!«

»Du bist unmöglich.«

Sie wird wieder ernst. »Des ist oft so, dass die Kinder die offenen Geschichten ihrer Eltern wiederholen und zu Ende bringen müssen, weißt. Die großen Sachen verschwinden nicht einfach aus dem Universum, die übertragen sich von Generation zu Generation.«

»Ich weiß. Das Universum vergisst nichts.«

»Genau. Und des wollt ich dir halt ersparen.«

»Indem du mich davon abhältst, meine Familie zu treffen?«

»Mei, ich hab halt Angst gehabt, dass sie dich genauso behandeln, wie sie mich damals behandelt haben, und dass sie dich innen drin kaputt machen.« Sie klopft sich auf die Brust. »Hat aber nicht funktioniert. Das Universum hat seine eigenen Pläne. So wie es ausschaut, muss du da jetzt auch durch.«

»Oder du bringst deine Geschichte endlich selber zu Ende.«

Meine Mutter gießt sich noch ein Glas Prosecco ein und schüttet es runter. Auf ex. »Magst auch noch eins?«

»Jetzt erzähl endlich weiter.« Am liebsten würde ich sie schütteln.

»Wir sind also nach Sizilien abgehauen. Er hat mir das Blaue vom Himmel runter versprochen, wollte mich heiraten, wir wollten am Meer glücklich werden, mit einer ganzen Horde *bambini*.« Sie schaut aus dem Fenster, obwohl es draußen schon dunkel ist, und blinzelt. »Ich glaub ihm das sogar, heute noch. Aber dann hat uns seine Mutter dazwischengefunkt.«

»Die *Nonna*?«

Meine Mutter nickt.

»Wie eine Furie ist sie auf mich los, hat mich beschimpft, *putana* und *zoccola* hat sie mich geheißen. Hat das ganze Dorf gegen mich aufgehetzt, und irgendwann konnte ich nicht mal mehr einkaufen gehen, weil die Frauen mich nicht bedient haben. Eine hat mir mal vor die Füße gespuckt. Ihr deutschen Schlampen nehmt unseren Frauen die Männer weg, hat die *Nonna* zu mir gesagt. Ich höre ihre Stimme immer noch. Sie hat sogar ...« Sie winkt ab.

»Ich weiß. Sie wollte mich wegmachen.«

»Eine Drud ist sie, eine Hexen, die nachts auf deiner Brust hockt, dir die Luft zum Atmen nimmt und dir Alpträume einhaucht. Ihre Seele kriecht durch jede Spalte und durch jedes Schlüsselloch.« Meine Mutter schüttelt sich. »Manchmal sucht sie mich fei immer noch heim.«

»Und Gaetano?«

»Mei, der hat schon versucht, mit ihr zu reden, aber so richtig durchgesetzt hat er sich nicht gegen sie. Der war plötzlich ganz anders, als wir in Sizilien waren, stand völlig unter ihrer Fuchtel. Immer wieder hat sie ihm ledige Frauen aus dem Dorf vorgestellt, und ich saß mit meinem riesigen Bauch allein daheim. Der reinste Alptraum war des. Wie eine Aussätzige hab ich mich gefühlt. Wir haben ständig gestritten, und am liebsten wäre ich gleich wieder nach Deutschland zurückgegangen.«

»Und warum hast du´s nicht gemacht?«

Sie seufzt. »Mei, ich hatte halt Angst, meiner Mutter alles zu beichten. Ich wollte nicht zu Kreuze kriechen und mein Scheitern eingestehen. Und ich hatte auch die Hoffnung, dass doch noch alles gut wird, wenn unser Kind erst mal geboren ist. Dass wir dann eine richtige Familie werden und die *Nonna* des endlich akzeptiert.«

»Euer Kind? Wusstest du gar nicht, dass du Zwillinge bekommst?«

Sie schüttelt den Kopf. »Nein, erst nicht. Es gab dort keine Frauenärzte. Da war man halt schwanger, und wenn die Geburt losging, ist man ins Krankenhaus. Aber weil mein Bauch so groß war, hat Gaetano mich einmal zur Untersuchung ins *ospedale* gebracht, und da haben sie festgestellt, dass ich Zwillinge erwarte.«

»Ja, das steht auch in der Akte«, sage ich, doch meine Mutter reagiert nicht auf mich. Sie ist weit weg.

»Sieben Frauen waren wir im Kreißsaal, diese Schreie, des kannst du dir nicht vorstellen. Sie haben uns die Oberschenkel an den Liegen festgebunden. Ich weiß noch, dass die anderen Frauen alle irgendwann aufgehört haben zu schreien und ihre Babys hatten, aber bei mir ging einfach nichts vorwärts. Stundenlang. Mein Gott, war das schrecklich«, murmelt sie. »Der schlimmste Tag meines Lebens. Ich wollte ihn vergessen, nie wieder daran denken, aber irgendwie haut des nicht hin. Siehst ja jetzt.« Sie seufzt. »Irgendwann haben´s endlich gespannt, dass die Zwillinge nicht von allein rauskommen, da war ich aber schon halb ohnmächtig. Es hat nach Blut gerochen, des weiß ich noch, und plötzlich waren alle ganz aufgeregt. Der Arzt hat sich mir auf den Bauch draufgeschmissen und unten haben die Hebammen gezogen.«

»Gab´s da keinen Kaiserschnitt? Keine Schmerzmittel?«

Sie winkt ab. »Wenn ich vorher gewusst hätte, wie so eine Geburt in Sizilien abläuft, hätte ich mich auch mit meinem Riesenbauch noch irgendwie nach Deutschland zurückgeschleppt, des sag ich dir. Aber woher sollte ich des denn wissen?« Sie reibt sich übers Gesicht. »Solche Hinterwäldler. Die haben da gelebt wie im letzten Jahrhundert. Den Pfaffen haben´s geholt, des war des Einzige, was sie gemacht haben.«

Ich schlucke trocken. »Und dann?«

»Dann weiß ich nix mehr. Ich bin ohnmächtig geworden. Als ich aufgewacht bin, warst du da. Aber die Lucia nicht.« Ihre Stimme klingt belegt. »Sie haben mir gesagt, dass sie tot auf die Welt gekommen ist.« Mitzi starrt auf den schwarzen See hinaus, in dem sich die Lichter der Straßenlaternen spiegeln, und schluckt. Ich sehe, wie die Erinnerungen in ihr wüten, und mit welcher Anstrengung sie die Tränen zurückhält.

»Ich glaube nicht, dass sie tot ist«, sage ich leise. »Das hab ich nie geglaubt. Seit ich ein Kind bin, träume ich von ihr, und ich spüre sie.«

Meine Mutter schaut mich an und blinzelt.

»Wir haben Nachforschungen angestellt, die Nunzia und ich. Im Krankenhaus steht sie bei der Geburt nicht in der Akte, nur ich. Im Sterberegister ist sie auch nicht eingetragen.«

Meine Mutter zupft an ihrem Batikschal herum. »Wir haben sie aber beerdigt.«

Ich schüttle den Kopf. »Wir haben auf dem Friedhof kein Grab gefunden. Ich habe sogar selber im Sterberegister nachgeschaut.«

»Nein, nicht auf dem Friedhof. Im Garten.«

»Waaas? Im Garten von eurem Haus?« Jetzt gieße ich mir doch ein Glas Prosecco nach, trinke, verschlucke mich und huste.

Sie nickt. »Mit so einem indianischen Ritual, nur der Gaetano und ich. Wir wollten des so.«

»Die haben euch einfach so die Leiche gegeben, und ihr habt sie im Garten verscharrt? Das glaub ich dir nicht.«

»Nicht verscharrt. Beerdigt. Eine weiße Kiste, die war so klein.« Sie zeigt die Größe einer Schuhschachtel an. »Wir haben sie mit all unserer Liebe dem Universum übergeben. Sie liegt unterm Hibiskus, so dass sie für immer aufs Meer schauen kann. Sie sollte halt bei uns bleiben, weißt.«

Mir ist eiskalt. Ich stand vor Lucias Grab, ohne es zu wissen. »Unterm Hibiskus lag immer die weiße Katze«, murmle ich und ziehe die Schultern hoch. »Aber man kann doch nicht Leichen einfach so aus dem Krankenhaus mitnehmen.«

»Mei, der Gaetano war halt ein Spezl von dem Arzt, weißt. Er hat ihm ein paar hunderttausend Lire zugesteckt. Mit Geld geht in Sizilien alles.«

»Dottor Scarano?«

»Ja, ich glaube, so hieß er.«

»Deshalb hat er Lucia bei der Geburt nicht in die Akte eingetragen. Hast du ihre Leiche gesehen?«

Meine Mutter schüttelt den Kopf.

»Wer war bei der Geburt dabei?«

»Dieser Scarano und zwei Hebammen ...«

»Keiner aus der Familie?«

»Von den Frauen hätte mir eh keine beigestanden.« Sie lacht bitter auf. »Und Männer durften nicht rein.«

»Auch nicht Gaetano?«

Sie schüttelt den Kopf. Ihre Augen sind dunkel und wie von einem Schleier überzogen. Sie ist zu ihrem schlimmsten Alptraum zurückgekehrt.

Auch in mir drin ist alles in Aufruhr, aber aus einem anderen Grund. »Niemand hat je Lucias Leiche gesehen. Sie lebt noch.«

Ein winziger Funke glimmt in ihren Augen auf. Dann schüttelt sie den Kopf. »Da lag was drin. Man spürt ja, ob in einer Kiste etwas drin ist oder nicht.«

»Wer weiß, *was* da drin lag.« Ich schüttle mich. »Was ist dann passiert?«

Meine Mutter zuckt die Schultern. »Nicht mehr viel. Wir sind beide nicht drüber hinweggekommen, konnten gar nicht mehr miteinander reden. Und dann ...« Sie macht eine Pause und ihr Gesicht sieht plötzlich alt aus.

»Ja?«

»Dann kam die *Nonna* eines Tages zu mir und hat gesagt, dass die Rosalba vom Gaetano schwanger ist, und dass er sie heiraten wird. So ein Weiberschmecker, so ein dreckiger. Hat die erstbeste Blunzen aus seinem Dorf

189

geschwängert, verstehst? Während ich mit dem Baby daheim rumsaß und vor Trauer und Einsamkeit und Heimweh geheult hab. Mei, und da hab ich halt meinen Koffer gepackt und bin mit dir zurück nach Deutschland.«

»Concetta.«

»Was?«

»Ich habe sie kennengelernt. Meine Halbschwester. Rosalbas Tochter. So eine blöde Kuh.« Ich verdrehe die Augen. »Aber der Gaetano hat die Rosalba nie geheiratet, wenn dich das tröstet. Er ist in die Schweiz gegangen, hat versucht, alles hinter sich zu lassen. Genau wie du.«

Meine Mutter nickt und dreht das Glas in der Hand.

Ich sehe sie an. »Hast du Lucia nie gespürt?«

Sie setzt sich um und schlägt die Beine andersherum übereinander. »Eine Mutter spürt ihre Kinder immer, egal ob lebendig oder tot.«

»Also ja. Du auch.« Ich rutsche auf meinem Sessel hin und her, kann gar nicht mehr stillsitzen. »Wir müssen herausfinden, was passiert ist.«

»Ich weiß nicht ...«

»Und wenn sie wirklich noch lebt? Dann müssen wir sie finden!«

»Meinst du, jemand hat sie nach der Geburt weggenommen, oder was? Warum sollte das jemand tun? Und wer?«

»Das weiß ich auch nicht. Aber irgendwas müssen wir doch unternehmen. Vielleicht habt ihr einen leeren Sarg beerdigt.«

Meine Mutter schwenkt ihr Glas und beobachtet die gelbliche Flüssigkeit, in der Blasen aufsteigen. »Dann machen wir halt eine Familienaufstellung. Vielleicht zeigt sich die Lucia da.«

»Das bringt doch nichts.«

»Ich kenne auch einen indianischen Heiler, der solche Seelen-Verbindungs-Rituale durchführt.«

»Nein, danke.«

»Oder wir befragen ein Medium.«

»Ehrlich? Du würdest eher ein Medium befragen als mit mir nach Sizilien zu reisen, um dort nachzuforschen, wo es passiert ist?« Ich stehe auf und laufe im Zimmer auf und ab. »Scarano lebt noch, wer weiß wie lange, der war schon recht klapprig. Wenn du ihn selbst fragst, was bei der Geburt passiert ist, redet er vielleicht. *Nonna* weiß auch mehr, als sie sagt, da bin ich mir sicher. Und sie ...« Ich zögere. Soll ich ihr das erzählen?

»Was?«

»Sie redet ständig von einem Mädchen, das im Haus umgeht. Der Geist von Lucia.«

Meine Mutter wird blass. Angst flackert in ihren Augen, nur einen kurzen Moment lang, aber ich habe den Abgrund gesehen. Dann verschließt sich ihr Gesicht und sie steht auf. »Geh, so a Schmarrn. Des sind bloß die Geister ihrer Vergangenheit, die sollen sie ruhig holen und direkt ins Fegefeuer schmeißen, die schiache Hexen. Ich setze nie wieder einen Fuß auf diese Insel, dass des fei klar ist. Des habe ich mir damals geschworen, als ich mit dir auf dem Weg nach Hause war, und des halte ich auch.«

»Aber wir müssen das zu Ende bringen. Sonst wird die Hanna die Geschichte vielleicht auch noch mal wiederholen. Willst du das?«

191

Es ist zu spät. Meine Mutter hat das Fenster zu ihrer Vergangenheit wieder geschlossen und den Riegel vorgeschoben.

»Ich male jetzt und will nicht gestört werden.« Sie geht zur Tür.

»Jetzt warte doch.« Ich laufe ihr nach und greife sie am Unterarm. »Es gibt eine Möglichkeit herauszufinden, ob Lucia noch lebt.«

Meine Mutter bleibt stehen, aber sie sieht mich nicht an.

Ich hole tief Luft. »Wir müssen die Kiste ausgraben.«

Die Einladung

Sobald meine Mutter in ihrem Atelier verschwunden ist, rufe ich Nunzia an und erzähle ihr die Neuigkeiten.

»Das ist ja total illegal«, ruft sie in den Hörer. »Jetzt ist mir klar, warum Scarano so abweisend reagiert hat. Im Garten. Das ist ja gruselig. Aber wenigstens weißt du jetzt, dass sie wirklich tot ist.«

»Nein! Keiner hat die Leiche gesehen.«

»Linda, es tut mir leid.«

»Lass mich jetzt nicht hängen.«

Nunzia seufzt. »Ich lass dich nicht hängen, aber vielleicht musst du dich wirklich damit abfinden, dass sie gestorben ist.«

»Nein, sie ist nicht tot, glaub mir doch.« Ich höre selbst, dass meine Stimme viel zu schrill klingt. »Ich weiß, dass sie lebt.« Ich verabschiede mich knapp, lege auf, reiße das Fenster auf, atme tief ein. Ich brauche Luft. Der See starrt dunkel zu mir hinauf. Weiß ich das wirklich noch?

Am nächsten Abend stehe ich am Herd und koche Tomatensoße. Das ist das Einzige, was mich jetzt trösten kann. Kleine rote Blasen blubbern im Topf und zerplatzen wie meine Hoffnung. Immer, wenn sich irgendwo ein Spalt auftut, damit ich hindurchlinsen kann, knallt die Tür wieder zu, bevor ich wirklich erkannt habe, was sich dahinter verbirgt. So eine Scheiße. Fast hätte ich meine Mutter so weit gehabt, mit mir nach Sizilien zu kommen und Scarano zur Rede zu stellen. Ich habe es auf den letzten Drücker versaut. Und jetzt glaubt nicht mal mehr Nunzia daran, dass Lucia noch lebt. Ohne sie habe ich keine Chance, etwas herauszufinden.

»Magst du auch Spaghetti?«, rufe ich durchs Haus.

»Ich esse auswärts«, ruft meine Mutter zurück und flötet dabei so komisch. Ihre Schritte tippeln die Treppe herunter. Das hört sich anders an als sonst. Eigentlich trampelt sie mehr.

Ich drehe mich um und ziehe die Augenbrauen hoch. »Warum hast du dich denn so aufgebrezelt?«

Meine Mutter trägt wie immer eine ihrer Leinenblusen, aber heute mit indischem Floraldruck in Pink, Grün und Lila. Dazu eine Kette aus rosa lackierten Holzperlen, und darüber ihren Lieblings-Batikschal. Sie hat sich sogar ihr Sandelholz-Parfum aufgesprüht.

»Ich habe jemanden kennengelernt.«

»Du?«

»Warum nicht?«

»Ich meine ... äh ... du bist ja nicht mehr die Jüngste.«

»Die Liebe kennt fei kein Alter«, sagt sie beleidigt.

»Und wo?«

»Im Internet. Bei junggebliebene minus kuenstler punkt de. Einen Lehrer. Er malt auch.«

»Warum denn das?«

»Keine Ahnung, weil er halt gerne malt.«

»Nein, ich meine, warum du jetzt plötzlich im Internet nach einem Partner suchst. Bisher hat dir jedenfalls nie ein Mann gefehlt.«

»Mir war halt so einsam, als ihr weg wart, und ich wusste ja auch nicht, wann ihr wiederkommt, und da hab ich mich halt mal im World Wide Web umgeschaut.«

»Und wie alt ist er?«

Meine Mutter grinst mich triumphierend an. »Einundvierzig.«

Ich huste. »Der ist fast zwanzig Jahre jünger als du!«

Sie zuckt die Schultern. »Ja und? Wo wär´ denn sonst der Mehrwert?«

»Mitzi!«

»Ist doch wahr. Geh, jetzt gönn mir halt auch mal was. Servus.« Und damit rüscht sie zur Tür hinaus.

Ich sitze in der Küche, der Viertel-nach-zehn-Film ist zu Ende. Wo bleibt sie so lange? Ich denke an Silvo, stelle mir vor, wie wir Hand in Hand im Sonnenuntergang am Strand entlangschlendern, bis mir von meinem eigenen Kitsch ganz schlecht wird. Die Wahrheit ist: Ich fühle mich von meiner Mutter verraten. Erst die Sache mit dem Erzeuger, und jetzt ist unser Frauenhaushalt endgültig aufgebrochen. Ich schaue auf die Uhr und wünsche mir, dass ihre Verabredung so richtig in die Hose geht und sie sich das mit den junggebliebenen Künstlern gleich wieder abschminkt.

Endlich kratzt der Schlüssel im Schloss. Meine Mutter macht das Licht an und zuckt zusammen. »Herrschaftszeiten, hast du mich erschreckt! Was sitzt du denn da im Dunkeln rum? Hast du etwa auf mich gewartet?«

»Quatsch.« Ich werde rot.

Sie lässt sich auf einen Stuhl fallen. Ihre Wangen leuchten und sie grinst so merkwürdig.

»Und?«

Sie seufzt. »Mei.«

»Mei was?«

»Muss ich dir jetzt Rechenschaft ablegen, oder was? Schön war´s halt.« Sie seufzt schon wieder so stotterig, in kleinen Portionen direkt aus der Seele heraus. »Weißt du, was er zum Abschied gesagt hat? Die Summe unseres Lebens sind die Stunden, in denen wir liebten. Ist des nicht schön? Des ist vom Gandhi, weißt. Irgendwie sind wir seelenverwandt, hab ich das Gefühl.«

»Na bravo.«

»Jetzt sei halt nicht so grantig. Bist du eifersüchtig?«

»Quatsch.«

Sie grinst schon wieder so dämlich.

»Ist er verheiratet?«

Sie schüttelt den Kopf. »Nein. Single. Ich geh jetzt ins Bett. Süße Träume, verstehst?«

»Bitte verschone mich mit Details. Und werf endlich diesen Schal in die Altkleidersammlung. Der ist so abgegriffen, der Stoff scheint ja schon durch.«

»Den hast du mir als Kind gebatikt!«

»Genau. Vor zwanzig Jahren.«

»Dir erzähl ich fei nix mehr, wenn du so schiach bist. Gute Nacht!« Sie surft auf ihrer Liebeswelle aus der Küche und hinterlässt nur einen penetranten Duft nach Sandelholz.

In den nächsten Wochen greift der Alltag nach uns. Sizilien verblasst wie ein Traum, der beim Aufwachen noch so real ist, dass du denkst, du hast ihn wirklich erlebt. Aber von Stunde zu Stunde rückt er weiter von dir weg, bis er irgendwann gar nicht mehr zu dir gehört. Ich verliere mich zwischen Kindergarten, Fototerminen und Eisdiele. Manchmal ertappe ich mich dabei, wie ich Mario beobachte, der genauso ausschweifend gestikuliert wie Silvo. Auch der dunkle Schatten seines Zweitagebartes erinnert mich an Silvos kratzige Begrüßungsbussis auf die Wange. Einmal hat Mario gemerkt, dass ich ihn anstarre. Erst hat er mich verwundert angeschaut, dann hat er unsicher gelächelt. Ein schönes Lächeln.

An einem Juliabend zeigt die *Tagesschau* Silvio Berlusconi, wie er triumphierend in die Kamera grinst. Er hat sein Immunitätsgesetz durchgebracht, und die Welt ist empört, weil er nun in keinem seiner laufenden Prozesse verurteilt werden kann. Zumindest nicht, solange er regiert. Nunzia wird toben.

Jetzt flimmern Bilder vom überfüllten Auffanglager in Porto Empedocle über den Bildschirm. Berlusconi hat aufgrund der Flüchtlingskrise auch noch den nationalen Notstand ausgerufen. Die Familie im Gebüsch geistert durch meinen Kopf. Wie es ihnen wohl geht? Wo sind sie gelandet?

Plötzlich sind alle wieder da. Zio Calzone, Zia Mimma, Nunzia, Amedeo, Silvo und sogar die *Nonna*. Ihren Knoblauch habe ich mittlerweile aufgebraucht. Sie bevölkern meinen Kopf und mein Herz. Es zieht so sehr, da drinnen, dass ich direkt nach meinem Handy greife.

»Ciao Nunzia, wie geht´s dir? Ich habe gerade in den Nachrichten gesehen, dass Berlusconi sein Immunitätsgesetz ...«

Weiter komme ich nicht. Eine wütende Schimpftirade ergießt sich über die italienische Politik im Allgemeinen und den Ministerpräsidenten im Besonderen. Ich stelle mir vor, wie Nunzia durchs Zimmer marschiert und die Augen verdreht, und wie Zia Mimma mit Gabeln nach Zio Calzone wirft. Ich vermisse sie.

»Mafia-Attentate, Meineid, Geldwäsche, Schmiergeldzahlungen, Richterbestechung, Bilanzfälschung und illegale Parteifinanzierung«, donnert Nunzia durchs Telefon.

»Er kommt wirklich mit allem durch?«

»*Yes.*«

»Aber wie kann das sein?«

»Kennst du nicht Berlusconis Spruch, vor dem Gesetz sind alle gleich, aber er ist gleicher? Jetzt will er sogar regelmäßige Psychotests für Richter und Staatsanwälte einführen, und dann muss er Italien nur noch vor den Kommunisten retten, damit es endlich Schlaraffenland für alle gibt.« Sie kriegt sich gar nicht mehr ein.

»Aber wenn das alles so offensichtlich ist, warum wählen ihn die Leute dann immer wieder?«, frage ich.

»Weil sie so sein wollen wie er. Er hat sich vom Staubsaugervertreter zum reichsten Mann Italiens hochgearbeitet, er ist Großunternehmer, Medienmogul, Fußballpräsident. Er schippert mit seiner Yacht auf dem Meer rum und wird den ganzen Tag von jungen Frauen umgarnt. *That´s it.*«

»Und was ist mit seiner Politik?«

»Ach!« Nunzia winkt ab. »Dem sind die Staatsfinanzen doch genauso egal wie die Bekämpfung des organisierten Verbrechens. Deshalb können die Leute auch ziemlich sicher sein, dass er keine schmerzhaften Reformen auf den Weg bringen wird. Berlusconi ist verdammt bequem.

Er verkauft den Leuten ein schönes Bild von ihrem Land und sich selbst, nur leider ist das fernab der Realität.«

»Dein Vater sieht das wohl anders.«

Nunzia winkt ab. »Mein Vater ist Analphabet. Der glaubt alles, was er im Fernsehen sieht.« Sie wird etwas ruhiger, so langsam hat sie sich abreagiert. Wir quatschen noch ein bisschen über allgemeine Themen, dann sagt sie: »Wir sehen uns ja eh bald.«

»Was?«

»Hat Amedeo sich noch nicht bei dir gemeldet?«

»Nein, warum?«

»Das ist mal wieder typisch.« Sie schnauft genervt. »Es gibt Neuigkeiten. Ilaria und er werden heiraten.«

»Wow, toll.«

»*Yes*! Im August, bei uns im Dorf. Ihr seid natürlich auch eingeladen. Ihr kommt doch, oder?«

»Klar! Ich buche gleich für Hanna und mich.«

»Und für deine Mutter.«

»Was?«

»Die gehört auch zur Familie.«

Ich schweige. Familienzusammenführung auf einer sizilianischen Hochzeit? Ich weiß nicht ...

»Da kommst du nicht drum rum. Bei sizilianischen Hochzeiten muss die gesamte Familie dabei sein, ohne Ausnahme. Das ist eine Frage des Respekts.«

»Ich glaube nicht, dass sie mitkommt.«

»So geht das aber in Sizilien nicht. Eingeladen ist eingeladen. Und wenn jemand eine Hochzeitseinladung ausschlägt, ist das eine handfeste Beleidigung, und zwar für die ganze Familie. Und, Linda ...«

»Ja?«

»Ich hab noch eine Überraschung für dich.« Nunzia macht eine Pause.

»Sag schon!«

»Wenn deine Mutter mitkommt, seid ihr zu viele, um bei uns unterzukommen.«

»Siehst du, es geht eh nicht.«

»Jetzt hör doch mal zu!« Sie schreit fast und ich bin still. »Mein Vater hat ordentlich auf den Tisch gehauen und *Nonna* hat schließlich den Schlüssel rausgerückt. Wenn deine Mutter mitkommt, könnt ihr in Gaetanos Haus wohnen.«

»Nein!«

»Doch!«

Mein Puls schießt nach oben. »Wir kommen! Ich kriege das hin. Irgendwie.«

Wir verabschieden uns, und ich versuche, meine Mutter am Handy zu erreichen, aber es ist ausgeschaltet. Sie ist mal wieder mit diesem junggebliebenen Künstler unterwegs. Ich schaue noch den Spätfilm, aber als sie immer noch nicht zurück ist, gebe ich auf und gehe schlafen.

Am nächsten Morgen trifft mich fast der Schlag. Ich sitze im Pyjama am Küchentisch, die Haare noch vom Schlaf zerzaust, und überlege, wie ich meiner Mutter am besten beibringen kann, dass sie mit mir nach Sizilien fliegen und in Gaetanos Haus wohnen soll, da kommt ein fremder Mann durch die Tür. Nur mit Unterhose bekleidet. Und die hat ein Leoparden-Print. Meine Hand mit der Semmel gefriert in der Luft und ich starre ihn an. Er trägt eine John-Lennon-Brille, hat schütteres Haar, eine Hühnerbrust und dünne Klapperbeine.

»Morgen. Ich bin der Uwe.« Lächelnd und mit ausgestreckter Hand kommt er auf mich zu, im Schlepptau meine Mutter, im Morgenrock, bedruckt mit einem psychedelischen Muster in Cognac, Rostrot und Senfgelb. Wo sie diese Fummel nur immer herbekommt? Der Altersunterschied zwischen den beiden fällt jedenfalls gar nicht auf.

Aus Reflex strecke ich auch die Hand aus und lasse mir von dem halbnackten Typen den Arm durchschütteln. »Schön, dich endlich kennenzulernen«, sagt er. »Deine Mutter hat schon so viel von dir erzählt. Sie liebt dich sehr.« Er presst beide Hände auf sein Herz und legt den Kopf schief.

»Aha.«

Hanna kommt in die Küche und wischt sich den Schlaf aus den Augen. »Wer ist der fremde Mann? Und warum hat der nichts an?«

»Das ist Uwe«, sage ich mit einem zynischen Unterton. »Und er trägt immerhin eine Unterhose.«

»Des ist der Uwe«, wiederholt meine Mutter. »Und er wird jetzt öfter bei uns übernachten.« Sie stößt ihn mit dem Ellbogen in seine gut sichtbaren Rippen und kichert. »Gell?«

Ich huste.

»Er ist fei Lehrer an der Grundschule, des ist doch toll, oder?«, sagt sie zu Hanna. »Der mag Kinder total gerne, weißt.«

Uwe beugt sich vertraulich zu ihr hinunter, und Hanna geht gleich einen Schritt zurück. »Du kommst bestimmt im Herbst in die Schule«, sagt er.

Sie verdreht die Augen. »Ja, leider.«

Uwe macht »Ts, ts, ts« und schüttelt den Kopf. Dann lächelt er wieder. »Vielleicht kommst du ja in meine Klasse?«

»Ach neee!«

Ich unterdrücke ein Grinsen.

Zwischen Uwes Augenbrauen bildet sich eine steile Falte. »Das ist aber gar nicht schön von dir. Du bist ein ganz freches Mädchen. Wenn du meine Schülerin wärst, würde ich dir jetzt einen Strich geben.«

Ein Schatten huscht über das Gesicht meiner Mutter, denn mit Autorität und Disziplin hat sie es nicht so. »Hannas Erziehung ist fei immer noch unsere Sache, gell?«

»Genau genommen meine«, murmle ich aus dem Off.

Uwe blinzelt meine Mutter an, dann zieht er sich einen Stuhl her und setzt sich hin. »Ja natürlich. Bitte entschuldige, meine Venus.« Er greift nach ihrer Hand.

Venus. Meine Mutter! Ich könnte kotzen.

»Kaffee ist fertig.« Ich hebe die Kanne an und setze sie mit einem lauten Klappern wieder auf der Tischplatte ab. »Du, ich muss dir was sagen«, plaudere ich drauf los. »Amedeo heiratet und wir sind zu seiner Hochzeit nach Sizilien eingeladen. Also explizit auch du.«

»Ich?« Meine Mutter wird blass. »Nach Sizilien? Nein. Auf keinen Fall.«

»Jetzt komm. Bist du gar nicht neugierig? Die würden sich alle so freuen, dich mal wieder zu sehen.« Ich lege meine Hand auf ihren Unterarm.

»Da freut sich keiner, wenn ich auftauche, des kannst mir fei glauben. Vor allem nicht die *Nonna*, die schiache Hexen.«

»Die ist alt und verrückt, vor der brauchst du keine Angst mehr zu haben. Und vor Gaetano auch nicht. Niemand hat seine Adresse, den können sie gar nicht einladen.«

»Wer ist Gaetano?«, fragt Uwe und schaut zwischen uns hin und her, aber keiner antwortet ihm.

»Und das Tollste: Wir dürfen in seinem Haus am Meer wohnen. Also in eurem Haus. Wäre das nicht wundervoll? Erinnerst du dich an den Meerblick und an die Zitronenbäume in deinem Garten?«

»Au ja, au ja, au ja!« Hanna springt von ihrem Stuhl auf und hüpft einmal um den Tisch.

»Pscht!«, macht Uwe und wirft ihr einen strafenden Blick zu.

Meine Mutter schluckt. »Niemals.«

Ich beuge mich leicht nach vorne. »Es gibt nur eine Möglichkeit herauszufinden, ob die Kiste leer ist. Wir müssen nachsehen.«

Meine Mutter presst die Semmel zusammen, die sie sich gerade aus dem Korb genommen hat. »Du meinst ...«

Ich nicke.

»Welche Kiste?«, fragt Hanna.

»Nichts.« Ich greife nach dem Unterarm meiner Mutter. »Du und die Hanna und ich am Strand? Jetzt komm schon. Wir haben so lange keinen Urlaub mehr zusammen gemacht.«

»Au ja, au ja, au ja«, ruft Hanna noch lauter und hüpft eine Extrarunde um Uwe herum. »Oma, bitte! Komm mit!«

»Eine sizilianische Hochzeit ist fei kein Urlaub, lass dir des gesagt sein. Und wer ist überhaupt dieser Amedeo?«

»Von dem habe ich dir doch erzählt. Der Sohn von Calcedonio und Mimma, der in Ludwigshafen in einem Restaurant arbeitet.«

»Mei, der Calcedonio. Und die Mimma.« Sie seufzt versonnen. »Die zwei waren die Einzigen, die immer nett zu mir waren.«

»Schau, und die würden dich so gerne wiedersehen. Und du sie doch auch, nach all der Zeit. Sei ehrlich.«

Sie seufzt wieder. Ihre Mauer bröckelt, ich sehe es und schicke drei Stoßgebete ans Universum. Bitte, lass sie mitkommen, lass sie mitkommen, lass sie mitkommen. Nicht wieder etwas Falsches sagen, mahne ich mich selbst. Ich hab sie gleich so weit.

Ausgerechnet Uwe kommt mir zur Hilfe. Allerdings ungewollt. »Ein Sizilianer, der in der Gastronomie arbeitet?«, mischt er sich jetzt nämlich ein.

»Ja und?«, sage ich patzig. Sein Oberlehrerton geht mir so was von auf den Senkel.

»Ich meine ja nur ... Was man da so hört.«

»Und was hört man da so?«

»Na ja, Italiener, Gastronomie, Schwarzgeld und so.«

»Spinnst du?«

»Ja, und Mafia und Schutzgelderpressung«, fügt er mit erhobenem Zeigefinger hinzu. »Mitzi, ich bin da ganz bei dir. In dieses Land würde ich an deiner Stelle keinesfalls fahren.« Uwe schüttelt den Kopf und auch seinen Zeigefinger.

»Ach so? Du bist doch sonst so italophil?« Eine Falte bildet sich um den Mundwinkel meiner Mutter. Sie kann es nämlich überhaupt nicht leiden, wenn ihr jemand etwas vorschreiben will, und ein Mann schon gleich gar nicht. »Hast du mir nicht gestern noch von deinen ganzen abenteuerlichen Italien-Road-Trips mit dem Wohnmobil erzählt?«

»Ja, aber nur bis in die Toskana!« Er klingt empört. »Und seit Berlusconi an der Macht ist, kann man nicht mal mehr da hinfahren. Da muss man doch ein öffentliches Statement setzen, muss man doch. Ich meine, der will einen Freundschaftspakt mit Gaddafi unterzeichnen! Und überhaupt.« Er reckt seinen Zeigefinger in die Luft. »Dass ein ganzes Volk den reichsten Mann des Landes zu seinem Staatsoberhaupt wählt, der auch noch vor Gericht steht! Das sind doch alle Mafiosos, sind das doch.«

»Mafiosi.« Ich kann es mir nicht verkneifen. »Es heißt Mafiosi mit i.«

Seine Brille mit den runden Gläsern ist nach unten gerutscht und er schiebt sie zurück auf die Nasenwurzel. Dann macht er einen kapitalen Fehler. Er sagt nämlich: »Mitzi, da fährst du mir nicht hin!«

»Obacht!« Über das Gesicht meiner Mutter zieht ein Gewitter und ihr Mund ist mittlerweile so faltig, als hätte sie eine Grapefruit gelöffelt. Die dystopische Kämpferin in ihr erwacht. »Des entscheidest fei nicht du, mein Lieber, Venus hin oder her. Ich mach was ich will, ist des klar?« Sie haut mit der flachen Hand auf die Tischplatte.

Uwe zuckt zusammen.

»Ob des klar ist, hab ich gefragt? Sonst kannst dich nämlich gleich schleichen.«

Uwe nickt. »Ist klar. Ich meine ja nur, das kann ganz schön gefährlich werden, ihr als Frauen, allein ...«

»Was soll jetzt des heißen, ihr als Frauen?« Sie steht vom Stuhl auf und ihr Busen bebt. »Gleich klatscht's, aber keinen Applaus! Dann merkst du schon, ob ich zum schwachen Geschlecht gehöre oder nicht.«

Uwe wird auf seinem Stuhl immer kleiner, seine knochigen Schultern sinken ein. »Tschuldigung«, murmelt er und schaut dabei auf seinen Teller.

»Jetzt kriegt er gleich einen Strich von der Oma«, kichert Hanna.

Meine Mutter nickt zufrieden. »Genau. So, und jetzt beruhigen wir uns alle und der Herr Lehrer isst brav seine Semmel, gell?« Dann lässt sie sich wieder auf ihren Stuhl fallen.

»Also kommst du mit?«, frage ich und drücke heimlich unter dem Tisch beide Daumen.

»Freilich!« Und mit einem Seitenblick auf Uwe: »Des wär ja auch noch schöner!«

Wilde Brandung

»Schau mal, ein Vulkan. Wir landen gleich.« Ich greife nach Hannas Hand. Helle Schlieren ziehen sich über das Meer, Motorboote malen schäumende Streifen auf das Wasser unter uns, und aus den Wolken lugt der Ätna hervor. Ich kann auf meinem engen Flugzeugsitz kaum noch stillhalten. Diesmal fliegen wir nach Catania, meine Mutter wollte es so, und ich hatte keine Lust, schon vor der Abreise mit ihr zu streiten. Sie trägt eine Sonnenbrille mit Gläsern, die den Großteil ihres Gesichtes bedecken, und einen orangefarbenen Schal. Wegen der Klimaanlage, sagt sie. Mit lautem Geraschel breitet sie die *Süddeutsche* aus, sodass sie den gesamten Mittelgang versperrt. Ein Mann möchte durch und sie tut so, als würde sie es nicht merken, aber ich sehe genau, dass sie ihn im Augenwinkel hat. Gerade will ich sie mit dem Ellbogen anstoßen, da murmelt der Passagier: »Entschuldigung, dürfte ich wohl?«

Sie klappt die Zeitung mit viel Geschnaufe zusammen, faltet sie jetzt aber über meinen Schoß hinweg auf. Ich hasse Mittelsitze, bin zwischen meiner Mutter und Hanna eingeklemmt und jetzt auch noch unter der *Süddeutschen* begraben. Zum Glück senkt der Flieger seine Nase schon für den Landeanflug.

»Beim Landeanflug darf man nicht lesen«, sage ich.

»Ach geh, als würde die Zeitung irgendwen erschlagen.« Meine Mutter raschelt ungerührt weiter und blättert die Seiten so zügig hin und her, dass sie in diesem Tempo unmöglich Buchstaben erkennen kann. Dabei wackelt sie unaufhörlich mit dem rechten Knie auf und ab.

»Nervös?«, frage ich.

»Ich? Schmarrn!« Sie schaut von der Zeitung auf und sieht, dass ich grinse. »Hör auf, so deppert zu lachen, sonst komm ich nicht mit«, faucht sie.

»Kannst ja noch schnell mit dem Fallschirm abspringen.« Bei der Vorstellung muss ich kichern.

»Ach geh!« Meine Mutter vergräbt sich wieder in ihre Zeitung.

»Und, steht was Interessantes drin?«

»Wie immer. Berlusconi rauf und runter. Er hat dem Gaddafi versprochen, Libyen mehrere Milliarden Euro zu zahlen. Im Gegenzug verpflichtet der sich, den Flüchtlingsstrom nach Italien zu stoppen.« Sie knistert lautstark. »Na, die zwei passen mir vielleicht zam. Neben dem Zottelkopf mit Sonnenbrille wirkt sogar der Berlusconi blass. Der hat so viele Orden und Fransen und Zeug an seiner Uniform hängen, der schaut aus wie eine Mischung aus Zirkusdirektor und Weihnachtsbaum.« Sie hält mir ein Foto von Gaddafi vor die Nase. »Schau. Der Wüstendiktator und des heroperierte Reptiliengesicht. Die reinste Freakshow ist des.«

»Mitzi!«

»Ist doch wahr!«

Eine Stewardess geht durch den Gang, kontrolliert links und rechts und wieder links. »*Signora!*«, sagt sie streng zu meiner Mutter und zeigt auf die Zeitung. Mitzi seufzt und faltet die *Süddeutsche* zusammen. Unter uns kommt der Flughafen in Sicht.

In Catania geht alles glatt. Sämtliche Gepäckstücke sind da, kein Zöllner weit und breit, die Autovermietung ist gut ausgeschildert. Ich fühle mich wie ein Vollprofi. Zum Glück führt der Flughafenzubringer direkt auf die Autobahn. Ich atme auf. Kein sizilianischer Stadtverkehr, diesmal.

Meine Mutter wird von Kilometer zu Kilometer stiller, aber das macht nichts, denn Hanna erzählt ihr haarklein von jeder Süßigkeit, die sie letztes Mal geschenkt bekommen hat.

Mitzi schaut aus dem Fenster und macht nur ab und zu »mhm«, »aha« oder »soso«.

Die Abzweigung nach Caltanissetta finde ich sofort, obwohl wir diesmal aus der anderen Richtung kommen. Ich kenne mich eben aus, bin sozusagen schon fast einheimisch. Lässig lasse ich meinen Ellbogen aus dem Fenster hängen und schiebe mir die Sonnenbrille ins Haar, damit der Fahrtwind es mir nicht ins Gesicht weht.

Meine Mutter ist in den Beifahrersitz hineingekrampft und schaut mich säuerlich von der Seite an. »Du kommst dir wohl sehr italienisch vor.«

Besser, ich spreche sie nicht mehr an. Erst als wir nach Santa Lucia del Monte abbiegen, sage ich: »Hier müssen wir hoch. Na, erkennst du es wieder?«

Sie knurrt etwas Unverständliches.

»Hier habe ich gekotzt«, ruft Hanna, als wir durch die dreiundfünfzigste Serpentine fahren.

Als wir in die Gassen eintauchen, frage ich Mitzi: »Und, hat sich Santa Lucia in den letzten fünfundzwanzig Jahren verändert?«

»Nein«, sagt sie. »Und ich weiß nicht, ob das ein gutes Zeichen ist.«

Wir fahren auf die Piazza und ich atme auf. Der ausgebrannte Lastwagen ist weg. Ich parke neben der Bar, wir steigen aus und ich werfe verstohlene Seitenblicke durch die Glasfront. Der schöne Silvo ist nicht in Sicht. Dafür sieht uns seine Mutter. Sie kommt hinter der Bar hervor und winkt mit einem *cannolo*. »Carmelinda! Anna!«, ruft sie und wuchtet sich durch die Glastür. Sie drückt Hanna das süße Teilchen in die Hand und umarmt mich mit klappernden Armreifen.

»Das ist meine Mutter«, sage ich.

Sie tritt einen Schritt zurück und ihre Euphorie weicht einer distanzierten Höflichkeit. »*Buongiorno, signora.*« Sie gibt ihr die Hand.

»Servus«, sagt meine Mutter hinter ihrer Sonnenbrille hervor und es ist das erste Mal, dass ich sie unsicher lächeln sehe.

»Ich muss dann mal wieder. Wir sehen uns.« Silvos Mutter verschwindet wieder in der Bar.

»Depperte Blunzen. Warum ist die jetzt so feindselig?«, flüstert meine Mutter mir zu. »Schau, und genau deshalb kann ich die Sizilianer nicht leiden.«

»Die ist nicht feindselig, die kennt dich halt nicht.«

»Freilich kennt die mich von früher.«

»Aber halt nicht so gut.«

»Und warum nennt die dich überhaupt Carmelinda?«

»Weil ich so heiße?« Ich hebe die Arme.

»Bei mir heißt du Linda.«

»Aber jetzt sind wir hier.«

Mitzi stemmt die Hände in die Hüften. »Und die Hanna heißt fei nicht Anna, gell.«

»Italiener können kein H«, sagt Hanna.

»Da siehst du es!«, knurrt meine Mutter.

Ich schüttle den Kopf, aber ich halte den Mund. Es bringt nichts, jetzt mit ihr rumzudiskutieren.

Auf dem Weg kaut Hanna selig ihr *cannolo,* und als wir vor dem Haus von Zio Calzone und Zia Mimma stehen, ist ihr Gesicht mit Ricottacreme verschmiert. Auch sie ist wieder in Sizilien angekommen. Ich drücke auf den Klingelknopf, meine Mutter hält sich hinter mir. »Alles gut?«, frage ich, doch da schwingt schon die Tür auf und Zio Calzone erscheint, die Arme ausgebreitet wie Jesus auf dem Ölberg. Zur Feier des Tages hat er sich ein Hemd angezogen.

»Carmelinda! Und Mitzi! Was für eine Freude!«, dröhnt er. Schräg hinter mir höre ich meine Mutter aufatmen.

»Mei, Calcedonio, schön dich zu sehen«, sagt sie und streckt ihm die Hand entgegen.

Der Zio schaut die Hand an, dann sie, und schließlich packt er sie am Arm, zieht sie ins Wohnzimmer und drückt sie an sich, und zwar mit Schmackes. Dann reicht er sie weiter an die Zia, die gibt sie wiederum an Nunzia, und so weiter, bis sie die ganze Familie durch hat. Danach ist ihr Haar zerzaust, aber ihre Wangen haben endlich wieder Farbe.

»Mei, immer dieses kollektive Gebussel«, brummt sie, aber sie lacht dabei.

Nur die *Nonna* ist auf ihrem Stuhl sitzen geblieben, verschränkt die Arme vor der Brust und schaut demonstrativ aus dem Fenster.

»*Nonna, dai!*«, sagt Zio Calzone.

»Die da begrüße ich nicht«, knurrt die *Nonna*. »Es reicht schon, dass ich sie in meinem Haus wohnen lassen muss.«

»Siehst du? Ich wusste es«, zischt mir meine Mutter zu.

Zio Calzone malt mit dem Zeigefinger Kreise in die Luft neben seinem Kopf. »Bitte entschuldige. Die hat sie nicht mehr alle. Die beruhigt sich schon wieder.«

»Und jetzt wird gegessen!« Zia Mimma klatscht in die Hände. »*A tavola!*«

Zio Calzone langt nach der Fernbedienung, und da ist er wieder. Der haselnussbraun gebrannte Nachrichtensprecher mit Toupet. Er wechselt gerade das Blatt, nickt zufrieden und liest: »Durch die Zusammenarbeit mit den libyschen Behörden und die erfolgreiche Abwehr von Migrantenbooten auf hoher See ist es der Regierung Berlusconi gelungen, den Zustrom illegaler Einwanderer zu minimieren.«

»Endlich!« Zio Calzone nickt.

»*Papà!*« Nunzia gestikuliert ihn an.

»*Papà, papà*, und, was ist? Sag schon. Die armen Flüchtlinge, stimmt´s? Ich habe endlich wieder eine Arbeit gefunden, stehe jeden Morgen um drei Uhr auf, fahre zwei Stunden mit dem Bus und pflücke den ganzen Tag Trauben, damit du studieren kannst.«

»Schon gut, *papà!*«.

»Nein, nichts ist gut! Dafür kriege ich fünfunddreißig Euro am Tag. Und jetzt kommen Hunderte, ach, Tausende von Flüchtlingen und erledigen dieselbe Arbeit für zwölf Euro. Die Armen!«

Der Löffel, den Zia Mimma quer über den Tisch wirft, trifft Zio Calzone an der Schulter. »Wir haben Gäste!«, ruft sie und hebt drohend ihre Gabel.

Zio Calzone hebt beschwichtigend die Hände.

»Iss und schweig!«, herrscht ihn die Zia an, und er isst. Und schweigt.

Nach der Vorspeise, Carpaccio vom geräucherten Thunfisch, hat sich die Stimmung wieder gelöst und alle reden wie gewohnt durcheinander. Als *primo* trägt Zia Mimma Gnocchi mit Auberginen und *Ricotta* auf.

»Lecker, Knocki«, sagt meine Mutter.

»Man sagt Njocki«, flüstere ich ihr zu.

»Knocki, sag ich doch.«

Ich verdrehe die Augen und spieße kopfschüttelnd eine Aubergine auf. »Warum ist eigentlich ein Plastiküberzug über dem Sofa?«, frage ich in die Runde, um von den mangelnden Italienischkenntnissen meiner Mutter abzulenken.

»Wir haben es neu gepolstert, wegen der Hochzeit«, erklärt Zia Mimma. »Ich habe auch die Vorhänge ausgewechselt und dein Onkel hat gestrichen.«

»Warum denn das?«

»Wegen des Fotoshootings natürlich«, sagt Nunzia, als wäre das die dümmste Frage der Welt.

»Ach sooo«, sage ich und schiebe mir eine Gabel Gnocchi in den Mund. Nach Kalbsschnitzelchen in Marsala-Soße und einer Eistorte legt Zio Calzone das Besteck mit einem lauten Klappern ab. »So! Und jetzt fahren wir zum Haus.«

Wir stehen vor dem Gartentor. Mein Herz tockt so laut gegen die Rippen, dass ich denke, die anderen müssten es hören. Zio Calzone dreht den Schlüssel im Schloss, tritt zurück und zeigt auf das Tor. »Herzlich willkommen zuhause, Mitzi.«

Meine Mutter geht vor, sie schwankt kurz und ich eile zu ihr, um sie am Arm zu nehmen, doch sie wedelt mich mit der Hand weg. Ich gehe zu den anderen.

»Die Oma will kurz allein sein«, flüstere ich Hanna zu und halte sie zurück.

Wir folgen Mitzi in gebührendem Abstand. Sie geht Schritt für Schritt durch den Garten und über die Terrasse. Sie streicht über eine rote Hibiskusblüte und blickt übers Meer.

»Schau mal, die Mieze ist wieder da.« Hanna zeigt auf die weiße Katze mit den blauen Augen, die auf einem Mäuerchen liegt und uns unverwandt anstarrt.

Die Schultern meiner Mutter zucken und sie wischt sich mit dem Unterarm übers Gesicht. Jetzt gehe ich doch zu ihr und stelle mich neben sie. »Liegt sie hier?«, flüstere ich. Meine Mutter nickt. Ich schlucke und schaue auf die bröckelige Erde unter dem Stamm. Hier soll also meine Schwester begraben sein. Ich konzentriere mich auf mein Herz, auf meine Seele, spüre in mich hinein, aber da ist nichts.

»Kommt rein!«, ruft Zia Mimma. »Ich habe schon alles vorbereitet.«

Ich berühre meine Mutter an der Schulter, doch sie starrt weiter auf den Boden. »Ich weiß nicht, ob es richtig war, herzukommen«, murmelt sie. »Vielleicht kann ich es nicht aushalten.«

»Was?«

»Die Erinnerungen.«

Ich weiß nicht, was ich sagen soll. Sie ist plötzlich so schwach. Ihr ganzer Kampfgeist ist weg, und seit wir nach Sizilien aufgebrochen sind, hat sie kein einziges Mal geflucht. »Jetzt komm erst mal rein«, sage ich.

Die anderen stehen vor der Eingangstür und warten. Zio Calzone überreicht ihr feierlich den Schlüssel, und meine Mutter dreht ihn mit zitternden Fingern im Schloss um. Dann schiebt sie die Tür auf.

Ein modriger Geruch strömt uns entgegen, vermischt mit Chlorreiniger. Wir stehen in einem offenen Wohn- und Esszimmer, das von einer riesigen Tafel beherrscht wird, an der mindestens zwanzig Personen Platz haben. Auf dem Tisch liegt eine Schachtel Kekse. »Du hast ja sogar an Kekse für Hanna gedacht«, sage ich zu Zia Mimma.

»Nein, die sind von *Nonna*. Und die müssen auch da liegen bleiben«, sagt sie streng. »Das war die Vorausset- zung, dass ihr überhaupt hierherkommen durftet.«

Ich starre auf die Packung. Jetzt wird mir doch ein biss- chen mulmig.

Die Wand, die zum Meer hinaus geht, ist komplett ver- glast. Man sieht über die Palmwedel hinweg nur Wasser, bis zum Horizont. »Wahnsinn!«, entfährt es mir.

»Hier ist die Küche, und da geht es zu den Schlafzim- mern.« Stolz schwingt aus Zia Mimmas Stimme, so als wäre es ihr Haus. Wir gehen durch den Flur, schauen uns die beiden Zimmer an. Alte sizilianische Möbel aus dunklem Holz, Spiegel mit schnörkeligen Rahmen, fluf- fige Moskitonetze, kitschige Porzellanfiguren.

»Du hast ja sogar die Betten überzogen«, sage ich und streiche Zia Mimma kurz über die Schulter. »Und alles ist blitzsauber.«

»Nicht der Rede wert.« Sie winkt ab, aber ein zufriedenes Lächeln spielt um ihre Mundwinkel. »Nur den Schimmel habe ich nicht ganz wegbekommen. Die Meerluft ...« Sie zeigt an die Decke, wo dunkle Flecken aus den Ecken kriechen. An manchen Stellen bröckelt die Wandfarbe ab und das Küchenfenster hat einen Sprung.

»Es ist alles noch so wie damals«, murmelt meine Mutter.

Zio Calzone schleppt unsere Koffer herein. »Los, los, zieht euch um und geht runter an den Strand. Wir warten hier.«

»Au ja!« Hanna hüpft auf und ab. »Wo ist mein Badeanzug?«

»Ganz oben in deiner Tasche«, sage ich. »Komm, Mitzi.« Vielleicht holt das Meer meine Mutter wieder aus ihrem Loch.

Wir steigen die Treppe hinunter. Hinter mir seufzt Mitzi bei jeder dritten Stufe. Als wir am Strand angekommen sind, setzen wir uns in den Sand und vergraben unsere Zehen darin. Oben ist er ganz warm, aber weiter unten wird er feucht und kühl. Wir beobachten, wie Hanna durch das seichte Wasser springt. »Und, wie ist es, wieder hier zu sein?«, frage ich.

»Mei, irgendwie weiß ich es selbst nicht.« Meine Mutter sieht übers Meer. »Überwältigend. Unendlich traurig. Wunderschön. Aber weißt, die schönsten Erinnerungen tun am meisten weh. Weil sie dir etwas zeigen, das du nie wieder haben wirst, und wonach du dich den Rest deines Lebens sehnen wirst, verstehst?«

»Ist das vom Dalai Lama?«

»Nein, des ist von mir.« Sie umschlingt ihre Knie mit den Armen und legt das Kinn darauf ab. Dann kommt wieder so ein stotteriger, langer Seufzer aus ihr heraus.

Ich schlucke. So kenne ich meine Mutter gar nicht. »Komm, lass uns einen Strandspaziergang machen«, sage ich. Nicht dass sie mir jetzt zusammenklappt. Ich strecke ihr die Hand entgegen und helfe ihr auf. »Es ist so schön hier.« Wir gehen durch den feuchten Sand. Je näher ich am Wellensaum laufe, desto tiefer sinken meine Füße ein, und die Fußabdrücke füllen sich mit Wasser. »Schau, die Möwen«, sage ich und zeige aufs Meer hinaus, doch meine Mutter antwortet nicht. Ob sie mich überhaupt hört? Ihre Augen sind weit weg.

Heimlich linse ich Richtung Bademeister-Homebase. Unter dem Ausguck liegt der rote Katamaran, aber weit und breit kein Silvo. Wir gehen um die nächste Felsnase herum.

»Schaut, ein Boot«, ruft Hanna.

Tatsächlich liegt dort ein Holzboot, kieloben, mit einem roten und einem blauen Streifen. Ich bleibe stehen, meine Füße sind plötzlich bleischwer. Es sieht genauso aus wie das Boot, mit dem die Flüchtlinge hier angekommen sind. Kinder tollen herum, Touristen braten in der Sonne, und mitten unter ihnen ragt das Zeugnis einer menschlichen Tragödie auf. Ich werde nie erfahren, was aus der Familie geworden ist, der ich Wasser und Essen gebracht habe. Aber der Gedanke an sie wird immer irgendwo in mir vergraben sein, so wie dieses Boot hier im Sand.

Hanna klettert hinauf und balanciert auf dem Kiel herum. Ich öffne den Mund, um sie runterzuscheuchen, doch dann klappe ich ihn wieder zu. Wenn ich ihr sagen würde, welches Boot das ist, würde ich sie nur traurig machen, und helfen würde es niemandem. Meiner Mutter sage ich es lieber auch nicht, sie seufzt und schweigt sowieso schon die ganze Zeit. So langsam mache ich mir richtig Sorgen um sie.

»Schmeckt euch die *parmigiana* nicht?« Zia Mimma schaut mit zusammengezogenen Augenbrauen dabei zu, wie wir in unseren Tellern herumstochern. Sie hat einen Auberginenauflauf gebacken, mit dicker Tomatensoße und Parmesankruste.

»Doch, total lecker!«, sage ich und steche durch die Kruste. Der Käse ist so kross, dass sie knackt, und ich lade meine Gabel voll. Normalerweise würde mir jetzt das Wasser im Mund zusammenlaufen, aber ich habe keinen rechten Appetit. »Wir sind nur erschöpft von der Reise«, sage ich. Von der Schwermut meiner Mutter und dem Flüchtlingsboot erwähne ich nichts. Ich will Zia Mimma nicht beunruhigen, sie hat sich so viel Mühe gegeben. »Danke für alles, Zia. Das wäre wirklich nicht nötig gewesen.«

Sie klatscht in die Hände und lächelt. »Du brauchst dich nicht zu bedanken. Das mache ich doch gerne. Es ist so eine Freude für uns, dass ihr gekommen seid.«

Zio Calzone nickt, schaut meine Mutter an und greift nach ihrer Hand, die sie aber zurückzieht, bevor er sie nehmen kann. »Auch dass du da bist, Mitzi. Trotz allem, was damals passiert ist. Du hattest es nicht leicht ...«

»Geh, verschon mich bloß mit deinen Sentimentalitäten.« Meine Mutter steht vom Tisch auf und marschiert Richtung Schlafzimmer.

»Entschuldigt, es ist alles etwas viel für sie«, sage ich und laufe ihr hinterher.

Meine Mutter zerrt ihren Koffer in das Zimmer, in dem eigentlich ich mit Hanna schlafen wollte. »Des nehm fei ich.«

»Ich dachte, dass du ...« Ich zeige auf die andere Tür.

»Auf keinen Fall! Da drin habe ich mit Gaetano geschlafen. Des geht nicht. Und jetzt schleich dich.« Sie scheucht mich hinaus und lässt die Tür hinter mir ins Schloss fallen.

Als ich zurück ins Wohnzimmer komme, entschuldige ich mich noch mal. »Sie ist ein bisschen ...«

»Das versteh ich schon.« Zia Mimma tätschelt mir den Arm. »Morgen ist ein neuer Tag. Schau, ich hab schon alles gespült, damit du keine Arbeit mehr hast. *Buona notte.*« Sie küsst Hanna auf die Haare.

Endlich Ruhe. Ich mache alle Lichter aus, öffne die Vorhänge, lehne mich aus dem Fenster und blicke übers Meer, hinein in die Schwärze. Die Brandung rollt dort unten gleichmäßig an den Strand, in der Dunkelheit hört man sie lauter als am Tag. Ich denke an den Traum, in dem Lucia mit ihrem weißen Nachthemd ins Wasser gegangen ist. Mein Herz klopft schneller, ich spüre es sogar im Hals. Der Strand, von dem ich immer geträumt habe, war dieser Strand.

Mein Blick fällt auf die Erde unter dem Hibiskusbaum. Lucias Grab. Dort sitzt die weiße Katze und leckt sich die Pfote. Sie spürt meinen Blick, sieht zu mir hoch. Ich schaudere und schließe das Fenster. Ich ziehe auch den Vorhang zu, damit die Finsternis nicht zu mir hereinkommt.

Hanna hat sich unter dem Leintuch eingerollt wie ein kleines Eichhörnchen und schnarcht leise. Ich lege mich neben sie und lausche der Brandung. Ich bin noch nie mit Meeresrauschen eingeschlafen und versuche, absichtlich wach zu bleiben, um das gleichmäßige Rollen zu genießen. Doch ich halte nicht lange durch, drifte in einen unruhigen Schlaf ab.

Mitten in der Nacht spüre ich einen Lufthauch an den Füßen. Steht da eine Gestalt am Fußende des Bettes? Ich setze mich ruckartig auf und kneife die Augen zusammen, um in der Dunkelheit besser zu sehen.

Nein. Da ist nichts. Nur ein Traum.

Hanna atmet ruhig neben mir und langsam normalisiert sich mein Puls wieder. Ich habe Durst, greife nach der Flasche auf meinem Nachtkästchen und trinke in langen Schlucken. Dann rolle ich mich in mein Leintuch ein und lausche dem Meer, döse wieder weg. Als mir die Augen zufallen, sehe ich sie. Lucia steht in ihrem weißen Nachthemd am Fußende des Bettes und schaut mich an. *Was willst du von mir?*, frage ich sie in Gedanken. Sie ist mir so nah wie noch nie, ich könnte sie mit dem Fuß berühren. Schnell ziehe ich die Knie an. Sie sieht anders aus als sonst. Sie ist keine durchscheinende, sanfte Lichtgestalt, die mir den Weg weist. Lucia leuchtet heute dunkel, als hätte man ein schwarzes Tuch über eine Lampe gelegt, und sie starrt mich an. Was tut sie da? Ich blinzle. Das gibt´s doch nicht. In der linken Hand hält sie die Packung, die gestern Abend auf dem Tisch lag, und mit der rechten schiebt sie sich mit abgehackten Bewegungen einen Keks in den Mund.

Bist du das, Lucia? Bist du hier? Sie antwortet nicht, schaut nur und kaut, blass und stumm. Die langen Haare fallen ihr ins Gesicht und unter ihren Augen liegen dunkle Schatten. Zum ersten Mal spüre ich sie nicht als Teil von mir. Sie ist kalt und fremd, und ich habe eine Scheißangst vor ihr.

Ich schiebe mich zurück, soweit ich kann, ganz nah zu Hanna. *Gib mir ein Zeichen, wo ich dich suchen soll.* Ich starre Richtung Fußende. *Ich werde dich finden, ich verspreche es dir. Aber mach mir nicht so eine Angst.* Sie verblasst.

Ich will nicht mehr einschlafen, sitze im Bett und glotze in die Schwärze, bis die Dämmerung endlich die Dunkelheit vor dem Fenster vertreibt. Der erste Vogel zwitschert, ein tröstliches Geräusch. Die Beklemmung lässt von mir ab, verkriecht sich in einer dunklen Ecke, bevor das Licht kommt. Endlich lässt die Anspannung nach und ich spüre, wie erschöpft ich bin. Ich lege mich hin und drücke meine Nase gegen Hannas Rücken. Ihr Duft nach Kinderschweiß beruhigt mich und ich schlafe wieder ein.

Das beste Stück

Als ich aufwache, scheint die Sonne ins Zimmer und ich höre Hannas Stimme gedämpft durch die Tür, dann die von meiner Mutter. Sie klingen fröhlich. Was für ein verrückter Traum. *Nonnas* Spukgeschichte hat mir wohl mehr zugesetzt, als ich dachte. Es wird wirklich Zeit, dass wir herausfinden, was mit Lucia passiert ist, sonst nimmt das hier alles überhand. Ich pule mir einen Sandmann aus dem Augenwinkel und setze mich auf.

Als ich durchs Wohnzimmer gehe, leuchtet mir das Meer durch die Fensterfront entgegen. Am liebsten würde ich gleich im Schlafanzug runter zum Strand rennen und ins Wasser springen. Ich stocke. Etwas ist anders, ich sehe es aus dem Augenwinkel, scanne den Raum, mein Blick bleibt am Tisch hängen. Die Kekse sind weg. Ich schüttle den Kopf. Bestimmt hat meine Mutter sie weggelegt. Oder Hanna hat sie gemopst.

Ich schaue aus dem Fenster, stütze mich mit den Ellbogen auf den Sims. Der Meerwind streicht mir durchs Haar und ich atme die salzige Luft ein. Auf der Terrasse unter mir krault Hanna den Bauch der weißen Katze und meine Mutter rupft Unkraut aus einem der Beete. Ich lehne mich hinaus und rufe: »*Buon giorno.*«

Hanna schaut zu mir hoch. »Schau mal Mama, sie lässt sich streicheln.«

Meine Mutter richtet sich auf und hält sich die Hände an die Hüften. »Der Garten war mein ganzer Stolz, weißt. Des hab fei alles ich gepflanzt. Den Hibiskus, die Banane, die Zitrone, die Bougainvillea ...« Sie macht eine ausladende Bewegung mit dem Arm und wischt sich den Schweiß von der Stirn. Ich atme auf. Sie hat sich wieder gefangen. Alles ist so bunt hier, so voller Sonne und angefüllt mit prallem Leben. Hier ist kein Platz für Trauer, und auch nicht für etwas Böses.

Ich mache mir einen Espresso in der *bialetti*, gieße ihn mit Milch auf und gehe zu den anderen hinaus.

»Ist noch was von den Keksen da?«

»Welche Kekse?« Hanna schaut mich an.

»Die von der *Nonna*. Die auf dem Tisch lagen. Hast du keinen davon gegessen?«

Sie schüttelt den Kopf.

»Du kannst es mir ruhig sagen, ich schimpfe nicht.«

»Nein, Mama!« Ihre Stimme klingt empört. »Die sind nicht für mich. Sie gehören dem Mädchen. Das hat die *Nonna* doch gesagt.«

»Das ist nur eine Spukgeschichte.« Ich schlucke.

Hanna vergräbt ihre Hand im Bauchfell der Katze, das Tier schnurrt so laut, dass ich es bis hier oben höre. »Ich habe heute Nacht von ihr geträumt. Sie ist nett.«

»Hört sofort auf damit!« Die Stimme meiner Mutter schneidet durch das Vogelgezwitscher. »Es gibt hier kein Mädchen, himmiherrschaftszeitensakramentfixhallelujanochamal, dass des nicht endlich aufhört. Mir langt es. Ich wusste es. Ich hätte nicht herkommen sollen. Jetzt ruiniert die *Nonna* uns mit ihren verrückten Geschichten noch den ganzen Urlaub. Des macht die absichtlich, die schiache Hexen.« Sie kommt aus dem Beet heraus. »Und dieses krummhaxerde Sauviech will ich auch nicht mehr zwischen den Füßen haben. Tsch, tsch, tsch!« Meine Mutter wedelt mit den Armen, aber Hanna hält ihre Hände schützend über die Katze.

»Oma!«

»Ist doch wahr.«

Meine Mutter lässt sich auf einen der Plastikstühle fallen, der sich unter ihrem Gewicht spreizt. Dort, wo sie entlanggegangen ist, liegen Erdkrumen auf den Terrakotta-Fliesen. Sie schnauft geräuschvoll.

»Willst du auch einen Milchkaffee?«, frage ich, um sie ein bisschen zu deeskalieren.

»Lieber einen Grappa.«

»Spinnst du? Am frühen Morgen?«

Ich trinke einen Schluck *latte*, dann stelle ich die Tasse mit einem lauten Klacken ab. »Das geht so nicht weiter. Wir müssen etwas unternehmen, sonst drehen wir alle durch.«

»Und was wär des?«

»Es gibt nur eine Möglichkeit herauszufinden, ob Lucia wirklich tot ist.« Ich schaue auf den bröckeligen Boden unter dem Hibiskusbaum.

Meine Mutter starrt mich mit flackerndem Blick an. »Bist du jetzt ganz deppert? Willst du etwa wirklich ...?«

»Pscht!«, unterbreche ich sie mit einem Seitenblick auf Hanna.

»Nein! Des mach ich nicht. Auf keinen Fall. Des wär ja Leichenschändung oder so was.«

»Erfährt ja keiner. Und dass ihr sie hier vergraben habt, war ja wohl auch nicht ganz legal, oder?«

Meine Mutter schüttelt den Kopf. »Nein. Wir machen des ganz anders. Nämlich auf meine Art.«

»Und die wäre?«

»Wir wünschen uns jetzt beide beim Universum, dass wir die Lucia finden. Und dann wird es auch so passieren.«

»Hast du doch schon einen Grappa intus?«

»Obacht! Des funktioniert fei, glaub mir. Aber nur, wenn du eine echte Liebe im Herzen und einen gescheiten Respekt vor dem Universum hast.« Sie ruckelt sich auf dem Plastikstuhl zurecht, reckt das Kinn in die Höhe und schließt die Augen. Dann legt sie wie beim Meditieren Daumen und Zeigefinger aneinander. »Mei, Universum, bitte lass uns die Lucia finden.« Sie macht die Augen wieder auf. »So, und jetzt du.«

»So ein Schwachsinn«, knurre ich.

»Auf geht´s, du sagst des jetzt. Keine Widerrede. Und fei mit Inbrunst.«

Ich seufze. »Na gut.« Ich mache die Augen zu und leiere: »Bitte Universum, lass uns die Lucia finden.« Ich schaue meine Mutter an. »Reicht das?«

»Na ja. Ein bisserl mehr Engagement hättest du schon zeigen können. Aber mei, des Universum erhört ja bekanntlich jeden, gell?«

»Und? Kommt jetzt ein Blitz vom Himmel, oder was?«

»Ein bisserl eine Geduld musst du schon haben. Geduld und Vertrauen. Wirst schon sehen, was passiert.«

Ich schüttle den Kopf. »Komm jetzt, wir müssen los. Die Nunzia wartet schon auf uns.«

»Halt. In diese Bar dürfen keine Frauen rein.«

»Was?« Meine Mutter wirbelt herum.

»Die ist nur für Männer.«

»So ein Schmarrn! Wir leben schließlich im Jahr zweitausendacht. Glaubst du, ich lass mir von irgendwelchen dahergelaufenen Sizilianern vorschreiben, wo ich rein darf und wo nicht? Des wär ja noch schöner!« Sie schwingt die Tür auf und verschwindet in dem düsteren Raum.

Nunzia schaut mich schockiert an.

Ich hebe die Arme. »Ich hab´s dir ja gesagt. Das ist nicht so einfach mit meiner Mutter. Sollen wir sie wieder rausholen?«

Nunzia schaut auf die Uhr. »Nein. Da muss sie jetzt durch. Ich gebe ihr zwei Minuten.«

Tatsächlich dauert es nur zehn Sekunden, bis sie wieder herauskommt.

»Und, war´s schön?« Ich unterdrücke ein Grinsen.

Meine Mutter wirft mir einen Todesblick zu, so einen, der einen gleichzeitig pfählt, häutet und vierteilt. »Grins nicht so deppert. Mei, so eine schiache Beizn und lauter ausgschamte Mannsbilder, des sind doch alles präpotente Watschenfressen, diese Sizilianer, ich hab´s ja gesagt.« Sie schnaubt. »Glaubst es, der wollte mich nicht bedienen. Gibt es hier keine gescheite Bar? Ich will jetzt einen Bellini, und zwar dalli!«

»Aber es ist doch erst Vormittag.«

»Mei, jetzt sei halt nicht immer so spießig. Eine kleine Auflockerung würde dir fei auch gut tun.«

Ich seufze. »Eigentlich wollten wir shoppen ...«

»Ach geh, ich zieh für die Hochzeit eins von den Kleidern an, die ich mitgebracht habe.«

»Du kannst doch nicht so einen Leinensack auf eine Hochzeit anziehen.«

»Ich zieh an, was ich will.«

»Aber es ist eine sizilianische Hochzeit.«

»Na gut, dann nehme ich den Hosenanzug.«

»Nein!« Ich denke an das kackbraune Ensemble, das sie gestern verknittert aus den Tiefen ihres Koffers hervorgezerrt hat.

»Also doch eins von meinen Kleidern?«

Ich gebe auf und zucke die Schultern. »Musst du wissen. Du machst dich zum Affen, nicht ich.«

Meine Mutter verschränkt beleidigt die Arme. »Ich lass mir doch nicht vorschreiben, was ich anziehen soll.«

»Ich brauche jedenfalls ein neues Kleid«, unterbreche ich sie und sende einen hilfesuchenden Blick an Nunzia.

»Und Schuhe. Und eine Tasche«, ergänzt sie und hakt mich unter. »Komm.«

Wir setzen meine Mutter in einer Bar bei der Piazza ab und gehen die Hauptstraße runter. Der Bürgersteig ist voller Taubendreck und so schmal, dass meine Schulter an den groben Natursteinfassaden entlang streift.

»Hier«, sagt Nunzia und öffnet eine Glastür. Der Geruch nach blumigem Parfüm legt sich wie ein Film in meine Nasenlöcher. Mir wird flau. In einem hell ausgeleuchteten Laden hängen Hunderte von Kleidern. Aber nicht irgendwelche.

»Kann ich Ihnen helfen?« Eine Verkäuferin kommt uns entgegen.

»Sie braucht ein Kleid«, sagt Nunzia.

»Welche Farbe?«, fragt die Verkäuferin mich.

»Äh ...« Ehrlich, ich habe keine Ahnung. »Was empfehlen Sie mir?«

»Anlass?«

»Hochzeit.«

»Ah!« Ein Strahlen huscht über ihr Gesicht. Sie ruft Verstärkung und aus dem Hinterzimmer kommt eine zweite Frau herbeigeeilt.

»Hochzeit!« Die Oberverkäuferin klatscht in die Hände und die beiden schwärmen aus.

Nunzia fläzt sich auf das Sofa, schlägt die Beine übereinander und angelt in ihrer Handtasche nach dem Handy. »Muss nur schnell einen Anruf erledigen, dann komme ich.«

Die Verkäuferinnen kehren zurück, beladen mit Stoffbergen voller Perlen, Spitzeneinsätzen, Pailletten, Schleifen, Blumen, Tüll. Ich beginne zu schwitzen. Was sind das für Fummel? Einer schrecklicher als der andere. Wer zieht so was an? Ich versuche, einen heimlichen Blick auf ein Preisschild zu erhaschen, sehe aber keines. Ganz schlechtes Zeichen. Die beiden drängen mich Richtung Umkleidekabine. Hilfesuchender Blick zu Nunzia. Sie telefoniert und schaut aus dem Fenster.

Die beiden Verkäuferinnen reichen mir ein Kleid nach dem anderen durch den dunkelblauen Vorhang. Spitzenstoff kratzt über meinen Sonnenbrand. Ich zwänge mich in Korsagen, richte Puffärmel, schnüre Schleifen, ich komme mir vor wie im Setting eines Kostümfilms. Mit jedem Teil verlasse ich einmal die Kabine, die Verkäuferinnen zupfen an mir herum und blicken mich erwartungsvoll an. »Und?«

Jedes Mal, wenn ich in den Spiegel schaue, blickt mir eine andere Frau entgegen. Verschiedene Operndiven, dann Lady Gaga und schließlich Prinzessin Sofia von Schweden. Aber nicht ich. Kein einziges Mal.

Bis zum siebten Kleid versuche ich höflich zu lächeln, und irgendwann traue ich mich sogar, zu fragen: »Was kostet das?«

»Sechshundert Euro. Ist im Angebot.«

Ich huste und verschwinde wieder in der Kabine.

Nach Kleid dreizehn hat sich jeder Anstand verabschiedet. Ich wische mir den Schweiß von der Oberlippe und meine Mundwinkel hängen herunter. Ich sehne mich nach einem Hosenanzug. Hilfesuchender Blick zu Nunzia. Sie telefoniert noch immer.

»Nunzia!« Meine Stimme schallt durch den Laden.

Sie dreht sich um, starrt mich an und beginnt zu lachen. »Du siehst aus wie Mary Poppins!« Sie zeigt mit dem Finger auf das rosa glänzende Kleid mit den Puffärmeln, das an mir klebt. Dann spricht sie in ihr Handy: »Ich muss aufhören. Ich muss hier erste Hilfe leisten.« Die Verkäuferinnen starren sie beleidigt an. Nunzia kommt zu uns herüber. »Wir brauchen etwas ... Einfacheres. Sie ist Deutsche.«

Was soll denn das heißen?

»Ach sooo!« Das Gesicht der Oberverkäuferin, das mittlerweile mit sorgenvollen Furchen durchpflügt ist, hellt sich auf. »Warum habt ihr das nicht gleich gesagt?«

Die beiden wuseln wieder durch den Verkaufsraum, und diesmal kommen sie mit drei Ballkleidern zurück, die in meiner Welt immer noch für eine Preisverleihung auf großer Bühne durchgehen würden, aber hier und jetzt erscheinen sie mir herrlich schlicht.

»Das sind unsere letzten drei Modelle vom Vorjahr. Sie sind zwar nicht für Hochzeiten gedacht, aber sie kosten auch nur die Hälfte«, sagt die zweite Verkäuferin.

Ich atme auf. Das sieht mir nach einer Win-Win-Situation aus. Die bekommen endlich ihre Ladenhüter los, und ich habe ein halbwegs normales Kleid. Ich entscheide mich für ein eng anliegendes, bodenlanges Modell, das rechts einen Schlitz bis zum Oberschenkel hat. Vom linken Busen bis zum rechten Hüftknochen wogt eine blaue Welle über mich hinweg, auf der Pailletten funkeln.

»Wie angegossen!« Die Oberverkäuferin klatscht in die Hände.

»*Yes*!« Nunzia reckt den Daumen hoch. »Sie braucht auch noch Schuhe und eine Tasche.«

Die andere Verkäuferin bringt silberfarbene Sandalen, die so hoch sind, dass ich komplett auf Zehenspitzen stehe und meine Wadenmuskeln unschön hervortritt. Nach ein paar Schritten knicke ich auf dem Stilettoabsatz um. »Geht es nicht ein bisschen niedriger?«

Nunzia schüttelt den Kopf. »Es ist eine Hochzeit. Und du hast schon Abstriche beim Kleid gemacht.«

Dann hängt mir die Verkäuferin eine silberne Tasche um und legt mir ein glitzerndes Tuch über die Schultern.

»Bei der Hitze?«, frage ich.

»Für die Kirche.«

Egal. Dann hänge ich mir bei vierzig Grad eben auch noch einen Schal um. Hauptsache, ich komme hier endlich raus. »Nehme ich. Alles.« Erschöpft klettere ich von den Schuhen herunter und streife das Kleid von meiner schweißfeuchten Haut.

Als ich an der Kasse die Summe höre, habe ich nicht einmal die Kraft, zusammenzuzucken. Fünfhundert Euro. So viel Geld habe ich nicht dabei. Was soll´s. Ich habe noch nie solche Klamotten besessen, aber ich habe das Gefühl, dass man nur dann eine richtige Sizilianerin sein kann, wenn man mindestens eine hollywoodreife Abendrobe im Schrank hängen hat. Ich schiebe also meine Kreditkarte über den Verkaufstresen und nehme die beiden Taschen mit dem goldfarbenen Emblem entgegen.

»Und heute Nachmittag mache ich dir die Haare«, sagt Nunzia, als wir hinaus auf den Bürgersteig treten.

»Was?« Ich kann nicht mehr.

»Und die Nägel. Mein Salon ist ab vier Uhr offen.«

Meine Mutter sitzt noch immer in der Bar und schlürft zufrieden an ihrem Bellini herum.

»Übertreibst du nicht ein bisschen?« Ich zeige auf die Flasche, die vor ihr auf dem Tisch steht.

Sie schaut mich über den Rand des Glases hinweg an. »Und, was hat des Gewand gekostet? Nur so, zum Thema übertreiben.«

Ich lasse mich neben ihr auf den Plastikstuhl sinken. »Viel.« Dann nehme ich ihr das Glas aus der Hand, gieße es voll, leere es in einem Zug. »Aber wenigstens komme ich nicht im Hosenanzug von vor dreißig Jahren.«

»Nix gegen meinen Hosenanzug. Der hat mir schon oft gute Dienste geleistet.«

»Ja, und die Betonung liegt auf *oft*.«

Meine Mutter schaut zwei Jungs nach, die mit wehendem Haar auf einer Vespa vorbeiknattern und nicht mal halb so alt sind wie sie. »Mei, fesch sind sie schon, diese Sizilianer.«

»Wechselst du gerade das Thema?«

»Jetzt sei halt nicht so eine Karussellbremserin. Manchmal bist du fei noch fader als der Ralf.«

Ich trinke noch ein Glas auf ex, jetzt ist die Flasche leer. Der Bellini haut sofort rein. Hitze, nichts gegessen, totale Erschöpfung. Als wir aufstehen, druselt es mich direkt und ich halte mich an der Schulter meiner Mutter fest. Und dann sage ich ganz instinktiv das, was eine Sizilianerin jetzt eben sagen würde: »Komm, essen.«

In Nunzias Beauty-Salon hängen zwei Spiegel, daneben drängen sich in einem Regal lauter Cremes, Tuben, Tiegel und Fläschchen. Gegenüber steht ein mintfarbenes Sofa, genau auf die Wandfarbe abgestimmt, darüber sind mit Tesafilm Fotos von Frisuren und Fingernägeln geklebt. Etwa zehn Frauen drängen sich im Salon und schreien wild durcheinander. Ich verstehe kein Wort.

Nunzia schiebt mich auf dem Rollstuhl in eine Ecke. Von hier aus kann ich die Spiegel nicht sehen. »Das wird eine Überraschung«, sagt sie.

»Lieber nicht.« Ich ziehe die Stirn in Falten. »Ich mag keine Experimente, was meine Haare angeht.«

»Sieht man.« Sie wuschelt durch meinen Bob, der farblich irgendwo zwischen Maus und Straßenköter liegt. Zugegeben, er ist langweilig. Aber ich mag ihn. Seit ich sechzehn bin, habe ich die gleiche Frisur, das bin ich, so kenne ich mich.

»Vertrau mir«, sagt Nunzia. »Ich hab eine tolle Idee. So eine Typveränderung würde dir guttun. Ein neuer Look für einen neuen Lebensabschnitt. Jetzt komm schon.« Sie schaut zu den Frauen rüber. »Oder was meint ihr?«

Allgemeines Nicken und Murmeln.

»Ist ja nicht für die Ewigkeit. Haare wachsen wieder. *Dai*, jetzt sei doch mal mutig. Probier was Neues aus.«

Warum eigentlich nicht? Meine Welt steht eh gerade Kopf, vielleicht tut mir das gut. »Okay.«

»*Yes*!«, ruft Nunzia und holt ein Fläschchen und eine Schüssel aus dem Regal. Sie pinselt mir einen kühlen Brei auf die Haare, der auf meiner Kopfhaut kribbelt. »Das muss jetzt eine halbe Stunde einwirken.«

Ich lehne mich zurück und höre dem Schnippeln der Schere zu, als sie dem Mädchen neben mir die Haare schneidet. Vielleicht kann ich mit einem neuen Look bei Silvo punkten?

Die Tür wird aufgerissen und eine Frau mit einer Schüssel voller Spinat stürzt herein. »Ich brauche ein Rührgerät!«

Hä? Was ist denn hier los, denke ich, aber Nunzia legt die Schere nieder, als wäre es das Normalste der Welt. Sie schaltet die Klimaanlage aus und zwinkert mir zu. »Damit die Sicherung nicht rausfliegt.« Dann verschwindet sie mit der Frau nach oben.

Die Haarfarbe brennt und ich muss dem Impuls widerstehen, zu kratzen. Das Mädchen neben mir greift irgendwann selbst zum Föhn. Kochen die da oben jetzt gemeinsam? Ich schließe die Augen. Das Summen legt sich über das Gegacker der Frauen und macht mich schläfrig, bis ich anfange, vom schönen Silvo zu träumen. Sonnenuntergang am Strand und so. Wo steckt er bloß? Als Nunzia zurückkommt und die Klimaanlage wieder anschaltet, murmle ich möglichst unauffällig: »Sag mal, was macht eigentlich Silvo?«

»Silvo?«, schreit sie gegen das Gelärme an.

Sofort verstummen die Frauen und starren mich an. Na bravo.

»Ich meine nur, weil ... Ich habe ihn noch gar nicht gesehen, seit ich hier bin.«

»Er arbeitet«, sagt Nunzia und verdreht die Augen. »Er hat jetzt ein Bestattungsunternehmen.«

Die anderen Frauen stecken die Köpfe zusammen und tuscheln. Bestimmt zerreißen sie sich jetzt das Maul über mich. Das Klingeln eines Handys erlöst mich. *I can´t get no satisfaction.*

»Das ist meins«, ruft Nunzia. »Geht mal eine von euch dran?«

Eine der Frauen greift nach dem Telefon, das auf einer Kommode neben dem Sofa liegt, und schaut auf das Display. »Deine Mutter.«

»Geh dran.«

»Ciao Mimma, hier ist Maria. Deine Tochter arbeitet.« Sie lauscht. Dann verabschiedet sie sich und legt auf. »Die andere Deutsche kommt jetzt.«

»Meine Mutter?«, frage ich.

»Vielleicht will sie doch keine *brutta figura* machen?« Nunzia wäscht mir mit kräftigen Griffen die Haare, das Shampoo duftet nach Mandeln. Dann greift sie zur Schere. »Ich stufe das hier hinten mal ein bisschen an, dann fällt das gleich viel besser. Und jetzt kommt das Highlight.« Sie nimmt ein Glätteisen und ich sehe aus dem Augenwinkel, wie sie einzelne Strähnen darum wickelt.

»Und?« Sie schaut in die Runde.

»Sehr elegant!«, ruft eine Frau.

»Richtig schick!«, eine andere. »Die Farbe steht ihr viel besser. Ein ganz neuer Mensch.«

Ich kralle meine Hände um die Stuhllehnen. Ich will kein neuer Mensch sein. Mir wird mulmig. »Kann ich mal sehen?«

Aber Nunzia kommt nicht dazu, mich zum Spiegel zu schieben, weil die Tür gerade aufgeht und meine Mutter unter wildem Glöckchengebimmel die Szene betritt. Den Rücken durchgedrückt, den Kopf hoch erhoben, grüßt sie in die Runde. Sofort springen zwei Frauen auf und machen ihr einen Platz auf dem Sofa frei. »*Prego, signora!*«

»Wo ist denn ...« Sie schaut sich suchend um. »Jessas Maria!« Sie starrt mich an und schlägt die Hand vor den Mund. »Jetzt hätt ich dich fast nicht erkannt.«

»Jessas Maria gut oder Jessas Maria schlecht?«

»Mei ...«

Ich beginne zu schwitzen. »Sag schon. Sonst nimmst du doch auch kein Blatt vor den Mund.«

Sie wiegt den Kopf hin und her. »Schönheit liegt halt immer im Auge des Betrachters.«

Nunzia nebelt mich mit einer Wolke aus Haarspray ein, ich muss die Augen schließen und die Luft anhalten. Dann rollt sie mich endlich zum Spiegel.

»Und? Gefällt´s dir?«

Ich schaue in das Glas, das an den Ecken schwarze Flecken hat, wie ein antiker Rahmen. Wer ist das? Ich jedenfalls nicht. Ich greife mir ins Haar und leider langt auch die Frau im Spiegel in die Korkenzieher-Locken hinein, die sich um meinen Kopf ringeln.

»Ich bin blond ...«, stammle ich.

»Toll oder?« Nunzia klatscht begeistert in die Hände.

»Aber ich hasse Blond.« Tränen steigen in meiner Kehle auf, ich würge sie hinunter. Jetzt bloß nicht heulen.

»Was? Ach Quatsch. Jede Sizilianerin wünscht sich blonde Haare.«

»Aber das steht mir nicht.«

Nunzia winkt ab. »Blödsinn. So siehst du tausend Mal besser aus, glaub mir. Viel weiblicher.« Sie beugt sich zu mir herunter und flüstert mir ins Ohr. »Und richtig sexy.« Sie zwinkert mir zu. Dann klebt sie mir Kunstnägel auf und lackiert sie blau, auf jeden kommt noch ein Glitzersteinchen.

Ich zupfe an den Locken herum. Diese Püppchen-Haare machen mein Gesicht fett. »Ich weiß nicht ... Kannst du mir nicht wenigstens diese Dinger wegmachen?«

»Blödsinn. Die sind das Beste! Meer ist heute natürlich verboten. Du darfst die Haare auf keinen Fall nass machen, die Frisur muss halten. Und heute Abend ist Junggesellinnen-Abschied. Ich hol dich um zehn Uhr ab. Ab aufs Sofa, jetzt kümmere ich mich um Mitzi.«

Wir sitzen erschöpft auf der Terrasse und schlürfen Cappuccino. »Du schaust aus wie die Mutter von Rudolph Moshammer«, sage ich. Damit spiele ich auf ihren neuen lilafarbenen Stich an. Ihre Haare sind kürzer und nach innen geföhnt, sie sieht alt aus, aber das behalte ich lieber für mich. Auf jeden Fall ist die neue Frisur angemessener als die roten Fransen, die sie vorher hatte. »Du siehst so ... äh ... würdevoll aus.«

»Wie die Moshammerin? Geh!« Beleidigt schürzt sie die Lippen. »Die alte Schachtel? Auf deinen Junggesellinnen-Abschied kannst fei allein gehen. Ich pass derweil auf die Hanna auf. Damit du auch mal einen Spaß hast, gell? Mir scheint´s, den brauchst du dringend. Außerdem schaust du fei aus wie die Prinzessin Sissi, nur in Blond.« Meine Mutter grinst. Dann sagt sie ein bisschen wehmütig: »Den Film hab ich an dem Abend zum ersten Mal gesehen, als ich Gaetano kennengelernt habe.«

Ich verbrenne mir die Lippen am Cappuccino. Es ist das erste Mal, dass sie von sich aus etwas über meinen Vater erzählt. Einfach so. Jetzt bloß nichts Falsches sagen. »Echt?«

»Wir hatten damals erst ganz kurz einen Fernseher und haben immer die Nachbarn eingeladen, wenn ein Film lief. Als *Schicksalsjahre einer Kaiserin* kam, hab ich in dieser neuen *gelateria* eine Eisbombe für alle geholt.«

»Und da hast du ihn getroffen?«

Sie nickt. »Ab da war ich fast jeden Nachmittag dort. Ein so ein schöner Mann, dunkel und temperamentvoll, weißt. Und er hat mich immer zum Lachen gebracht. Er hat dann solche Grübchen bekommen. Ich steh auf Grübchen.« Sie zwinkert mir zu.

Ich denke an Silvo und ein Lächeln zuckt um meine Mundwinkel. »Ich auch.«

»Er hat mir von Sizilien und vom Meer erzählt und mir beigebracht, wie man Spaghetti isst. Die gab´s ja damals in Deutschland noch nicht, des war alles neu. Er hat mir gezeigt, wie man sie um die Gabel wickelt, und wir haben uns mit Soße vollgespritzt.« Sie gluckst in sich hinein.

»Mit Tomatensoße?«

Sie nickt wieder. »Er hat immer ein Rezept von seiner Mutter gekocht, weil das gegen Heimweh hilft, hat er gesagt.«

»Wusste ich´s doch.«

»Was?«

»Die Magie von Tomatensoße. Du glaubst ans Universum, ich an Tomatensoße.«

Nunzia hupt draußen. So ein Mist. Ausgerechnet jetzt. Endlich hätte ich mehr über meinen Vater erfahren können.

»Erzählst du mir morgen weiter?«

»Mal schaun. Servus Sissi.« Meine Mutter lächelt.

»Ciao Else!« Ich winke und hüpfe die drei Treppenstufen hinunter in den Garten. Dann drehe ich mich noch mal um. »Und danke fürs Babysitten.«

Ich klettere in den roten Sporting und schmeiße die Tür hinter mir zu. »Wo steigt die Party?«

Nunzia grinst. »Im Ferienhaus von Ilarias Oma.« Sie trägt ein enges Rolling-Stones-T-Shirt, passend zum Aufkleber auf ihrem Auto.

»Ach ne«, sage ich. »Ich dachte, in einer Strandbar oder in einer Disco. Wenn ich schon mal ausgehen kann ...«

»Ist doch egal, Hauptsache Spaß.« Nunzia brettert durch die Dunkelheit einen Feldweg entlang und scheint es gar nicht zu merken, dass der Sporting ständig in irgendein Schlagloch rummst. Ich drücke mich in den Sitz und versuche, mich mit der linken Hand an der Kante festzuhalten. Mit der rechten stütze ich mich am

Handschuhfach ab. Ich habe immer noch nicht die perfekte Position für die wilden Fahrten mit Nunzia gefunden. Als sie endlich vor einem heruntergekommenen Bungalow abbremst, habe ich Schweißflecken unter den Achseln.

»Ciao«, grüßt Nunzia in die Runde, als wir ins Wohnzimmer kommen. Auf einer Stuhlreihe entlang der Wand sitzen nur Frauen, ungefähr von fünfzehn bis vierzig. Ilaria thront auf einem Stuhl in der Mitte des Raums und kichert. Sie schaut zur Küchentür und trippelt mit den Füßen auf dem Boden herum.

»Wir haben es gerade noch rechtzeitig geschafft«, flüstert mir Nunzia zu. »Jetzt kommt die Überraschung.«

In diesem Moment schwingt die Küchentür auf und eine gigantische Torte wird hereingetragen. Ich starre das Monstrum an. Das kann doch nicht sein. Ich blinzle, schaue noch mal genau. Doch. Es hat die Form eines riesigen Penis, über dem Sternwerfer-Funken niederregnen. Mit roter Spitze und Marzipaneiern und braunen Schokoladenhaaren. Ilaria schlägt die Hände vor den Mund und kreischt. Die Torte senkt sich und gibt ein Gesicht mit Pferdezähnen und fliehendem Kinn frei. Concetta. Verdammt, was macht die denn hier?

»Selbst gebacken!«, plärrt sie durch den Raum.

Die Frauen lachen und klatschen in die Hände, stürmen in die Mitte des Wohnzimmers und drängeln sich mit ihren Geschenken um Ilaria herum. Ich bleibe wie versteinert auf meinem Stuhl sitzen und beobachte, wie sie Geschenkpapier aufreißt. Sie johlt unter dem Applaus der Frauen wieder und wieder, und ihre Wangen werden immer röter. Erst kommt ein Penis-Schlüsselanhänger zum Vorschein, dann ein Armkettchen mit lauter kleinen Penissen daran, ein Feuerzeug mit dreidimensionalem Penis-Aufdruck. Dann eine Schürze mit nackter Frau, gefolgt vom Pendant mit nacktem Mann, verschiedene Tangas in Rot und Schwarz, einer auch für Männer. Der Höhepunkt ist ein Vibrator. »Falls alles andere nichts hilft«, krakeelt Concetta und lacht hysterisch.

Zum Glück ist Hanna nicht hier!

Ich möchte versinken, genau hier, mitten zwischen den blitzblanken Fliesen von Großmutters Ferienhaus. Die arme Oma! Wenn die wüsste, was in ihrem Wohnzimmer gerade für eine Party steigt. Zum Glück nimmt niemand Notiz von mir, meinen Püppchen-Locken, meinen Schweißflecken und meinem desolaten Seelenzustand. Ich muss nachdenken. Und zwar darüber, ob ich wirklich eine echte Sizilianerin sein will.

Oh nein, sie hat mich bemerkt. Concettas Blick trifft mich wie Eisspray und ihre Mundwinkel wandern höhnisch nach unten. »Das ist wohl unter dem Niveau unserer deutschen Prinzessin«, ruft sie herüber und das Lachen im Raum erstirbt. Die Gäste starren mich an. Alle. Auch Ilaria, die rotwangig zwischen ihren Sextoys sitzt, und deren Schultern jetzt herunterhängen.

Ich lächle gequält. »Nein, nein, ich finde das total lustig. Ehrlich!« Ich höre selbst, dass ich nur jämmerliches Gestammel zustande bringe.

Concettas Blick lässt mich schockgefrieren. »Ilaria, ich hab dir gleich gesagt, du sollst sie nicht einladen.«

Ich blinzle und lese in den Gesichtern der Frauen, dass ich ihnen den Spaß verdorben habe, mit meiner deutschen Biederkeit. Ilaria presst die Lippen zusammen.

»*Dai*. Lass sie in Frieden.« Nunzia stellt die Stereoanlage an und Italopop füllt das quälende Schweigen. »Das Buffet ist eröffnet.« Die Frauen zerstreuen sich und das Gemurmel wird wieder lauter. Nunzia kommt zu mir und setzt sich neben mich.

»Danke«, sage ich.

»Du könntest nächstes Mal schon ein bisschen mehr *di compania* sein«, sagt sie, und ihr Vorwurf ist schlimmer als Concettas Eisblick und die Verachtung aller Frauen im Raum zusammen. »Aber das Wort kennt ihr Deutschen wahrscheinlich gar nicht, mit eurer ewigen Individualität. Es bedeutet, dass man sich der Gruppe anpasst und sich so benimmt, dass die anderen Spaß mit einem haben. Also das Gegenteil von: Ich sitze mit borniertem Gesichtsausdruck in der Ecke und mache nicht mit.«

Ich schweige betreten. Sie hat recht, und meine Mutter auch. Ich bin eine richtige Karussellbremserin. »Sie können mich nicht leiden, oder?«

Nunzia stößt mich mit dem Ellenbogen an. »Na komm. *Next try*. Wenn sie dich besser kennen, werden sie dich mögen.«

Will ich überhaupt, dass die mich mögen? Ich glaube eher nicht. »Was macht denn eigentlich Concetta hier?«, frage ich.

»Sie ist Ilarias Schwester.«

»Was?« Ich starre Nunzia an. »Habe ich etwa noch eine Schwester?«

»Nein, Ilaria hat einen anderen Vater.«

»Warum hast du mir das nicht gesagt?«

»Warum sollte ich?«

»Du weißt genau, dass ...«

»Wärst du dann nicht zur Hochzeit gekommen, oder was?« Ihre Stimme klingt gereizt. »In Sizilien musst du dich mit deiner Familie arrangieren, so ist das eben. Da kannst du nicht immer weglaufen.«

»Aber wenn Concetta die Schwester der Braut ist, dann ist Rosalba doch die Brautmutter.« Meine Stimme klingt irgendwie verzweifelt.

»Natürlich.« Nunzia zuckt die Schultern. »Wolltest du nicht, dass deine Mutter sich mit ihrer Vergangenheit auseinandersetzt?«

»Ja schon. Aber doch nicht auf der Hochzeit, vis-a-vis mit ihrer Todfeindin.« Ich sehe sie schon vor mir, die dystopische Kämpferin, nur diesmal nicht mit rotem Strahlenkranz, sondern mit lila Schnecken. Und vor Else Moshammer habe ich mehr Respekt als vor jeder Kriegerin.

Concetta drückt mir einen Plastikteller in die Hand. »Das beste Stück für dich. Mit *amore*«, feixt sie. Sie hat ihr Kunstwerk lustvoll mit dem Messer zerlegt und vor mir leuchtet die rote Spitze. »Für unseren Gast das beste Stück.« Sie leckt sich mit der Zunge über die Lippen und die Frauen lachen.

Gequält lache ich mit.

»Immer noch besser als die Haare«, kichert Nunzia.

Ich schiebe mir ein Stück Penis in den Mund. Eigentlich kann es morgen gar nicht schlimmer werden.

Rivalinnen

Es ist sechs Uhr morgens und Nunzia stylt uns für die Hochzeit. »Schau«, sagt sie und dreht den Stuhl so, dass ich mich im Spiegel sehe. Ich erschrecke schon wieder. Meine neuen blonden Locken, an die ich mich noch immer nicht gewöhnt habe, sind zu einem geschneckelten Berg aufgeschichtet. Darunter blickt mir das Gesicht einer Opern-Diva entgegen. Unter der dicken Schicht Make-up sind meine Gesichtszüge verschwunden und Nunzia hat mir einfach neue aufgemalt. Ich bin fertig für die Hochzeit.

»Das bin ich nicht«, flüstere ich und berühre den Schneckenberg mit den Fingerspitzen. Er ist bretthart und knistert.

»Toll, oder?« Nunzia strahlt über meine Schulter.

Zia Mimma klatscht auf dem Stuhl neben mir in die Hände. »*Bellissima*!«

Meine Mutter grinst still in sich hinein.

»Lach nicht so blöd«, fauche ich sie an. »Else!«

»Andere Länder, andere Sitten«, feixt sie. »Du wolltest doch eine echte Sizilianerin sein, oder? Des hast jetzt davon.« Ihre Haare sind zu einer original moshammerschen Föhnwelle drapiert, so als hätte ihr der Schirokko direkt durchs violette Haar gestrichen. Sie trägt wirklich ihren braunen Hosenanzug aus verknittertem Leinenstoff, der sich mit dem lila arg beißt, und eine Kette aus grau-schwarzem Vulkanstein.

»Ich dachte, das mit dem Hosenanzug war ein Witz«, flüstert mir Nunzia zu.

»Meine Mutter macht nie Witze.«

»So kann Mitzi aber nicht auf der Hochzeit erscheinen.«

Das hat sie gehört. »Die sollen froh sein, dass ich überhaupt erscheine.«

»Du solltest froh sein, dass sie dich überhaupt eingeladen haben«, sage ich. »Und ich würde mir gut überlegen, ob du nicht ein bisserl ... also, selbstbewusster auftreten willst. Die Rosalba kommt nämlich auch.«

Meine Mutter fährt herum und starrt mich mit weit aufgerissenen Augen an. »Die Rosalba? Die hinterfotzige Blunzen, die ogsoachte Brunzkachl, die ...« Ihr Strahlenkranz beginnt zu flackern und sie schnappt nach Luft.

Ich nicke. »Sie ist die Brautmutter.«

»Himmiherrschaftszeitensakramentfixhallelujanochamal! Und des sagst du mir erst jetzt?« Sie schüttelt den Kopf, dass ihre lila Föhnwelle nur so wackelt. »Ich komme nicht!«

»Du wirst dir ja wohl nicht von der Rosalba vorschreiben lassen, wo du hingehst.« Ich senke die Stimme. »Oder hast du etwa Angst vor ihr?«

»Angst? Ich hab keine Angst!« Ich muss sagen, so ein violetter Kämpferinnen-Strahlenkranz hat auch was für sich. »Nunzia, ordentlich Rouge, dramatischer Lidstrich.« Sie zeigt auf das Make-up-Arsenal. »Aber *pronto*! Wann findet die standesamtliche Trauung statt?«

Zia Mimma schaut sie verständnislos an.

»Standesamt gibt es hier nicht«, erklärt Nunzia, während sie im Gesicht meiner Mutter herumpinselt. »Es passiert alles in der Kirche.«

»Ist mir wurst. Wann?«

»Um drei. So, du bist fertig.« Nunzia betrachtet zufrieden ihr Werk.

Meine Mutter steht auf und stemmt die Arme in die Hüften. »Dann hab ich ja noch genügend Zeit, ein Kleid zu kaufen. Auf geht´s, Linda, pack ma´s.«

Den ganzen Vormittag über finden verschiedene Fotoshootings in den Häusern der Brauteltern statt, und endlich kann Zia Mimma den Plastikbezug vom Sofa entfernen. Es wird zwar nur die Verwandtschaft ersten Grades abgelichtet, aber Hanna soll trotzdem dabei sein, damit sie auch ein Kind auf den Bildern haben. Fürs Herz. Nunzia hat ihr ein weißes Kleid mit goldenen Blumen besorgt, dazu passende Ballerinas, und ihr eine Flechtfrisur gemacht, in der Stoffrosen stecken. Hanna strahlt und schaut immer wieder andächtig in den großen Spiegel über der Anrichte. Es ist mir ganz recht, wenn sie beschäftigt ist, dann habe ich genug Zeit und vor allem Nerven, mit meiner Mutter shoppen zu gehen. Damit kenne ich mich ja neuerdings aus.

»Ist was mit dem Kleid nicht in Ordnung?« Die Oberverkäuferin kommt mir besorgt entgegen, als ich die Glastür zum Geschäft aufziehe.

»Alles bestens«, sage ich. »Wir brauchen noch ein Kleid für meine Mutter. Auch Deutsche. Dieselbe Hochzeit. Lila. Und schnell.«

Es dauert tatsächlich nur eine halbe Stunde, bis meine Mutter eine dunkelviolette Satin-Robe mit tüchtig Ausschnitt erstanden hat, in der sie so ungewohnt aussieht wie Angela Merkel bei der Eröffnung der Wagner-Festspiele. Wir essen eine Mini-Pizza in der Bar und finden uns pünktlich um halb drei Uhr geschniegelt und gebügelt bei Zia Mimma ein, wo Nunzia gerade mit ihrem Vater schimpft.

»*Papà*, du hättest das Auto ruhig waschen können!«

Sein Panda ist so staubig, dass man das Hellblau gar nicht mehr durchsieht.

»Männer sind einfach zu nichts nütze!« Zia Mimma hebt die Hände zum Himmel und verzieht ihr Gesicht. »Wir können doch nicht mit dem dreckigen Ding vor die Kirche fahren. Wir sind die Eltern des Bräutigams.«

Zio Calzone schaut schuldbewusst drein. »Das mache ich schon noch.« Er setzt sich ans Steuer und fährt los.

Ich schaue auf die Uhr. »Müssen wir nicht los?«

Nunzia winkt ab. »Es ist so heiß, da können wir ruhig etwas später kommen.«

Wir sitzen also zum Termin der Trauung nicht in der Kirche, sondern drängen uns in unseren Cocktailkleidern auf dem Fleck Schatten, den der Balkon über uns spendet. Vor uns flimmert die Straße in der Hitze. Ich wackle auf den Stilettos und meine Schminke verläuft langsam. Das Thermometer zeigt achtunddreißig Grad. Als Zio Calzone wieder vorfährt, ist das Auto noch genauso dreckig wie vorher. »Das Wasser in der Waschanlage ist aus«, ruft er aus dem Fenster.

»Ausgerechnet an Amedeos Hochzeit!« Zia Mimma schlägt die Hände vors Gesicht.

Nunzia sieht es etwas pragmatischer. »Zumindest sind wir dann nicht die Einzigen mit dreckigem Auto.«

»Aber wir sind die Eltern des Bräutigams!«

Alles Gejammer hilft nichts. Wir müssen los, eigentlich hätte die Trauung schon vor einer halben Stunde beginnen sollen. Zia Mimma, Nunzia, Hanna und ich drängen uns auf die Rückbank, meine Mutter nimmt vorne Platz. Mit Tempo sechzig fährt uns der Zio durch die Schlaglöcher, um die Kurven, die steilen Gassen hinauf und hinunter. Hanna juchzt bei jedem Rumms. Nicht einmal der Fahrtwind, der durch die geöffneten Fenster reinbläst, schafft es, auch nur eine minimale Veränderung an unseren lack-gehärteten Frisuren auszurichten. In der Hitze vermischen sich die Düfte von vier Parfums und Zio Calzones Rasierwasser. Mir ist schlecht.

»Dieses Auto hat schon zweihundertfünfzigtausend Kilometer drauf«, ruft Zio Calzone und streichelt das Lenkrad. »Mit dem könnte ich noch bis nach Deutschland fahren. Wisst ihr, dass der Panda 1984 sogar bei der Rallye Paris-Dakar dabei war?«

Rumms. Schlagloch.

»Dein Panda?«, frage ich.

»Nicht meiner. Aber der Panda an sich.«

Zia Mimma und Nunzia verdrehen die Augen.

»Dieses Auto hat eine Seele!«

»Eine sehr staubige Seele«, knurrt Zia Mimma.

Zio Calzone hält genau vor der Freitreppe, deren dreihundert Stufen zur Kirche hinaufführen, und hupt. Der Kirchplatz ist voll, die Trauung hat noch nicht begonnen. Wir winden uns unter dem Blick der Hochzeitsgäste aus dem Panda und jetzt bin ich unendlich froh, dass ich

Nunzias Styling habe über mich ergehen lassen. Obwohl ich noch nie in meinem Leben so aufgerüscht war, fühle ich mich underdressed. Die anderen Gäste sehen aus, als würden sie an einem royalen Galaabend teilnehmen. Mindestens.

Die sizilianischen Frauen versuchen gar nicht erst, ihre Pölsterchen zu verstecken. Dekolletés quellen verheißungsvoll, Nähte sind fast zum Zerreißen gespannt, Hüften werden stolz zur Schau gestellt. Sie explodieren vor Körperlichkeit. Ich fühle mich blass und kantig, straffe die Schultern und hoffe, nicht aufzufallen. Einen Moment lang wünsche ich mir, dass meine Mutter doch ihren braunen Hosenanzug tragen würde, einfach nur, damit ich neben ihr ein wenig mehr strahlen könnte.

»Ich hab´s dir ja gesagt. Die Oscar-Verleihungen sind nichts gegen eine sizilianische Hochzeit«, raunt mir meine Mutter zu und stolziert mit hoch erhobenem Kopf auf die Treppe zu, als hätte sie noch nie etwas anderes gemacht.

Ich schlucke. »Und wie sollen wir mit den Absätzen jetzt da hochkommen? Ohne Geländer?«

Sie bietet mir ihren Arm und ich hake mich unter.

»Schritt für Schritt. Und stolz. Auf geht´s, Sissi.«

»Zu Befehl, Else.«

Als wir oben ankommen, zittern meine Beinmuskeln vor Anstrengung, doch wir haben es ohne größere Wackler geschafft, die Freitreppe zu erklimmen. Ich tupfe mir den Schweiß vom Gesicht und auf dem Taschentuch bleiben Make-up-Flecken zurück.

Die Männer tragen alle das gleiche: schwarze, dunkelblaue oder dunkelgraue Anzüge mit Glanz-Effekt. Dazu blitzeblank geputzte Schuhe und dunkle Krawatten. Die Hemden variieren in Rosa-Tönen, von Pastell bis Knallpink. Scheint in Mode zu sein.

»Mama, da ist Silvo!«, ruft Hanna und zieht an meinem Kleid. Mein Magen krampft sich zusammen. Da steht er, Mitten in einer Gruppe Männer. Er schaut in die andere Richtung, hat uns noch nicht gesehen.

»Und wer ist jetzt des?«, fragt meine Mutter.

»Das ist der Silvo von der Seenotrettung«, sagt Hanna. »Er hat Mama aus den Brechern gezogen und ihr ...«

»Hanna!« Ich laufe rot an.

»Verstehe.« Meine Mutter nickt.

»Was gibt´s da zu verstehen?«

»Dein Gspusi ist er halt, des ist doch glasklar.«

»Was ist ein Gspusi?«, fragt Hanna.

»Ein guter Freund«, knurre ich.

»Ein sehr guter Freund.« Meine Mutter grinst und mustert Silvo. »Der wohnt bestimmt noch bei seiner Mama, oder?«

»Ja, und?«

»Verstehe.« Sie nickt schon wieder so blöd, aber zum Glück kann sie nicht weiter auf das Thema eingehen, weil jetzt Unruhe über den Kirchplatz zieht.

»Sie kommen!« Zia Mimma läuft dem Rolls Royce entgegen, der auf dem Kirchplatz einfährt und direkt vor dem Portal hält. Zuerst steigt Amedeo aus. Unter seinem schwarz glänzenden Anzug lugt eine goldene Weste hervor, und eine silber-goldene Krawatte mit floralem Muster. Das gleiche wie auf Zia Mimmas Schal. Sie stellt sich neben Amedeo und zupft ein wenig an ihm herum. Eigentlich müsste er in seinem dunklen Anzug zerfließen, aber er ist blass wie ein Fischfilet. Hinter den beiden steht ein Mädchen, vielleicht zwei oder drei Jahre alt, in einem Miniatur-Brautkleid mit Schleppe.

»Was macht denn das Kind da?«, frage ich.

»Das ist Ilarias Nichte. Sie wirft die Blumen und bringt die Ringe«, flüstert mir Nunzia zu.

»*Bello*«, sagt Hanna.

»Schau!« Ich stoße meine Mutter mit dem Ellenbogen an. Concetta betritt den Kirchplatz, neben ihr eine Frau in einem goldfarbenen Kostüm mit extrabreiten Schultern und Spitzkragen. Sie hat sogar goldenen Glitzer im Haar, schreitet mit hoch erhobenem Kopf direkt auf uns zu. Sie sieht aus wie die Kommandantin eines Raumschiffs. Das muss sie sein. Die Brautmutter. Rosalba.

Meine Mutter drückt die Brust heraus. »Die schaut ja noch schiacher aus als früher.«

Rosalbas Blick scannt über die Gäste und bleibt an uns hängen. Schweift weiter, stoppt. Fliegt zurück. Ihr Gesicht verhärtet sich zu dem gleichen eisigen Ausdruck, den ich schon von Concetta kenne, und ihre Lippen öffnen sich über den Pferdezähnen und dem fliehenden Kinn zu einer abfälligen Grimasse.

»Hinterfotzige Blunzen«, zischt meine Mutter.

Auch Rosalbas Lippen bewegen sich, und obwohl ich sie nicht hören kann, bin ich sicher, dass sie nichts Schmeichelhaftes von sich gibt. Dann kommt sie mit vorgerecktem Kinn auf uns zu. Sie ist noch etwa zwanzig Meter von uns entfernt, da ruft sie herüber: »Was hast du gesagt, *stronzetta*?« Dabei gestikuliert sie in der Luft herum. »Hast du mich beleidigt? Ausgerechnet du?«

Die ersten Gäste drehen sich nach den beiden um. Moshammer gegen Star Trek. Das kann was werden.

»Ach du scheiße.« Nunzia spürt die schwarze Höllenenergie, die sich zwischen den beiden Frauen manifestiert, und schaut mich alarmiert an.

»Ich hab dir ja gesagt, dass es keine gute Idee ist, meine Mutter ausgerechnet auf der Hochzeit ...«

»Halt sie auf.« Nunzia schubst mich gegen die Schulter.

»Wie denn?« Ich sehe mich hektisch um. Die beiden stöckeln aufeinander zu. Concetta folgt ihrer Mutter, also gehe ich Mitzi hinterher, mitten hinein in den Kreis, der sich auf dem Kirchplatz gebildet hat. Die Augen der Gäste brennen auf meiner Haut, ich höre sie tuscheln und kichern. »Mama, nicht«, flüstere ich. »Komm zurück.« Ich greife nach ihrem Arm, doch sie schüttelt mich ab. »Liebe und Mitgefühl sind die Grundlage für den Weltfrieden«, versuche ich es, aber nicht einmal der Dalai Lama dringt jetzt zu ihr durch. Die beiden Schlachtschiffe stehen voreinander und starren sich an.

»Schau an, die deutsche *zoccola*«, höhnt Rosalba. »Du bist ganz schön alt geworden. Und fett.«

Meine Mutter stemmt die Hände in die Hüften. »Obacht! So a Packerl Watschn is glei aufgmacht«, sagt sie auf Bayerisch, aber Rosalba versteht sie auch so.

»Was hast du hier zu suchen?«

»Ich besuche meine Familie«, tönt meine Mutter zurück, diesmal in lupenreinem Italienisch.

»Du hast hier keine Familie.« Rosalba zieht ihre Mundwinkel nach unten. »Keiner will dich haben. Verpiss dich dahin, wo du hergekommen bist, und versau uns nicht unsere Hochzeit.« Sie spuckt einen schleimigen Batzen auf das Pflaster.

Meine Mutter schubst Rosalba an der Schulter, da ruft die *Nonna*: »Genau!« Sie hat sich von rechts hinten angeschlichen, ich habe sie gar nicht bemerkt. »Eine Schande bist du.« Sie wackelt mit ihrem Zeigefinger und zeigt anklagend auf meine Mutter. »Immer schon gewesen. Du hast mir meinen Sohn gestohlen.«

Der Satz zerschneidet die Nachmittagshitze. Die Gäste halten den Atem an, es herrscht absolute Stille. Mitzis Gesichtszüge sinken herab und ihre Arme hängen plötzlich nutzlos am Körper herunter. Ihr Strahlenkranz erlischt und sie schwankt auf ihren Absätzen. Ich springe zu ihr und hake sie unter, bevor sie mir hier mitten auf dem Kirchplatz umkippt.

»Lasst sie in Ruhe!«, fauche ich.

»Sie hat mich schon immer gehasst«, flüstert meine Mutter. »Ich hätte nicht herkommen dürfen.« Ihre Stimme hat jede Kraft verloren.

»*Silenzio*!« Zio Calzone betritt den Kreis und baut sich zwischen den beiden Frauen auf. »Du«, er zeigt auf *Nonna*, »bist sofort still. Du hast schon genug angerichtet. Und sie«, er zeigt auf meine Mutter, die schnell eine Träne wegblinzelt, »ist unser Gast. Sie gehört zu unserer Familie. Wir haben sie eingeladen und wir wollen sie hier haben. Alle.« Sein Zeigefinger wandert über die ganze Hochzeitsgesellschaft. »Jetzt wird geheiratet. Und zwar friedlich.«

Applaus brandet auf und Nunzia nutzt die Situation, packt meine Mutter am Arm und zieht sie mit sich. »Komm, lass uns reingehen.«

»*Bagascia!*«, kreischt ihr Rosalba hinterher.

Meine Mutter hat sich wieder gefasst. »*Vipera!*«, schreit sie über die Schulter zurück. »Rasier dir erst mal deinen Damenbart!«

»Mitzi!«, zische ich.

»Ist doch wahr.«

Wir bugsieren meine Mutter mit vereinten Kräften in die dämmerige Kirche. Am Weihwasserbecken gibt es einen kleinen Stau. Silvo bekreuzigt sich gerade und macht einen tiefen Knicks in Richtung Jesus, dann kommt er auf mich zu.

»Ich hätte dich fast nicht erkannt. Du bist so ... äh ... blond.« Er küsst mich links und rechts auf die Wange und mein Gesicht glüht noch mehr als gerade eben auf dem Kirchplatz. »Das ist deine Mutter?« Er nickt Richtung Mitzi.

Ich hebe entschuldigend die Hände.

»Respekt.« Er grinst. »Warum hat Rosalba denn so einen Hass auf sie?«

»Das ist eine lange Geschichte.«

»Erzählst du sie mir mal?«

»Vielleicht später. Ich muss zu den anderen.«

»Also dann, bis später«, sagt Silvo und setzt sich in eine der hinteren Bänke.

Ich schiebe mich weiter nach vorne durch und quetsche mich in der dritten Reihe zu Nunzia, meiner Mutter und Hanna auf die Bank. Dann sehe ich mich um. Die Barockkirche ist über und über mit weißen Blumen geschmückt, die Decke ist mit pastellfarbenen Fresken bemalt und an der Wand hängt ein Schild mit einem durchgestrichenen Telefon: *Handy aus! Gott ruft dich nicht an.*

Neben dem Altar baut ein Film-Team gerade seine Ausrüstung auf, Amedeo und Zia Mimma stehen daneben
wie zwei Statisten. »Was macht denn das Fernsehen
hier?«, raune ich Nunzia zu.

Sie schaut mich mitleidig an. »Das ist nicht das Fernsehen. Die drehen nur den Hochzeitsfilm.«

»Aha.«

Sie reicht uns Fächer, und dankbar ahme ich die anderen Frauen nach, die sich damit Luft zuwedeln. Rosalba
sitzt in der ersten Reihe, aber zum Glück auf der anderen
Seite des Mittelgangs. Meine Mutter hat sie trotzdem entdeckt.

»Ogsoachte Brunzkachl«, knurrt sie.

»Mitzi, wir sind in der Kirche!«

Als der Hochzeitsmarsch ertönt, steht der Regisseur
breit im Mittelgang, die Kamera vor dem rechten Auge,
die Zungenspitze im Mundwinkel, und wartet auf den
Einzug der Braut. Da ist sie. Ilaria. In genau demselben
Kleid wie das kleine Mädchen, das vor ihr herläuft und
Blütenblätter streut. Zwischen den ersten beiden Bänken
ist ein transparentes Band gespannt, das in der Mitte zu
einer Schleife gebunden ist. Der Brautvater nestelt daran
herum, bekommt sie nicht auf. Ilarias Gesichtszüge
sacken nach unten. Die Gäste scharren unruhig mit den
Füßen, die Kleider rascheln, die Fächer schwingen.

»Jetzt mach schon. Wir haben das doch geübt«, zischt
sie zwischen den Zähnen hervor.

Der Regisseur hält die Kamera erbarmungslos auf den
Brautvater, der schon ganz rot im Gesicht ist und immer
fahriger wird. Am liebsten würde ich aufstehen und ihm
helfen, aber jetzt gibt das Band zum Glück nach. All-

gemeines Aufatmen. Nun kann er seine Tochter zu Amedeo führen, der vor dem Altar steht, als hätte sein letztes Stündlein geschlagen.

Endlich geht es los. »Ich bitte die anwesenden Damen, die Regeln der heiligen Kirche zu respektieren«, dröhnt der Pfarrer. »Schultern bedeckt halten, Sonnenbrillen runter, Handys aus.« Sein strenger Blick bleibt an mir hängen. »Und nicht die Beine übereinanderschlagen.«

Schnell stelle ich mein nacktes Knie ab, das sich durch den Schlitz des Kleides gedrängt hat, und zupfe den Stoff zurecht.

»Mei, diese Katholiken sind vielleicht verklemmt«, raunt mir meine Mutter zu und fängt sich dafür einen strafenden Blick vom Hochwürden ein.

Die Messe ist lang. Verdammt lang, und außerdem stinklangweilig. Hanna rutscht hin und her, blättert erst im Gesangsbuch und fängt dann an, an ihrem Fächer herumzuzupfen.

»Das dauert ja ewig«, flüstere ich meiner Mutter nach ungefähr einer Stunde zu, was diesmal mir einen strafenden Blick des Pfarrers einbringt. Er sieht alles, genau wie Gott. Ich weiß schon, warum ich mich in Kirchen unwohl fühle.

Nonna dreht sich um, wirft uns einen giftigen Blick zu und gestikuliert uns wütend an.

»Schiache Hexen«, flüstert meine Mutter.

Strafender Blick des Pfarrers.

»Wahrscheinlich hat sie mir damals irgendein Kraut untergemischt oder mir einen Fluch angehängt, und die Lucia ist deshalb gestorben. Schau doch mal, was die für ein hundsmiserables Karma hat.«

»Was?« Ich starre sie an und dann den krummen Rücken der *Nonna* vor uns. »Glaubst du das wirklich?«

»Beweise hab ich keine, aber gedacht hab ich mir des fei schon öfter. Dieses ganze Dorf mit seinen Flüchen und Hexereien und Kräutermischungen. Vielleicht hat mir irgendwer den bösen Blick angehängt. Wenn ich diesen ganzen negativen *vibrations* hier nicht ausgesetzt gewesen wäre, hätte ich euch beide gesund auf die Welt gebracht, da bin ich sicher.«

»*Signora!*«, poltert der Pfarrer und alle Gäste drehen sich nach uns um. Schon wieder.

»Pssst!«, macht Hanna.

Zio und Zia bereuen es bestimmt, dass sie uns eingeladen haben. Und Ilaria erst. Ich schaue auf meine Knie, die folgsam aneinander lehnen, und boxe meiner Mutter den Ellbogen in die Rippen. Endlich ist sie still. Rosalba und Concetta mustern uns von der anderen Seite des Mittelgangs mit ihren höhnisch herabgezogenen Mundwinkeln, als wären wir Aussätzige. Und irgendwie sind wir das ja auch.

Meeresgetier

Die Luft ist heiß und stickig. Ich atme nur noch Weihrauch und mir ist schwummerig. Immer wieder knien und stehen, knien und stehen. Meine Füße schwellen in den Stilettos an, die Schnalle drückt sich schon ins Fleisch. Ich halte es gleich nicht mehr aus. Ich unterdrücke ein Gähnen, nicht dass mich der Pfarrer wieder so böse anschaut. Allerdings schwächelt sogar er. Ihm entgeht, dass ein Kind den Mittelgang entlangläuft, die Mutter hinterher. Er sieht auch nicht, dass immer mehr Gäste Handys angeschaltet haben und darauf herumtippen.

Endlich werden die Ringe getauscht. Der Regisseur schleicht um den Pfarrer und das Brautpaar herum. »Nochmal!«, unterbricht er den Hochwürden und der Pfarrer klappt den Mund brav wieder zu.

»Diese Filmfuzzis haben mehr Macht als der Kuttenbrunzer«, raunt mir meine Mutter zu. »Des gefällt mir jetzt fei schon wieder.«

Der Kameramann richtet einen Scheinwerfer neu aus, Braut und Bräutigam legen die Ringe zurück auf das Kissen, welches das kleine Mädchen im Brautkleid hält. Dann nickt der Regisseur und es kann weitergehen. Endlich brandet Applaus durch die Kirche.

»Haben die jetzt wirklich die Ringübergabe zweimal gemacht? Für den Film?«, frage ich meine Mutter. Vielleicht habe ich mich ja verschaut.

»Ja mei, die Hochzeit dauert nur ein paar Stunden, aber der Film ist halt für die Ewigkeit.«

Ich glaube, ich will nie in Sizilien heiraten.

Wir lassen uns vom Strom der Gäste Richtung Ausgang schieben. »Da treibt es dem Herrn Jesus fei die Röte ins Gesicht«, flüstert mir meine Mutter zu und zeigt auf Concetta, die ihren viel zu tiefen Ausschnitt durch die Kirche schiebt, zumindest bis sich ihr Absatz zwischen zwei Pflastersteinen verfängt. Sie stakst wie ein Flamingo, beugt den Oberkörper nach vorne und rudert mit den Armen. Rosalba hakt sie unter und will sie vor einem Sturz retten, kommt aber selbst ins Straucheln. Concetta kreischt und stürzt aufs Pflaster, Rosalba auf sie drauf.

Meine Mutter gluckst in sich hinein. »Erst wenn man stolpert, achtet man auf den Weg.«

»Mitzi!«

»Ist doch wahr. So ist des halt mit dem Karma.«

Die Sonne brennt auf den Kirchplatz und das Film-Team hat alle Hände voll zu tun, die dreihundert Stufen hohe Freitreppe von streunenden Hunden, schaulustigen Touristen und Zio Calzones Panda mit der staubigen Seele zu befreien. Er steht immer noch mitten vor dem untersten Treppenabsatz.

»Die Rostlaube muss da weg!«, ruft der Regisseur. »Sofort!«

Zio Calzone schürzt beleidigt die Lippen und schaut in die andere Richtung, als hätte er nichts gehört. Zia

Mimma verpasst ihm einen Stoß mit dem Ellenbogen. »Los, park um.«

»Aber der stört doch niemanden. Ich dachte, er könnte mit auf die Fotos ...«

»*Subito*!« Zum Glück hat sie kein Besteck dabei.

In Zeitlupe schlendert der Zio auf sein Auto zu, lässt schließlich beleidigt den Motor aufheulen und verlässt das Set. Der Regisseur rollt einen roten Teppich aus, drapiert die Gäste darauf, lässt Tauben aus einer Kiste flattern, die Leute werfen Blütenblätter und Reis in die Luft, Prosecco sprüht und eine Folklore-Gruppe spielt Tarantella.

Ich kann nicht mehr. Noch nie im Leben haben mir meine Füße so weh getan. Sie sind geschwollen wie zwei aufgeweichte Semmeln. Ich lasse mich auf eine Stufe sinken und ächze.

»Die Kirche hast du schon mal überstanden«, sagt jemand hinter mir. Ich sehe auf. Silvo. »Fährst du bei mir mit zum Restaurant?« Er grinst und sein Grübchen kommt zum Vorschein. »Du darfst im Auto auch die Schuhe ausziehen.«

»Versprochen?«

»Versprochen.« Er reicht mir die Hand und hilft mir hoch. »Sie fährt bei mir mit«, ruft er Nunzia zu, und ehe sie protestieren kann, zieht er mich hinter sich her, die Treppenstufen hinab. Ich humple neben ihm her zu einem nagelneuen Alfa Romeo. Er öffnet mir die Tür, ich lasse mich auf den Beifahrersitz fallen und verschwinde erst mal im Fußraum, um die Schnalle meiner Schuhe zu lösen. Es hat ungefähr dreiundachtzig Grad in dem Auto, aber die Erleichterung darüber, dass ich endlich aus den

Schuhen rauskomme, überwiegt. Ich streife die Foltergeräte ab, reibe meine Füße aneinander, dann lasse ich mich im Sitz zurücksinken.

Silvo schaltet die Klimaanlage an und kalter Wind pustet auf mein verschwitztes Gesicht. Mein schöner Rockstar lächelt mich von der Seite an. »Besser?«

»Jaaa!«, kommt ein Seufzer aus meiner tiefsten Seele.

Er reiht sich in den Autokorso der Gäste, dann betrachtet er mich. »Ich hab mich noch immer nicht an deinen neuen Look gewöhnt.«

»Ich mich auch nicht.« Ich verziehe das Gesicht zu einer Grimasse. »Ich komme mir vor wie eine Puppe. Meine Mutter sagt, ich sehe aus wie Prinzessin Sissi, nur in Blond.«

Er lacht. »In echt gefällst du mir jedenfalls besser.«

Ein Lächeln huscht über mein Gesicht. Er mag keine aufgebrezelten Blondinen, er mag mich lieber so, wie ich wirklich bin.

»Also, was ist das für eine Sache zwischen deiner Mutter und Rosalba?«

Ich erzähle ihm die ganze Geschichte. »Irgendwas stimmt da nicht. Der Arzt verheimlicht etwas, und die *Nonna* verhält sich so feindselig, als würde sie meiner Mutter nach all den Jahren immer noch die Pest an den Hals wünschen. Sie weiß mehr, als sie sagt, da bin ich sicher, und sie hat eine Heidenangst, dass es auffliegt. Aber ich weiß nicht, wie ich die Wahrheit aus ihr herausbekommen soll.«

Silvo reibt sich die Nase. Dann grinst er.

»Was?«

»Nichts.« Er winkt ab und stimmt in das Hupkonzert ein, das der Autokorso am Ende des Dorfes veranstaltet. Wir biegen auf die Küstenstraße, jetzt geht es schneller voran.

»Was ich dich fragen wollte: Warum hast du eigentlich einen Schlüssel zu Gaetanos Haus?«

»Die *Nonna* schickt mich manchmal hin, damit ich nach dem Rechten sehe, lüfte und mich ein bisschen um den Garten kümmere. Sie hofft immer noch, dass Gaetano eines Tages zurückkommt.« Ein melancholisches Lächeln spielt um seinen Mundwinkel. Irgendwas an ihm ist anders. Schon den ganzen Nachmittag ist mir aufgefallen, dass er ruhiger ist als sonst. Irgendwie traurig.

»Und, wie läuft dein neuer Job?«, frage ich ihn. »Hast ja ein schickes Auto.«

»Lass uns von etwas anderem reden. Glaub mir, ich hätte lieber mein altes Auto zurück und dafür ein paar Bilder weniger im Kopf.«

»So schlimm? Ich stelle es mir grässlich vor, die ganze Zeit mit Leichen zu tun zu haben ...« Ich schüttle mich.

»Ist es auch.« Er beißt die Zähne zusammen und ich sehe, wie seine Kiefermuskeln hervortreten.

»Magst du drüber reden?«

»Ich glaube nicht, dass du das hören willst.«

»Doch, erzähl´s mir, irgendwie musst du es ja loswerden. Man soll nichts Schlechtes in sich reinfressen, sagt meine Mutter immer, sonst bekommt man Bauchweh. Also, raus damit.«

Er seufzt. »Na gut. Ich musste letzte Woche einen Flüchtling bestatten. Er hing an der Mole vor dem Hafen fest, zwischen zwei Felsen. Ein paar Kinder haben ihn gefunden.«

Ich ziehe den Kopf ein. »Kinder? Oh Gott.«

Er nickt. »Ihre Eltern haben die *Carabinieri* gerufen, und die haben mich geholt.« Seine Finger trommeln auf das Lenkrad. »War nicht mehr viel zu erkennen, die Fische haben ihn schon ziemlich angenagt. Er muss schon länger im Meer getrieben haben.« Seine Stimme wird so leise, dass ich ihn kaum noch verstehe. »Seine Ohren und Nase waren abgefressen, es hingen nur noch ein paar Kleiderreste an ihm dran und seine Haut war glitschig.« Er fährt sich übers Gesicht, wahrscheinlich versucht er, die Bilder loszuwerden, aber ich glaube, sie werden für immer an ihm kleben.

Ich schlucke. »Das tut mir leid«, flüstere ich, meine Stimme steckt irgendwo im Hals fest. Was soll man in einem solchen Moment sagen? Vielleicht war der Flüchtling auf demselben Boot wie die Leute, denen ich Wasser und Essen gegeben habe.

»Er hatte keine Papiere, wir haben ihn anonym bestattet. Verstehst du? Keiner war da, um von ihm Abschied zu nehmen.«

»Und seine Familie weiß nicht mal, dass er tot ist«, ergänze ich leise. »Wahrscheinlich werden sie jahrelang auf ein Lebenszeichen von ihm hoffen.«

Wir schauen durch die Windschutzscheibe und es ist gar nicht notwendig, etwas zu sagen. Silvos linke Hand liegt auf dem Steuer, seine rechte ruht auf der Gangschaltung. Ich lege meine Hand auf seine, er nimmt sie und drückt sie kurz. Es fühlt sich schön an und gar nicht wie ein billiger Anmachversuch.

»Ich habe das andere anonyme Grab auf dem Friedhof gesehen, völlig verwahrlost«, sage ich. »Schlimm, dass sich keiner darum kümmert.«

»Doch, jetzt schon. Ich habe mit Beppe gesprochen.«

»Dem Friedhofswärter?«

Silvo nickt. »Er engagiert sich in Palermo für die Flüchtlingshilfe und wird sich in Zukunft um die Gräber kümmern.«

»Echt? Das hätte ich ihm gar nicht zugetraut. Er wirkte eher wie ein ...« Mir fällt das italienische Wort für Schlaffi nicht ein. »Na ja, halt nicht so aktiv.«

»Doch, doch. Er arbeitet auch ehrenamtlich bei der Armenspeisung der Kirche und kocht dort regelmäßig.«

»Toll.«

Ich bin ehrlich überrascht. Ich hätte es weder Beppe zugetraut, dass er sich für soziale Zwecke stark macht, noch Silvo, dass ihm die Würde der Flüchtlinge plötzlich so wichtig ist. Aber jetzt ist nicht der richtige Moment für einen spitzen Kommentar in Sachen Politik.

Silvo fährt hinter Zio Calzones hellblauem Panda durch eine Allee aus knorrigen Olivenbäumen, bis wir auf einem Hügel eine mittelalterliche Burg aufragen sehen. Er biegt in einen Feldweg ein und parkt neben dem Rest der Familie. »Deine Schuhe«, sagt er.

Ach Mist, ich muss die Dinger ja wieder anziehen. Ich öffne die Autotür, stelle die Stilettos auf den Kies und versuche, hineinzukommen. Auf der Fahrt haben sich meine Füße zwar erholt, aber jetzt tut es noch mehr weh, sie wieder in die Schuhe mit dem gigantischen Absatz zu zwängen. Wie Sit-ups mit Muskelkater. »Ich werde die verdammten Dinger an die Caritas spenden, sobald diese

Hochzeit vorbei ist«, knurre ich. »Und ich werde mir nie wieder in meinem ganzen Leben solche Schuhe kaufen.«

Meine Mutter steht da in goldenen Riemchensandalen ohne Absatz und schüttelt den Kopf. »Mei, des weiß doch jeder, dass man solche Schuhe nie ausziehen darf, wenn man nachher noch mal rein muss. Grober Fehler.«

»Ganz dünnes Eis!«, fauche ich sie an, beiße die Zähne zusammen und stehe auf. »Wo hast du denn jetzt überhaupt die Sandalen her?«

Sie schwenkt ihre Handtasche. »Mei, ich hab halt ein Ersatzpaar eingesteckt.«

Wir schlendern auf die Burg zu, zum Glück langsam, weil ich noch etwas hinke, bis sich meine Füße wieder in ihrem Gefängnis zurechtgeruckelt haben. Nach ein paar hundert Metern geht es, zwar unter Schmerzen, aber wenigstens lahmfrei.

Vor dem Tor detoniert ein Springbrunnen in regelmäßigen Abständen wie ein Geysir, und das Wasser prasselt in ein Becken mit Unterwasserbeleuchtung. »Den Brunnen ham´s wohl im Vatikan geklaut«, murmelt meine Mutter und ich muss trotz der Schuhe lachen.

Im Burghof blühen Oleanderbüsche. Weiße Petunien fließen aus Amphoren bis hinunter zu dem Teich, der bestimmt einmal die Viehtränke gewesen ist. Wir gehen durch einen Torbogen, ein paar Stufen hinauf, und treten auf eine Terrasse, die an einen erleuchteten Pool grenzt. Über die Olivenhaine hinweg können wir bis hinunter zum Meer sehen. Da unten geht gerade die Sonne unter. »Der Wahnsinn, dieses Universum«, sagt meine Mutter.

Wir schlendern über die Anlage, und als das Tageslicht langsam schwindet, leuchten Hunderte von bunt blinkenden Lichterketten auf, die an den Mauern der Burg angebracht sind. »Wie ein Disney-Schloss«, sagt Hanna mit leuchtenden Augen.

»Kommst du mit zur Kinderanimation?« Eine junge Frau streckt ihr die Hand entgegen. »Bei uns gibt es lustige Spiele und Spaghetti mit Tomatensoße.«

»Au ja!« Hanna hüpft neben der Frau her, und fast beneide ich sie. Nicht um die lustigen Spiele, aber um die Tomatensoße. Die würde jetzt sicher auch Silvo guttun. Wo ist er überhaupt? Ich sehe mich um. Er steht in einer Männergruppe und gestikuliert, als wäre er ein Dirigent. Ich seufzte. Der schönste Dirigent der Welt.

»Ich brauch jetzt erst mal einen Prosecco«, sagt meine Mutter und steuert auf den Tisch mit den vielen Flaschen zu. Mich zieht es eher zum Vorspeisen-Büfett. In riesigen Töpfen frittieren Köche Reisbällchen und Mozzarella-Kügelchen. Ich lasse mir von allem etwas auftun, zerbeiße die Kruste und lasse mir die flüssigen Mozzarella-Kerne auf der Zunge zergehen. Am nächsten Tisch schaufele ich Couscous-Salat mit Kapern und frischer Minze auf meinen Teller und arbeite mich dann zu den Blätterteig-Taschen, gefüllt mit Thunfischcreme, weiter. Als ich schon pappsatt bin, entdecke ich die Meeresfrüchte. Austern, Berge von Miesmuscheln, geräucherter und hauchdünn geschnittener Schwertfisch. Hinter dem weiß gedeckten Tisch steht ein Koch und zerschneidet die Arme eines Tintenfisches mit einem riesigen Messer in mundgerechte Häppchen.

»Ich warne dich. Es kommen noch mindestens fünf Gänge und ein Torten-Büffet.« Ich drehe mich um. Silvo. Warum schleicht der sich ständig von hinten an? War ja klar, dass er mich mit vollgestopften Backen beim hemmungslosen Fressen ertappt. Ich schlucke eilig.

Er grinst. »Hau ruhig rein. Ich liebe Frauen, die gerne essen.« Er gibt mir ein Glas Prosecco, ich stelle den Teller ab und trinke. »Schau, das Brautpaar kommt bestimmt gleich.« Er zeigt auf die Glasfront des Restaurants. Das Filmteam baut dort drinnen gerade seine Ausrüstung auf.

»Wo waren die denn so lange?« Es ist mittlerweile stockdunkel, ich schätze, es ist ungefähr zehn Uhr.

»Fotos machen natürlich.«

Klar, was auch sonst.

»Haltet das Brautpaar auf!«, rufen plötzlich ein paar Gäste und schwirren Richtung Oliven-Allee. Im Burghof bildet sich eine Menschentraube. Auf dem Boden sitzt eine ältere Dame und jammert schrill über ihr Bein, das ganz verdreht ist. Wahrscheinlich zu hohe Absätze, denke ich.

»Wir brauchen einen Krankenwagen«, schreit jemand.

»Haltet das Brautpaar auf!«, kreischt Zia Mimma, »sonst ist der ganze Film ruiniert!« Sie sprintet runter zur Allee, ich humple ihr hinterher. Nicht dass ich mir auch noch was breche. »Stell dir nur mal vor«, ächzt sie außer Atem, »wenn der Einzug des Brautpaares nicht gefilmt werden kann, weil hier ein Krankenwagen steht.«

Ich schaue sie von der Seite an. Meint sie das ernst? Ich glaube schon. Zehn Gäste bilden eine Kette quer über die Straße, um Amedeo und Ilaria aufzuhalten und den Krankenwagen herzuwinken. Silvo kniet sich zu der Dame. »Keine Angst, die *ambulanza* ist schon unterwegs, sie kommt direkt aus Agrigento. Die Sanitäter sind gleich da.« Er hält ihre Hand und murmelt beruhigend auf sie ein. Ihr Jammern wird etwas leiser.

Blaues Licht zuckt durch die Olivenbäume. »Zum Glück.« Zia Mimma tupft sich den Schweiß von der Stirn. »Nicht auszudenken ... Der Film.«

Die Sanitäter steigen aus, heben die Dame auf die Liege und transportieren sie ab. Allgemeines Aufatmen. Ich schüttle den Kopf. Nein. Hier und jetzt schwöre ich, dass ich niemals in Sizilien heiraten will. Und zwar mit Inbrunst.

Der Regisseur wedelt mit den Händen die Menschen auseinander. »Los, los, alle an die Tische! Nehmt eure Plätze ein. Das Brautpaar zieht in den Saal ein.«

Wir gehen in das Restaurant, in dem Neonröhren an der Decke sirren und das ganze pompöse Gedeck mit Stoffservietten und silbernen Kerzenleuchtern in kaltes Licht tauchen. Wo sind unsere Tischkärtchen?

»Da vergeht mir ja gleich der Appetit«, knurrt meine Mutter. Ihr Name steht neben dem der *Nonna*, dann kommen der *Nonno*, Nunzia, Zio Calzone und Zia Mimma. Schade. Ich hatte gehofft, dass Silvo bei uns sitzt, aber ich entdecke ihn am Tisch der Freunde. Wir haben die große Ehre, bei der Familie zu sitzen, ganz nah beim Brautpaar.

Ich stelle schnell die Kärtchen um, damit meine Mutter möglichst weit entfernt von der *Nonna* sitzt. Rosalba und Concetta sind zum Glück auf der anderen Seite des Saals, bei den Gästen der Braut, und werfen nur ab und zu Killerblicke herüber.

Der Hochzeitsmarsch ertönt, die Gäste erheben sich von ihren Stühlen und applaudieren. Das Brautpaar schreitet vor Erschöpfung schwankend zu seinem Tisch, der auf einer Bühne aufgebaut ist. Es ist elf Uhr abends. Die Kellner laufen geschäftig hin und her, schenken Wein ein und verteilen Meeresfrüchtesalat.

Silvo kommt rüber, um ein paar Worte mit Zio und Zia zu wechseln. Er steht hinter meinem Stuhl und stützt sich auf die Lehne. Meine Schultern berühren seine Hände und mein Magen kribbelt. Ich habe so ein albernes Dauergrinsen im Gesicht, das ich nicht abstellen kann.

»Fesch ist er fei, dein Gspusi«, flüstert meine Mutter.

»Das ist nicht mein Gspusi«, sage ich.

Sie grinst vielsagend. »Nein, nein. Freilich nicht.«

Ich trete sie unter dem Tisch.

Als der Kellner uns einschenkt, wedelt *Nonna* mit der Hand. »Mariiia, nein, ich trinke keinen Alkohol.«

»Na komm, auf den ersten Enkel, der heiratet, musst du wenigstens einmal anstoßen«, sagt Silvo. Und zum Kellner: »Schenken Sie ein.«

»Na gut.« *Nonna* hebt das Glas und nippt. Ihr Gesicht erhellt sich. »Gar nicht schlecht.« Sie nimmt einen großen Schluck.

Silvo stupst mich an. »Immer schön nachschenken«, flüstert er und zwinkert mir zu. Dann sagt er laut in die Runde: »Also dann, *buon appetito*. Bis später«, und schlendert zu seinem Tisch.

Ich bin noch voll vom Vorspeisen-Büfett und stochere im Meeresfrüchte-Salat. Meine Mutter schaufelt sich dagegen mit großem Appetit Oktopus-Häppchen und Miesmuscheln rein. Als sie ihre Portion aufgegessen hat, sagt sie: »Gib her«, und stellt meinen Teller auf ihren. »Essen wird fei nicht weggeschmissen, gell?«

Zio Calzone nickt begeistert. »So was Gutes bekommst du in Deutschland nicht.«

»Dafür gibt´s bei uns einen Leberkäs. *Sai che cos´è un* Leberkäs? Wenn ihr uns mal in Bayern besucht, müsst ihr den probieren. Mit süßem Senf.«

Zio Calzone verzieht das Gesicht. »Süßer Senf?«

»Also, ihr kommt uns besuchen, des ist jetzt abgemacht, gell?« Die beiden prosten sich zu.

Zio Calzone sagt auch »gell«, und es hört sich an wie ein Versprechen. Ich schenke der *Nonna* fleißig nach und sie lächelt ungewöhnlich friedlich vor sich hin. Silvos Idee, sie mit Wein abzufüllen, war gar nicht übel.

Amedeo und Ilaria tun mir leid. Sie sehen völlig fertig aus und versuchen zu essen, doch immer wieder drückt ihnen irgendein Gast ein Handy ans Ohr: Glückwünsche von all denen, die heute nicht hier sein können. Schließlich zieht ihnen ein Kellner die halb aufgegessenen Teller unter der Gabel weg, denn nun wird aus großen Schüsseln Risotto mit Scampi und Pistazien aufgetan. Das ist so lecker, dass ich doch wieder reinhaue, am liebsten würde ich noch einen Nachschlag nehmen, doch ich sehe, dass schon der nächste Gang naht: Linguine mit Venusmuscheln. Meine Gabel bewegt sich immer langsamer zum Mund und mein Kleid beginnt, am Bauch zu spannen. Die Kellner räumen ab, das sieht nach einer längeren Pause aus. Ich seufze und lehne mich an, um meinem Wanst ein wenig mehr Platz zu geben.

Silvo schlendert wieder bei uns vorbei. »Auf Amedeo und Ilaria«, ruft er und hebt *Nonna* sein Glas entgegen. Sie kichert, stößt mit ihm an und trinkt aus. Ihre Wangen sind rosig.

»Und nun wird getanzt!«, ruft der Sänger der Hochzeitsband ins Mikrofon. »Die Brautleute haben extra Tanzunterricht genommen. Alle auf die Tanzfläche!«

Amedeo stopft sich noch eine Gabel Linguine in den Mund, dann stolpert er mit Ilaria in die Mitte des Saals. Zusammen mit dem Kameramann tanzen die beiden den Hochzeitswalzer. Als die Bilder im Kasten sind, ruft der Regisseur: »Und jetzt alle!«

Karnevalsmusik ertönt. Die Männer hängen ihre Anzugjacken an die Stuhllehnen, knoten ihre Krawatten auf, öffnen die obersten Hemdknöpfe und stürmen auf die Tanzfläche. Die Frauen stöckeln hinterher. Es formiert sich eine Polonaise, Silvo packt mich an den Schultern und schiebt mich hinter einen Mann mit durchgeschwitztem Hemd. »Los!«, ruft er mir von hinten ins Ohr.

Ich halte mich an den hüpfenden Schultern fest und lasse mich mitziehen. Die Polonaise wogt durch den Saal, in den Garten und über die Terrasse wieder zurück. *Nonna* nutzt die Gunst der Stunde. Sie torkelt zur Bühne, lässt sich auf den Thron der Braut sinken und streichelt zärtlich über das samtene Kissen. Dann hebt sie die Hand und winkt unserer Polonaise zu wie Queen Elizabeth. Durch die Tür zum Saal kommen nun auch die Kinder herein, ihre Polonaise wird von der Animateurin angeführt. Hanna hüpft mit roten Wangen zwischen zwei Mädchen und winkt. Ich winke zurück, unsere Schlangen ziehen aneinander vorbei.

»Alles gut, Mucki?«, rufe ich.

»Es ist so schön hier!« Hanna strahlt. Dann ist das Lied zu Ende und die Animateurin führt die Kinder wieder raus.

Unser Zug löst sich auf, vor der Band steht nun eine durchtrainierte Blondine mit Leggins und Haarband, die Gruppentänze vormacht. Hände auf die Schultern, Hände auf die Hüften, *hey Macarena!* Da bin ich ja mittlerweile Profi.

»Seit wann tanzt denn du?«, schnauft meine Mutter. Sie kommt gerade so richtig in Fahrt, da rempelt sie mich an und wir fallen fast auf die Tanzfläche.

»Himmelarschundzwirn, diese scheiß Schuhe!«, flucht sie, als sie sich wieder gefangen hat.

»Was soll ich da erst sagen?« Ich zeige auf meine Absätze.

»Diese Drecksdinger drücken und reiben, die sind völlig ungeeignet für dieses ganze Remmidemmi hier. Weißt du was, ich zieh die jetzt einfach aus.«

»Aber Mitzi ...«

»Aber Mitzi ..., aber Mitzi ...«, äfft sie mich nach. »Ich tu, was ich will, und ich will jetzt tanzen.« Sie löst die Riemchen, zieht die Schuhe aus, schleudert sie von der Tanzfläche, rafft ihr Kleid und schwingt die Hüften.

»Ja genau!«, ruft eine Sizilianerin um die sechzig. Sie bückt sich ebenfalls, um sich die Schuhe auszuziehen, und ihre Freundin macht gleich mit. Ich muss lachen. Auch meine Stilettos fliegen durch die Luft, was für ein Genuss. Nunzia stürmt die Tanzfläche, fasst mich an den Händen und hüpft mit, auch sie barfuß. Immer mehr Frauen werfen ihre Schuhe von sich und beginnen zu tanzen, ihre gute Laune schwappt über mich hinweg. Ich könnte ewig so weiterhüpfen, doch jetzt schiebt ein Junge im Matrosen-Anzug einen Wagen in den Saal, auf dem ein ganzer Schwertfisch liegt. Seine Säge ist nach oben gebogen und sein Maul steht offen. Die Musik verstummt.

»Der *secondo*!«, ruft der Regisseur.

Der zweite Gang? Ich lache verzweifelt auf. Das ist doch mindestens schon der achte oder zehnte. Wir taumeln zurück zum Tisch und ich gieße der *Nonna*, die schon ziemlich glasige Augen hat, noch ein Glas Wein ein. Gratinierte Scampi, Thunfisch-Filet in Zitronen-Kapern-Sauce, dazu wilder Spargel und Auberginen-Röllchen werden aufgetragen, der Kellner verteilt Schwertfisch-Scheiben von seinem Wägelchen. Es ist ein Uhr morgens.

Der Kameramann hält auf unseren Tisch und ruft: »Winken! Ein Gruß ans Brautpaar!«

Was hat meine Mutter gesagt? Der Film ist für die Ewigkeit. Wahrscheinlich glänzt mein Gesicht und ist noch ganz rot vom Tanzen, mein lackgehärteter Haarberg löst sich bestimmt schon auf und ich kaue gerade mit dicken Backen. Als ich versuche, trotzdem zu lächeln, spüre ich eine ölige Spargelspitze, die aus meinem Mundwinkel lugt. Ach Ilaria, es tut mir leid.

Endlich werden die Teller abgetragen. Eine leise Übelkeit zieht durch meinen Magen, ich weiß nicht, ob vom vielen Essen oder vom Wein. Wahrscheinlich von beidem. Ich muss daran denken, wie die Meerestiere Nase und Ohren der Leichen abnagen, die im Meer treiben, und schwöre mir, nie wieder Fisch zu essen. Von mir aus könnten wir jetzt nach Hause fahren, uns ins Bett kuscheln, noch ein wenig dem Meer lauschen und unseren Rausch ausschlafen.

Zio Calzone, Zia Mimma und Nunzia stehen auf und schlendern nach draußen auf die Terrasse. Ich brauche dringend frische Luft, will gerade aufstehen und ihnen folgen, doch da fällt mein Blick auf meine Mutter und die *Nonna*. Sie lallt mittlerweile, und Mitzi ist auch nicht mehr ganz taufrisch. Die beiden schauen sich gegenseitig immer wieder aus den Augenwinkeln an, wie zwei Katzen, die um dieselbe Futterschüssel streichen. Verdammt, da bahnt sich etwas an.

Plötzlich erhebt sich meine Mutter und lässt sich auf den Stuhl neben der *Nonna* fallen.

Das Geständnis

»So«, sagt Mitzi und knufft die *Nonna* gegen die Schulter. Die fällt fast vom Stuhl und kichert. »Und wir zwei alten Schachteln haben jetzt was miteinander zu klären.«

»Mitzi!« Vorsichtshalber stehe ich auf.

»Setz dich hin, des ist eine Sache zwischen uns.« Sie pufft die *Nonna* noch mal an. »Jetzt sag mal ehrlich. Was hast denn du eigentlich gegen mich?«

Oh nein, bitte nicht. Nicht hier, nicht jetzt, nicht so betrunken, nicht um zwei Uhr morgens. Hilfesuchend schaue ich zum *Nonno*, doch der ist eingenickt und schnarcht leise vor sich hin. Ich will meine Mutter am Arm packen und wegziehen, da sehe ich Silvo rüberkommen. »Wir müssen was tun«, flüstere ich ihm zu.

»Scht!«, zischt er. »Das war doch der Sinn der Sache.«

Nonna blinzelt und schaut meiner Mutter ins Gesicht, als müsste sie noch mal neu scharfstellen. Das Kichern ist ihr jedenfalls vergangen.

»Sag schon, du schiache Hexen. Warum hast du mir des alles angetan?«, lallt meine Mutter und knufft sie noch mal gegen die Schulter. »Warum kannst du mich nicht ausstehen?« Die *Nonna* schwankt auf ihrem Stuhl und hält sich an der Tischkante fest.

»Bist du sicher, dass das eine gute Idee ist?«, flüstere ich Silvo zu.

»Wart´s ab.«

»Also?«, lallt meine Mutter weiter. Der Kämpferinnen-Strahlenkranz will nicht so recht aufleuchten, aber für die betrunkene *Nonna* reicht es gerade noch. »Hat es dich glücklich gemacht, dass ich mit Linda zurück nach Deutschland gegangen bin? Warst du zufrieden, als du mich verjagt hast?«

Nonna schüttelt den Kopf, und endlich sagt sie auch etwas, nämlich: »Diese Schande!« Sie spuckt die Wörter regelrecht auf die Tischdecke. »Ihr wart nicht verheiratet. Du warst schwanger. Eine Deutsche. Ich musste die Familie schützen, und Gaetano auch.«

»Gaetano schützen?« Meine Mutter lehnt sich vor und ihr mächtiger Busen zittert. »Eins sag ich dir. Ich hab dir deinen Sohn nicht gestohlen. Der ist ganz allein vor dir davongelaufen.«

Touché.

Die *Nonna* klappt den Mund auf und wieder zu, ihr Kinn zittert. Sie schaut auf die Tischplatte und hält sich so fest, dass ihre Fingerknöchel weiß hervortreten. »Ich wollte nicht, dass Gaetano weggeht.«

»Linda und ich waren dir natürlich egal«, knurrt meine Mutter.

Der *Nonno* ist wieder aufgewacht und hat die letzten Sätze mit angehört. Jetzt haut er mit seinem Gehstock auf den Boden. »Sag es endlich. Sonst nimmst du das schlechte Gewissen noch mit ins Grab.«

»Ich habe kein schlechtes Gewissen.« *Nonna* verschränkt bockig die Arme.

»Dass ich nicht lache«, murmelt der *Nonno*. »Sei doch vernünftig. Du hast jetzt eine Enkelin von Gaetano. Willst du die etwa auch wieder verlieren?« *Nonna* schluckt und wischt sich über die Augen.

»Sag es jetzt.« Der Gehstock klackt dreimal im Takt der Wörter.

Wir starren alle die *Nonna* an, ich vergesse sogar, zu atmen.

»Siehst du, es funktioniert«, flüstert Silvo.

»Pscht!«, macht meine Mutter.

Stille.

Dann holt die *Nonna* tief Luft und sagt: »Concetta ist nicht Gaetanos Tochter.«

Die Gesichtszüge meiner Mutter entgleisen.

»Was?«, schreie ich, und dafür muss ich jetzt doch wieder schnaufen.

Nonna schüttelt den Kopf. »So war das alles nicht geplant.«

»Und wie dann?« Meine Mutter bekommt einen fleckigen Hals.

»Ich wollte, dass Gaetano eine Frau aus dem Dorf heiratet, so wie es sich gehört. Die arme Rosalba ist ungewollt schwanger geworden ...«

»Die arme Rosalba?« Meine Mutter kreischt fast.

»Pscht!«, mache ich. Nicht dass Rosalba sich jetzt auch noch einmischt. Zu spät. Sie hat ihren Namen gehört und schaut zu uns rüber, erhebt sich und kommt mit Concetta im Schlepptau auf uns zu wie eine Schlange, die ihre Beute ins Visier nimmt.

»Silvo!«, flüstere ich und nicke zu den beiden hinüber.

»Cool bleiben«, raunt er mir zu.

Nonna hat die beiden noch nicht gesehen und erzählt weiter: »Rosalba hat sich mir anvertraut. Sie hatte etwas mit einem verheirateten Mann. Ich habe damals Frauen in solchen Notlagen geholfen, mit einer speziellen Kräutermischung. Es hat mich jedes Mal gequält. Die armen Würmer. Und als dann die Rosalba mit ihrem Braten im Ofen zu mir kam, hatte ich diese Idee.«

»Was redest du da für einen Schwachsinn?«, faucht Rosalba und *Nonna* fährt herum. »Ich war nicht von einem verheirateten Mann schwanger. Ihr Sohn hat mich geschwängert. Ihr glaubt doch wohl nicht, was diese verrückte Schrulle erzählt?«

Der *Nonno* stößt mit dem Gehstock nach ihr. »Lass sie in Frieden. Wegen dir und deiner Rumvögelei ist es doch überhaupt erst so weit gekommen.«

Rosalba wird blass. »Zum Kindermachen gehören immer zwei«, kreischt sie.

Nonna greift nach ihrer Hand. »Es ist vorbei. Wir müssen die Wahrheit sagen.«

Rosalba reißt sich los. »Halt den Mund!«

»Ich wollte dir helfen, und bisher hat es ja auch niemandem geschadet, dass alle dachten, Concetta sei Gaetanos Tochter.« Sie schaut mich an. »Aber jetzt gibt es eine echte Tochter und ich habe eine Enkelin.«

Concettas Blick flackert. »Was soll das heißen, eine echte Tochter? Bin ich etwa nicht echt?«

Nonna schaut Concetta an. »Du weißt nichts davon, oder?«

Concetta starrt ihre Mutter mit offenem Mund an. »Wer ist mein echter Vater?«

»Sei ruhig!«, schreit Rosalba. Sie fuchtelt wild mit den Armen und ich habe Angst, dass sie der *Nonna* gleich an den Kragen geht.

Der *Nonno* denkt wohl dasselbe, denn er erhebt sich von seinem Stuhl, sieht plötzlich nicht mehr so eingefallen aus, sondern ziemlich imposant. »Lass sie jetzt endlich ihr Gewissen erleichtern. Ich höre sie jede Nacht weinen. Seit über zwanzig Jahren.« Drohend hebt er den Gehstock. »Verschwindet! Und hört auf, so herumzuschreien, sonst weiß gleich die ganze Hochzeitsgesellschaft Bescheid, und das wollt ihr sicher nicht, oder?«

Rosalba schaut sich hektisch um, läuft nach draußen und zieht Concetta am Arm hinter sich her.

»Sie tut mir fast ein bisschen leid«, flüstere ich Silvo zu.

»Mei, jetzt lasst die *Nonna* doch endlich fertig erzählen.« Meine Mutter haut auf den Tisch.

Stille.

Um sie wieder in Gang zu bringen, frage ich: »Aber wenn es dich gequält hat, die Kinder wegzumachen, warum hast du es dann getan?«

Sie reibt sich die Augen. »Weißt du, was es damals bedeutet hat, unverheiratet schwanger zu werden? Eine ledige Frau mit einem Bastard? Die war bei uns im Dorf nichts wert. Die Eltern haben sie verstoßen und sie haben weder eine Arbeit gefunden, noch einen Mann. Die Frauen konnte ich wenigstens retten. Die Kinder nicht.« Die *Nonna* beugt sich vor. »Aber sie kommen jede Nacht zu mir. Alle. Und ich gebe ihnen Kekse.«

Mir schaudert.

»Du hast uns doch genauso vor die Tür gesetzt«, schreit meine Mutter.

»Nein!« *Nonnas* Augen funkeln. »Du hattest Eltern in Deutschland, zu denen du hättest gehen können. Ich musste Gaetano und die Ehre meiner Familie schützen. Und da hatte ich diese Idee.«

»Und zwar?«

»Zum ersten Mal hätte ich auch das Baby retten können. Wenn Rosalba und Gaetano geheiratet und Concetta als ihr gemeinsames Kind ausgegeben hätten, wäre alles gut geworden. Es wäre perfekt gewesen.«

»Nur ich hab nicht in deinen Plan gepasst«, sagt meine Mutter. »Und deshalb hast du mich angelogen. Damit ich denke, der Gaetano hätte mich betrogen. Das hast du dir ja fein ausgedacht.«

Die *Nonna* schaut zerknirscht. »Du wärst hier doch eh nicht glücklich geworden.«

»Was weißt du denn?«, fährt meine Mutter auf. »Ich hab ihn so geliebt!«

»Liebe, Liebe ... Es geht im Leben nicht immer nur um Liebe«, sagt die *Nonna*. »Manchmal muss man auch vernünftig sein.«

»Ha!«, macht meine Mutter. »So wie du!«

»Jetzt lass sie doch mal fertig erzählen«, zische ich.

»Sobald du weg warst, habe ich Gaetano in meinen Plan eingeweiht, aber er war so wütend auf mich, dass er mich hinausgeworfen hat.« *Nonna* schaut auf die Tischplatte und knetet ihre Hände. »Kurz darauf ist er in die Schweiz gegangen und hat mir nicht mal eine Adresse hinterlassen. Es stimmt, Mitzi. Ich habe meinen eigenen Sohn vertrieben.« Sie verbirgt das Gesicht in den Händen und ihre Schultern zucken.

»Recht geschieht´s ihr«, knurrt meine Mutter auf Deutsch.

»Aber zumindest der Rosalba konnte ich noch helfen«, redet *Nonna* weiter. »Damit nicht ans Licht kam, dass sie etwas mit einem verheirateten Mann hatte. Also haben wir im Dorf einfach behauptet, es sei Gaetanos Kind, um Rosalbas Ehre zu retten.«

»Du hast deinem Sohn ein fremdes Kind untergejubelt?«

»Gaetano war ja sowieso weg, für den hat es keinen Unterschied gemacht.« *Nonna* zuckt die Schultern.

Meine Mutter schaut sie mit zusammengezogenen Augenbrauen an. »Du bist so eine falsche Schlange. Du hast es gar nicht deshalb bei dieser Geschichte belassen, um Rosalba zu schützen. Sondern damit du nicht zugeben musstest, was du angerichtet hast, stimmts?«

Die *Nonna* schluckt. »Es tut mir leid.« Tränen rinnen über ihre Wangen und sammeln sich in den Falten um ihren Mund.

Wir starren sie an wie versteinert, keiner sagt etwas. Nur der *Nonno* tätschelt ihr den Arm und nickt zufrieden. »Endlich.«

Nonna zieht die Nase hoch und schaut meine Mutter an: »Nimmst du meine Entschuldigung an?«

»Niemals.« Meine Mutter schürzt die Lippen.

»Glaub mir, ich habe meine Strafe verbüßt. Ich habe genug gelitten. Und ich werde es wieder gut machen, das verspreche ich.«

»Ha!«, macht meine Mutter. »Du hast meine Liebe zerstört. Wie willst du das je wieder gut machen?«

»Jetzt komm«, flüstere ich ihr zu. »Ihr müsst ja nicht gleich Freundinnen werden, aber hört doch wenigstens auf, euch anzufeinden. Der Hanna zuliebe.«

»*Sie* hat mich angefeindet.« Meine Mutter zeigt anklagend auf die *Nonna*. »Ich bin mit den besten Absichten nach Sizilien gekommen.«

»Jetzt gib dir einen Ruck. Es ist so lange her.«

»Eine Frage habe ich noch.« Meine Mutter richtet sich auf ihrem Stuhl auf und schaut der *Nonna* direkt in die Augen. »Hast du irgendwas mit dem Tod von der Lucia zu tun?«

Die *Nonna* schüttelt vehement den Kopf. »Nein. Wirklich nicht. Das musst du mir glauben.« Sie nimmt ihre Stoffserviette, wischt sich das Gesicht trocken und schnäuzt geräuschvoll hinein. Dann streckt sie meiner Mutter die Hand entgegen. »Friede?«

Mitzi verschränkt die Arme vor der Brust und schaut zur Seite.

Nonnas Hand schwebt einsam und zittrig über den leeren Weingläsern. Ich greife danach und drücke sie. »*Ich* nehme deine Entschuldigung an.«

Die *Nonna* nickt mir dankbar zu.

»So.« Der *Nonno* haut mit dem Gehstock auf den Boden. »Und jetzt will ich Torte.«

Silvo stellt einen Teller mit vier Tortenstücken in die Mitte des Tisches und legt vier Gabeln dazu. »Mandel, Pistazie, Melone und Zitrone.«

Angesichts der Möglichkeit, mich an einem einzigen Abend durch alle Highlights der sizilianischen Küche zu essen, ist mir wohl ein Ausweichmagen gewachsen, denn ich schaffe es, alle vier zu probieren.

Wir sitzen um den Teller und stechen unsere Gabeln in die mehrschichtigen Tortenstücke. Meine Mutter, *Nonna,*

Nonno und ich. Keiner sagt etwas. Ich lausche dem Klappern des Bestecks und dem leisen Schmatzen.

Die Dame von der Kinderanimation bringt Hanna zurück an unseren Tisch. Ihre Wangen glühen und ihre Augen strahlen immer noch. Es ist vier Uhr morgens. »Bist du gar nicht müde?« Ich gebe ihr einen Kuss auf die verschwitzte Stirn.

»Nein«, sagt sie empört.

Zio Calzone, Zia Mimma und Nunzia kommen herein. Sie schauen verwundert zu, wie wir von einem Teller essen und werfen sich gegenseitig vielsagende Blicke zu. Ich habe keine Kraft mehr, zu erzählen, was *Nonna* uns gestanden hat. So wirklich habe ich es selbst noch nicht verstanden.

»Oh, die Arme«, sagt Hanna. Drüben beim Büfett übergibt sich gerade das kleine Mädchen mit dem Brautkleid, ihre Mutter hält ihr die Haare aus dem Gesicht.

»Wenn ich jetzt noch irgendetwas essen muss, kotze ich auch«, entfährt es mir.

»Kommt, wir gehen«, sagt Nunzia. »Das Fest ist vorbei.«

Dankbar stehe ich auf und ziehe am Arm meiner Mutter, die noch immer glasig dreinschaut. »Du musst jetzt glaube ich ins Bett«, sage ich.

Sie nickt und folgt mir brav, wir gehen den anderen hinterher, doch plötzlich wird sie langsamer. »Des heißt, der Gaetano hat mich gar nicht betrogen?«

»Nein, hat er nicht.«

»Und ich hab ihn ohne ein Wort verlassen.« Sie bleibt stehen. »Warum hab ich depperte Kuh nicht mit ihm geredet?«

»Hast du nicht?« Ich schaue sie fassungslos an. »Du bist einfach abgereist, ohne ihm was zu sagen?«

»Weißt, er hatte früher in München schon mal was mit einer anderen, deshalb hab ich des der *Nonna* geglaubt. Ich war so enttäuscht und hatte so ein Heimweh.« Meine Mutter seufzt. »Vielleicht wollte ich ihr des auch einfach glauben. Weil, wenn der Gaetano wieder vor mir gestanden wär und mich mit seinem Hundeblick angeschaut hätte, dann hätte ich es nicht über mich gebracht, zu gehen.«

»Ist natürlich einfacher, wenn man sich nicht selbst eingestehen muss, dass man gescheitert ist, oder? Wenn man sagen kann, der andere war schuld.«

Wir schweigen kurz, dann fällt mir etwas ein. »Sag mal, was stand eigentlich in dem Brief, den du zerrissen hast?«

»Ja mei, dass des alles nicht stimmt. Dass er uns liebt und dass wir zurückkommen sollen.«

»Und?«

»Was und?«

»Was hast du geantwortet?«

»Nix.«

»Wie nix?«

»Ich hab ihm halt nicht geglaubt. Ich hab ihm nie zurückgeschrieben. Aber ...« Sie hält inne. »Hat die *Nonna* nicht gesagt, dass er in die Schweiz gegangen ist?«

»Ja.«

»Sacklzement! Auf dem Brief stand eine Adresse in Palermo drauf.«

»Palermo? Aber dann würde er ja ganz in der Nähe leben.« Ich packe sie am Arm. »Und du saublöde Kuh hast den Brief mit der Adresse zerrissen und in den Ammersee geschmissen? Du ... du ...«

Meine Mutter grinst.

»Und jetzt lachst du auch noch so saublöd?« Am liebsten würde ich ihr eine runterhauen, mit ihrem angeschickerten Grinsen.

»Es gibt noch mehr Briefe.«

»Ehrlich?« Ich lasse sie los.

Sie nickt. »Mit Adresse. Sobald wir wieder daheim sind, zeige ich sie dir. Versprochen. So.« Sie schaut sich um, vor uns detoniert der unterwasserbeleuchtete Geysir. »Weißt, was wir jetzt machen? Wir reinigen uns jetzt von diesem ganzen Glump, von diesem ganzen scheiß Karma.« Sie packt mich am Arm und zieht mich auf den Brunnen zu. »Die Inder baden im Ganges, um ihre Sünden loszuwerden. So ein sizilianischer Springbrunnen tut es bestimmt auch. Des passt eh besser ins Thema.« Sie streift ihre Sandalen ab, steigt in das Becken hinein und zieht mich hinterher. »Obacht, des ist kalt.« Sie kichert. »Jetzt komm schon.«

Ich steige aus meinen Stilettos, klettere über die raue Steinmauer und tauche meine geschwollenen Füße ins Wasser. In diesem Moment schießt eine Fontäne in den Himmel und prasselt auf uns nieder. Ich kreische und meine Mutter lacht. Wir strecken die Arme in die Höhe und drehen uns im Kreis, das Wasser durchweicht mein Ballkleid, wäscht den Haarlack aus meiner Schneckenfrisur und glättet endlich diese bescheuerten Püppchen-Locken. Ich hebe das Gesicht zum Himmel und die nächste Fontäne wäscht mir die Schminke weg. Ich schwappe mir eine Handvoll Brunnenwasser ins Gesicht und rubble die letzten Make-up-Reste ab.

»Jetzt bin ich wieder ich«, rufe ich meiner Mutter zu, deren lila Haare an ihrem Kopf kleben. »Und morgen färben wir uns als Erstes wieder um, gell Else?«

»Genau. Dann heißt´s servus, Sissi.« Sie dreht sich. »Siehst du, des funktioniert. Wir waschen diesen ganzen Dreck von uns ab, den von außen, und auch den von innen.«

Eine Menschentraube hat sich rund um den Brunnen gebildet, die Leute starren uns an, glotzen, schütteln die Köpfe, manche applaudieren. Es ist mir egal. »Wir sind Deutsche, bei uns macht man das so«, rufe ich und lache.

Morgendämmerung

Ich schrecke hoch, lausche in die Stille, höre mein Blut in den Ohren rauschen. Was hat mich geweckt? Ist jemand im Haus? Hanna schläft, sie hält ihre rechte Hand an den Mund, als würde sie an ihrem Daumen nuckeln wie ein Baby. Ihr Gesicht ruht auf dem Hasi.

Ich stelle die Füße auf die kalten Terrakotta-Fliesen, halte mir mein Kissen vor die Brust wie einen Schutzschild. Schritt für Schritt taste ich mich vor in die Dunkelheit. Die Tür zu Mitzis Zimmer ist geschlossen. Vorsichtig öffne ich sie. Leises Schnarchen dringt aus ihrem Bett. Ich kneife die Augen zusammen, sehe mich um. Alles in Ordnung. Soll ich sie wecken? Nein, ich will nur kurz nach dem Rechten sehen.

Ich schleiche weiter ins Wohnzimmer. Meine Schritte werden immer langsamer, ich presse das Kissen an mich.

Da, ein Schatten. Ich erstarre. Nur ein Handtuch, das über der Stuhllehne hängt. Ich atme auf, lasse das Kissen sinken. Und bin gleichzeitig enttäuscht, dass es nicht Lucia ist. Ich gehe zum Fenster, schaue hinaus in den dunklen Garten. Die weiße Katze huscht draußen vorbei und verschwindet in der Hecke.

Ein Kratzen an der Eingangstür. Ich starre das Holz an und schlucke. Verdammt, da ist wirklich jemand. Etwas. Schritte entfernen sich. Mein Herz hämmert. Ich sollte meine Mutter wecken. Aber wenn es Lucia ist, zeigt sie sich nur mir allein. Das ist genau dieser bescheuerte Moment, in dem ich bei jedem Horrorfilm die Augen verdrehe und denke: Wie kann man nur so blöd sein, nachts allein im Dunkeln auf die Gefahr zuzugehen? Und doch setze ich einen Fuß vor den anderen. Ich muss wissen, wer da ist.

Ob sie da ist.

Leise, ganz leise drehe ich den Schlüssel im Schloss und öffne die Tür. Ein kühler Wind weht um mein erhitztes Gesicht, ich drücke mich an die Wand. Dann husche ich die Stufen hinunter auf die Terrasse. Die Katze ist nicht zu sehen. Ich starre auf die Stelle unter dem Hibiskus. In einem Horrorfilm würden jetzt zwei Hände aus der Erde kommen. Ruhig durchatmen. Die Tür, die von der Terrasse zum Keller hinunterführt, klappert. Ich stecke den Kopf durch die dunkle Öffnung und ein modriger Geruch schlägt mir entgegen.

Sei einmal mutig, sage ich mir. Nur einmal in deinem Leben. Ich atme tief durch, setze einen Fuß vor den anderen, steige Stufe um Stufe hinab in die Finsternis. Hier unten in der Dunkelheit spüre ich ihre Präsenz so stark wie noch nie. Gleich wird mich eine kalte Kinderhand berühren, ihre tote Haut auf meiner. Die Härchen auf meinen Unterarmen stellen sich auf. Am liebsten würde ich sofort wieder umdrehen, jetzt gleich, kehrtmachen und nichts wie raus hier. Ich sehe nach oben, zur Tür. Der Nachthimmel zeichnet sich dunkelgrau im Türrahmen ab, nur ein paar Schritte entfernt. Aber ich darf nicht davonlaufen. So nah war ich ihr noch nie. Wenn ich jetzt abhaue, war alles umsonst.

Das Geräusch, das mich hier hinuntergeführt hat, setzt wieder ein. Eine Art Scharren oder Kratzen. Ist sie das? Obwohl es hier unten kühl ist, beginne ich zu schwitzen. Ich starre in die Finsternis und versuche, in der Schwärze vor mir etwas zu erkennen. Das Kratzen wird lauter, es nimmt den ganzen Raum ein und quält mich. Was ist das bloß? Fingernägel, die über die raue Wand schrammen? Ein Schauer läuft mir den Rücken hinunter.

Ich hole tief Luft, um mir selbst Mut zu machen, setze zögernd einen Fuß vor den anderen, taste mich weiter und strecke die Hände vor mir aus, um nicht gegen irgendetwas zu stoßen. Gegen einen weichen, nachgiebigen Körper zum Beispiel. Ich lasse die Arme wieder sinken, kann kaum noch atmen.

Als hätte Lucia mein Zögern gespürt, wird das Geräusch noch lauter. Sie will mich zu sich führen und ich bin auf dem richtigen Weg. *Hab keine Angst, Lucia kann nicht böse sein.* Das sage ich mir immer wieder vor. Meine Schwester will nur Kontakt mit mir aufnehmen. Ich spüre es. Aber ich habe trotzdem eine Scheißangst.

Das Kratzen wird lauter.

Nur noch ein Schritt.

Etwas fasst mich an und ich schreie los.

Schreie, reiße die Augen auf und sitze schweißüberströmt in meinem Bett.

»Mama, was ist mir dir?« Hanna blinzelt mich verschlafen an. »Du hast geschrien.«

Ich sehe mich gehetzt um, mein Herz rast noch immer.

Die Tür geht auf und meine Mutter steht in einem überlangen Batik-T-Shirt im Türrahmen. »Was plärrst du denn so? Ist was passiert?«

»Nur ein Traum«, sage ich und lasse mich nach hinten auf mein Kissen sinken. »Ein richtig beschissener Alptraum.«

Sie wiegt den Kopf hin und her. »Mei, du schaust richtig derhaut aus. Ich glaub, ich koch dir eine Tomatensoße, was meinst?«

»Mitten in der Nacht?«

»Ich kann eh nicht schlafen.«

Ich nicke. Hanna hat sich schon wieder zusammengerollt, ich ziehe ihre Decke zurecht und gebe ihr einen Kuss auf die Stirn. »Schlaf weiter, mein Schatz.«

Ich gehe duschen, um mir den Schweiß und den Traum abzuwaschen. Nach der Hochzeit gestern haben wir zwar lange ausgeschlafen und den ganzen Tag am Strand gedöst, aber die Aufregung steckt mir wohl doch noch in den Knochen. Ich stelle das Wasser ab, trockne mich ab und wickle mir ein Handtuch um die Haare. Dann ziehe ich mir ein Kleid über.

Als ich in die Küche komme, rührt meine Mutter in der blubbernden Soße herum. »Also, was hast du geträumt?«

»Dass die Lucia unten im Keller ist und ich da allein im Dunklen runtersteige.«

»Und dann?«

»Nichts. Sie hat mich angefasst, dann bin ich aufgewacht.«

»Des ist eine Botschaft vom Universum.«

»Blödsinn.«

»Freilich. Du hast schließlich darum gebeten, dass du die Lucia findest, und des ist jetzt der Hinweis. Ist doch glasklar.«

»Und was soll mir der sagen? Dass sie im Keller ist?«

Meine Mutter zuckt die Schultern. »Des müssen wir halt jetzt herausfinden.« Sie gießt die Spaghetti ab, schüttet sie in den Topf mit der Soße, rührt um und hebt mit der Pasta-Zange zwei Portionen heraus. Dann stellt sie die dampfenden Teller auf den Tisch. Von draußen rauscht friedlich die Brandung herein.

Ich drehe meine Nudeln um die Gabel. »Sollen wir jetzt den Keller absuchen, oder was?«

»Zum Beispiel.«

»Ich bin immer noch dafür, die Kiste auszugraben. Ich werde noch völlig verrückt, wenn ich nicht endlich Klarheit habe.«

Meine Mutter kaut langsam und schaut dabei aus dem Fenster. »Na gut«, sagt sie schließlich. »Erst der Keller, und wenn wir da nichts finden, die Kiste.«

Wir essen schweigend, und als wir das Besteck auf die Teller gelegt haben, steht meine Mutter auf und holt ein kleines Päckchen aus ihrem Zimmer. Sie dreht sich eine Zigarette, der Tabak riecht süßlich.

»Sag, dass das nicht wahr ist.«

»Was denn?« Sie schaut mich unschuldig an.

»Sag, dass du nicht dein Marihuana mit ins Flugzeug genommen hast.«

»Ja mei, warum nicht?«

»Hallo? Zoll, Drogen, Hunde?«

»Ach geh, du bist immer so ängstlich.« Sie zündet sich ihren Joint an. »Magst auch?«

»Nein, wirklich nicht!«

»Des würde dir fei auch gut tun, so ein bisserl Lockerheit, oder Lockerness, äh Coolness.« Sie kichert. »Schau, es wird hell.« Der Himmel färbt sich rosa, und das Meer auch. »Ist des nicht der Wahnsinn, dieses Universum? Ich meine, dass dir mal so ein Haus am Meer gehören wird.«

Ich schaue sie von der Seite an. »Mir?«

»Ja freilich. Wem denn sonst? Die depperte Concetta ist jedenfalls raus.«

»Ja aber ... Es gehört doch dem Gaetano.«

Meine Mutter schüttelt fast unmerklich den Kopf. »Mei, mach dir halt nicht immer so viele Gedanken. Der ist nicht da, so schaut´s aus. Aber du schon, und die Hanna auch. Man muss die Geschenke des Universums dann annehmen, wenn sie kommen, weißt.«

Wir lehnen uns Schulter an Schulter aus dem Fenster und beobachten, wie das Licht heller und gelber wird. In meinem Kopf wirbelt alles durcheinander. Das hier soll eines Tages mir gehören? Dieses Haus am Meer mit dem schönsten Blick der Welt? Würde ich hier leben wollen? Jeden Tag Weite und Freiheit und salzige Luft atmen? Jeden Morgen Sand zwischen den Zehen fühlen und ins glasklare, nachtkühle Wasser springen? Mein Magen kribbelt, wie wenn sich Brausepulver in einem Glas Prosecco auflöst. Doppelsprudel.

»Und was meinst du, wie ich hier malen könnte.« Mitzi macht eine ausladende Bewegung mit dem Arm.

»Du?«

»Ja freilich, glaubst du vielleicht, so eine Chance würde ich mir entgehen lassen? Auf meine alten Tage am Meer zu leben? Des ist ja Muse pur.«

Ich schüttle den Kopf. Sie hat wohl ein bisschen zu fest an ihrem Joint gezogen. Die ersten Sonnenstrahlen glühen die kühle Morgenluft weg wie nichts.

»So, Schluss jetzt mit den Träumereien. Pack ma´s.«
Meine Mutter stemmt die Hände in die Hüften.

»Jetzt?«

»Freilich jetzt, wann sonst. Es ist hell genug, um da unten was zu sehen, und die Hanna schläft noch, des ist doch ideal.« Sie marschiert voran, raus auf die Terrasse und dann runter in den Keller.

Ich folge ihr. Ein unbehagliches Gefühl begleitet mich die Stufen hinunter, so als hätte mich der Traum warnen wollen, als hätte er mir etwas zugeraunt, aber die Botschaft ist schon verblasst. Wir gehen an verknickten Gartenschläuchen, eingestaubten Blumentöpfen und grüner Plastikfolie vorbei. Das Unbehagen beobachtet mich aus den dunklen Ecken heraus, greift nach mir. Ich will hier weg.

Ganz hinten steht ein Regal mit Kisten und Schachteln. Meine Mutter lässt ihren Blick darüber schweifen. »Sappralott!« Sie zieht an einer Schachtel, die heller ist als die anderen. Nicht aus grobem Karton, sondern glatt. Meine Mutter hält sie zwischen ihren Händen und starrt sie an. Als sie den Staub abwischt, sehe ich, dass die Kiste rosa ist.

»Was ist das?«

Meine Mutter antwortet nicht, sondern steigt die Treppe wieder hinauf, ich hinterher. Sie geht wortlos hinaus und stellt den Karton vorsichtig auf dem Terrassentisch ab, dann hebt sie den Deckel. Zwischen ihren Wimpern glitzert es. Sie fasst in die Schachtel und streichelt etwas.

»Mitzi, alles in Ordnung?« Ich trete neben sie und schaue in die Kiste.

»Des Armband und der Strampler von der Lucia«, flüstert sie. »Die Sachen haben sie mir im Krankenhaus gegeben.«

Ich schlucke, und auch mir treten Tränen in die Augen. »Wir müssen jetzt nachsehen.«

Meine Mutter schaut auf die Stelle unter dem Hibiskus.

»Unten war Gartenwerkzeug. Ich hole Schaufeln.« Ich versuche, überzeugt zu klingen, aber mir graut es. Was ist, wenn wir eine Babyleiche ausgraben? Oder das, was nach fünfundzwanzig Jahren noch davon übrig ist?

Als ich mit einer Schaufel und einem Spaten ausgerüstet wieder neben meiner Mutter stehe, sage ich: »Es geht nicht anders.«

Zusammen beginnen wir, die körnige Erde wegzuschaufeln. Die oberste Schicht ist locker, doch bald stoßen wir auf Steinbrocken und Wurzeln. Ich richte mich auf und wische mir den Schweiß von der Stirn. »Bist du sicher, dass es die richtige Stelle ist?«

»Absolut.« Das Gesicht meiner Mutter ist schon ganz rot. »Der Gaetano wollte halt nicht, dass irgendein Viech sie ausgräbt.«

Ich nicke und lasse mich auf die Knie nieder, zerre an den Steinbrocken. Meine blauen Kunstnägel brechen ab, aber das ist mir egal.

»Was macht ihr da?« Hanna schaut aus dem Fenster auf uns herab.

»Gar nix«, sagt meine Mutter schnell. »Wir äh ... pflanzen einen neuen Busch an. Magst ein paar Kekse zum Frühstück? Da lag doch eine Schachtel auf dem Tisch.«

»Aber die habe ich doch schon ...« Hanna schlägt sich die Hand vor den Mund.

293

Ich stehe auf und wische mir mit dem Unterarm den Schweiß von der Oberlippe. »Wusste ich es doch. Du hast die Kekse gegessen, gell?«

»Die sahen so lecker aus.« Hanna zieht einen Schmollmund.

»Macht gar nichts, Mucki.« Ehrlich gesagt fällt mir ein Stein vom Herzen, sogar ein ganzer Lavabrocken. Ich habe schon an meinem Verstand gezweifelt. »Und der Traum von dem Mädchen?«

Hanna kaut an ihrer Unterlippe herum.

»Den hast du dir ausgedacht?«

Sie nickt. »Das war halt so spannend.«

»Gut, dass du es jetzt gesagt hast. Macht nichts. Wollen wir einmal kurz ins Meer springen und dann auf der Terrasse frühstücken?«, schlage ich vor.

»Au ja!«, ruft Hanna und flitzt los, um ihren Bikini anzuziehen.

Meiner Mutter raune ich zu: »Ich bringe sie nachher zu Zia Mimma, dann können wir weitergraben.«

Die Kiste

»Bereit?« Mein Blick gleitet über das endlose Blau. Das Meer liegt verdächtig ruhig da und dampft Algengestank aus. Am Horizont verschwimmt es mit einem grauen Himmel, Wolken ballen sich da hinten zusammen und Elektrizität liegt in der Luft. Meine Mutter nickt und rammt ihren Spaten in die Erde. Die Sonne hat in den letzten Stunden die tiefere Schicht getrocknet, die wir freigelegt haben, und wir kommen besser voran. Ich knie wieder, hänge über dem Loch und löse Steine aus dem Erdreich. Da ist ein ganzer Steinhaufen.

»Jetzt haben wir sie gleich«, flüstert meine Mutter. »Unter den Steinen muss sie sein.«

Einen nach dem anderen hole ich nach oben, meine Armmuskeln werden schon lahm. Übelkeit zieht in meinem Magen und hinter meinen Schläfen auf. Da sind Holzreste. Ich ziehe ein verwittertes Stück aus der Erde. »Ist das ein Rest der Kiste?«, frage ich und schlucke.

Meine Mutter nickt und tritt zurück. »Des musst du machen. Ich kann des nicht.« Sie krallt sich an ihrem Spaten fest.

Ich hole tief Luft, so als würde ich einen Tauchgang antreten, ohne zu wissen, wie lange er dauern wird. Als ich einen großen Brocken wegstemme, schreie ich auf und zucke zurück. »Mitzi! Ich hab sie! Da ist ihre Hand.«

Meine Mutter beugt sich über das Loch. Sie ist bleich. Mit dem Spaten stoße ich vorsichtig an die schmutzigen Fingerchen, die zwischen den Steinen hervorragen.

»Da, schau.«

»Geh Schmarrn. Nach fünfundzwanzig Jahren ist da doch keine Hand mehr.«

»Schau halt.« Vorsichtig grabe ich um die Finger herum, bis ein Arm zum Vorschein kommt. Er klackert, als ich mit dem Spaten dagegen stoße. Plastik.

»Des ist eine Puppe«, sagt meine Mutter.

Vorsichtig grabe ich weiter, bis ich den kleinen Körper aus dem Erdreich herausgelöst habe, dann hebe ich die Puppe heraus. Sie ist leicht. Ich klopfe die Erde von ihr ab.

Mitzi lässt sich auf einen Plastikstuhl sinken. Schweiß steht ihr auf der bleichen Stirn. »Ich brauch erst mal ein Wasser.«

»Lucia lebt!«, sage ich. »Ich wusste es.« Ich lege die Puppe auf den Tisch, hole eine Flasche und zwei Gläser. Meine Mutter trinkt drei auf ex, ich eines.

»Und jetzt einen Grappa.«

Ich schüttle den Kopf. »Spinnst du? Dann kippst du mir ja um. Außerdem haben wir noch was vor.«

Sie schaut mich an, mit einem Blick, der dunkel ist, irgendwie verwirrt, und tief verletzt. Es ist, als könnte ich direkt in ihre verwundete Seele sehen.

»Wir fahren zu Dottor Scarano«, sage ich. »Jetzt sofort. Mit den Fotos aus der Krankenakte und der Puppe. Wir ziehen das jetzt durch.«

Meine Mutter leistet keinen Widerstand. Sie ist immer noch blass, wirkt aber gefasst. Wir waschen uns die verschwitzten Gesichter und die erdigen Hände, ziehen uns frische Kleider an und steigen in unseren Mietwagen.

Auf der Fahrt sprechen wir kein Wort, jede von uns muss den Schreck erst mal verdauen. Und die Hoffnung.

Schließlich stelle ich meiner Mutter eine Frage, die mich schon länger beschäftigt. »Erzähl doch mal, wie es weiterging, als du mit mir zurück nach Deutschland gekommen bist.«

Mitzi seufzt. »Ach, des war die schwerste Reise meines Lebens. Ich war über ein Jahr weg, weißt. Und dann musste ich wieder bei meiner Mutter an die Tür klopfen, ihr die ganze Geschichte von Gaetano und dem unehelichen Spaghettifresser-Kind gestehen.«

»Dich zu entschuldigen war noch nie deine Stärke.« Das konnte ich mir jetzt nicht verkneifen. »Und, wie hat sie es aufgenommen?«

»Mei, gefreut hat sie sich halt.« Ihre Augen glänzen verräterisch und sie blinzelt. »Dass ich wieder da bin, und auch über dich. Wenn du irgendwo daheim bist und eine Familie hast, kannst du da immer hinkommen, weißt. Dann ist es ganz wurst, was passiert ist. Des hab ich in dem Moment gelernt, als mir meine Mutter die Tür aufgemacht hat. Ich werd ihr Gesicht nie vergessen. Sie hat gelacht und geweint und geschimpft und wieder gelacht, alles gleichzeitig. Und da hab ich gemerkt, wie sehr sie mich liebt.« Sie lächelt und schaut aus dem Fenster.

Wir sind da. Ich kurve dreimal durch das *centro storico*, bis ich die richtige Piazza zum Parken finde. Dann hole ich die aufgebrochene Kiste mit der Puppe aus dem Kofferraum.

»Komm!« Wie ein Roboter laufe ich in die Gasse, bin nicht ich selbst, funktioniere einfach. Da ist die offene Garagentür. Ohne zu zögern marschiere ich hinein. »Aber du kannst doch nicht ...«, ruft mir meine Mutter schwach hinterher.

Doch, ich kann. Diesmal kommt mir nichts dazwischen, niemand wird mich aufhalten, und schon gar nicht meine eigene Angst.

»*Permesso!*«, rufe ich in Richtung der Treppe, habe den Fuß schon auf der ersten Stufe.

»*Chi è?*« Eine Frauenstimme. Das ist sicher seine Tochter. Ich halte inne, schaue die Puppe an. Scarano hat eine Tochter! Meine Knie werden weich. Vielleicht hat er Lucia behalten?

»*Chi è?*«, ruft sie noch mal.

Meine Mutter hat mich eingeholt und wir steigen die Treppe hoch. »*Siamo Linda e Mitzi*«, rufe ich, als würden die Namen der fremden Frau irgendetwas sagen. Meine Beine fühlen sich schwer an und mein Herz hämmert wie ein Presslufthammer. Sie kommt uns entgegen, das Alter könnte passen. Ihre Haare sind mit einer Plastikklammer hochgesteckt, einzelne Strähnen haben sich gelöst und hängen ihr ins Gesicht.

Ihr Gesicht.

Ich suche darin nach Spuren von mir.

»Wir müssen mit Ihrem Vater sprechen«, sage ich. »Bitte.«

Sie mustert uns von oben bis unten, ihr misstrauischer Blick bleibt an der dreckigen Puppe hängen. Sie muss uns für Psychopathinnen halten.

»Es ist wirklich wichtig.«

»*Chi è?*«, höre ich Scaranos brüchige Stimme aus dem Wohnzimmer.

»Bitte.« Ich versuche, sie möglichst unschuldig anzulächeln, was in meinem Gemütszustand nicht ganz einfach ist. »Wir sind extra aus Deutschland angereist, um mit Ihrem Vater zu reden.«

»Ihr seid Deutsche? Verstehe.« Sie entspannt sich, so als wäre es das Normalste der Welt, dass deutsche Frauen mit irgendwelchen verdreckten Puppen herumlaufen. Sie nickt. »Kommt.«

Wir gehen hinter ihr die Treppe hinauf. Scarano sitzt auf dem Sofa mit Goldstickerei. Als er mich erkennt, klappt er den Mund auf und wieder zu, will erst aufstehen, fällt dann aber doch zurück auf das Polster.

»Kennst du die, *papá*?«, fragt seine Tochter.

Bevor er antworten kann, halte ich ihm die Puppe entgegen. »Ich glaube, Sie müssen uns etwas erklären.« Ich zeige auf Mitzi. »Das ist meine Mutter. Sie hat nicht ihr totes Baby beerdigt, sondern eine Puppe, und zwar eine, die Sie ihr gegeben haben.« Volle Breitseite mit der Tür ins Haus.

Er sinkt zu einem klapprigen Häufchen zusammen und seine Tochter stellt sich schützend vor ihn.

»Dottor Scarano, Sie müssen uns die Wahrheit sagen. Sie sind der Einzige, der uns helfen kann.« Ich wedle mit der Puppe hin und her. »Egal, was Sie getan haben, es bleibt unter uns, das versprechen wir Ihnen. Aber meine Mutter muss wissen, wo ihre Tochter ist. Sie hat genug gelitten.«

»Mei, so wird des nix.« Mitzi tritt vor, schiebt erst mich und dann die Tochter zur Seite und lässt sich neben den alten Mann auf das Sofa fallen. Das Polster sinkt unter ihr ein und lässt den alten Mann hochhüpfen.

»*Signora!*«, ruft die Frau empört.

Mitzi greift nach seiner knochigen Hand, die von Altersflecken überzogen ist. »*Dottore*, ich sag Ihnen jetzt mal was, so von alter Frau zu altem Mann.« Er versucht, seine Hand wegzuziehen, doch aus dem Griff meiner Mutter gibt es kein Entrinnen. »Das Universum vergisst nichts, und unser Verfallsdatum rückt näher, wenn Sie verstehen, was ich meine. Wollen Sie das alles mit ins Grab nehmen?« Sie schaut ihn eindringlich an und quetscht seine Hand. »Sie können das jetzt entweder mir beichten, oder dann dem Jüngsten Gericht. Irgendwann kommt es so oder so raus. Aber wenn Sie es mir sagen, erlösen Sie wenigstens mich, und das wär ja wohl das Mindeste, nach allem, was Sie getan haben, oder?« Sie macht eine Kunstpause.

»Soll ich sie rauswerfen?«, fragt seine Tochter.

»Also. Was ist bei der Geburt meiner Zwillinge passiert?«

»*Papà?*« Die Tochter blickt ihren Vater besorgt an, doch er macht mit der freien Hand eine abwehrende Geste und schaut auf die Hand meiner Mutter hinab.

»Ich konnte nicht anders, *signora*, das müssen Sie mir glauben.« Er redet. Sie hat ihn wirklich zum Reden gebracht. Vor lauter Aufregung verkrampfe ich meine Finger in dem Kleid der Puppe. Scaranos Schultern sinken noch etwas mehr ein. »Es gibt da diesen Boss in Palermo«, sagt er leise. »Seine Frau konnte keine Kinder bekommen, deshalb war sie bei mir in Behandlung. Sie haben es jahrelang versucht. Irgendwann ist sie darüber schwermütig geworden, lag nur noch im Bett.« Scarano hebt seinen Blick und schaut meine Mutter an. Seine Augen sind müde. »Dann kam meine Tochter auf die Welt. Der Boss hat mir gedroht, sie zu entführen, wenn ich ihm kein Kind beschaffe.« Seine Tochter starrt ihn mit offenem Mund an. »Aber ich habe es nicht über mich gebracht, einer Familie einfach ihr Neugeborenes wegzunehmen. Ich konnte das nicht. Und dann hat er sie einfach mitgenommen.«

Die Tochter schlägt sich die Hand vor den Mund. »Was redest du denn da!«

»Sie war damals noch ein Baby, verstehen Sie? Ich dachte ... Ich wusste mir nicht zu helfen.« Er stammelt und seine Augen glitzern. »Er hat sie wirklich geholt, verstehen Sie? Meine Frau ist schier wahnsinnig geworden vor Schmerz und vor Angst, und ich auch. Die einzige Möglichkeit, sie auszulösen, war ein anderes Baby.« Er schaut zwischen uns hin und her, sein Blick bleibt an seiner Tochter hängen, die dasteht wie versteinert und sich an der Tischkante festhält.

»Warum hast du mir das nie erzählt?«, flüstert sie.

»Und dann?«, hakt meine Mutter direkt ein und quetscht seine Hand noch ein bisschen fester, um die Aufmerksamkeit wieder auf sich zu ziehen.

Der Arzt kehrt mit seinem müden Blick zu ihr zurück. »Wie ein Zeichen des Himmels kamen Sie mit Ihren Zwillingen.« Er bekreuzigt sich. »Das war Gott, verstehen Sie?«

»Gott?« Meine Mutter ringt um Fassung.

»Ja, er hat mich erhört, indem er mir eine Mutter mit zwei Babys geschickt hat. Sie haben uns gerettet, *signora*.

Ich konnte Ihnen eines nehmen, ohne dass Sie alles verlieren.«

Jetzt bricht die Selbstbeherrschung meine Mutter vollends zusammen und ihre Stimme überschlägt sich. »Ach so, mir konnten Sie das Neugeborene also schon wegnehmen, oder was?«

»Nein, Sie verstehen das nicht. Sie konnten doch eine Tochter behalten.« Er legt seine freie Hand auf die meiner Mutter.

»Trotzdem habe ich eine Tochter verloren.«

»Ich weiß. Bitte verzeihen Sie mir.« Das Kinn des alten Mannes beginnt zu zittern.

Meine Mutter blinzelt, die Tochter schwankt, Scarano seufzt.

»Sie lebt wirklich. Lucia lebt«, sage ich, bevor sie jetzt alle drei in Tränen ausbrechen.

Der Arzt nickt, er ist der Erste, der sich wieder fängt.

»Wo? Bei wem? Wie heißt die Familie?«, frage ich.

Jetzt kommt wieder Leben ins Gesicht meiner Mutter.

Auch Scarano strafft die Schultern. »Das kann ich Ihnen nicht sagen.«

»Das ist ja wohl das Mindeste«, fauche ich ihn an. »Helfen Sie uns wenigstens jetzt, meine Schwester zu finden.«

»Wenn ich Ihnen den Namen der Familie verrate ... Das kann ich nicht.« Der Arzt schüttelt den Kopf. »Bitte gehen Sie jetzt.«

»Gar nichts werde ich tun«, schreie ich. »Bevor Sie mir nicht den Namen sagen, gehe ich nirgendwo hin.« Demonstrativ setze ich mich auf einen Stuhl und verschränke die Arme vor der Brust.

»Verschwinden Sie!« Die Tochter hat sich gefasst und zeigt auf die Tür. »Er hat ein schwaches Herz. Er darf sich nicht aufregen.«

Ich rühre mich nicht vom Fleck. »Sobald er redet, sind wir weg.«

Der *Dottore* wird auf seinem Sofa immer kleiner. »Ich würde Ihnen helfen, wenn ich könnte«, murmelt er. »Aber der Boss würde sich an unserer ganzen Familie rächen, wenn er herausbekommt, dass ich ihn verraten habe. Er würde uns alle umbringen. Es ist zu gefährlich, verstehen Sie?«

Meine Mutter schaut ihn an, bestimmt überlegt sie sich eine Strategie, wie sie ihn noch einmal zum Reden bringt. Aber dann sagt sie: »*Grazie, Dottore.*« Sie zieht ihre Hand aus seiner Umklammerung.

Er greift noch einmal nach ihr. »Können Sie mir verzeihen?«

Meine Mutter erhebt sich. Sie ist blass. »Komm, Linda, wir gehen. Ich muss hier raus.«

»Mitzi!«, flüstere ich. »Wir brauchen den Namen!«

»Lass es gut sein«, sagt sie. »Aus dem kriegen wir eh nichts mehr raus.«

»Wie kannst du nur ...«

Sie hebt gebieterisch die Hand. »Halt jetzt deine Bappen.«

Ich klappe den Mund wieder zu.

»Auf Wiedersehen, *Dottore.*« Sie erhebt sich vom Sofa.

»Bitte verzeihen Sie mir«, sagt Scarano noch einmal.

»Sie haben mir mein Baby genommen. Das kann ich Ihnen nie verzeihen.« Sie dreht sich zu ihm um. »Aber danke, dass Sie mir gesagt haben, dass Lucia lebt. Und ein ganz kleines bisschen kann ich Sie verstehen. Sie haben das gemacht, um Ihre Tochter zu retten. Hätte ich eine Chance gehabt, meine zu retten, ich hätte auch alles dafür getan.« Sie schaut die Frau an, die sich immer noch an die Tischkante klammert.

Wir gehen hinaus. Hinter uns schluchzt die Tochter auf. Kaum sind wir draußen, falle ich mit einem Wortschwall über meine Mutter her. »Aber du kannst jetzt doch nicht einfach gehen. Wir könnten sie finden. Er weiß, wo sie lebt.«

Mitzi geht weiter die Gasse hoch zur Piazza. »Jetzt beruhig dich halt mal.«

»Ich *bin* ruhig! Du schmeißt alles hin.« Ich zeige mit Daumen und Zeigefinger ungefähr einen Zentimeter an. »Sooo kurz vor dem Ziel. Morgen fliegen wir wieder zurück nach München, und dann?«

Mein Gekeife prallt einfach an ihr ab. »Ich brauch jetzt einen Bellini«, sagt sie und lässt sich auf einen Stuhl vor der Bar fallen, der gefährlich knarzt. »Weißt, wir haben fünfundzwanzig Jahre auf diese Nachricht gewartet.«

»Wir?« Am liebsten würde ich gleich wieder aufstehen.

Sie winkt ab. »Und jetzt müssen wir des halt erst einmal verdauen.«

»Du musst es verdauen. Ich wusste es schon immer.«

Sie tätschelt meinen Arm. »Wir finden die Lucia schon. Ich habe eine Idee. Zio Calzone hat die richtigen Beziehungen, wenn du verstehst, was ich meine. Und es ist ja kein Hexenwerk, einen Mafiaboss in Palermo ausfindig zu machen, der eine fünfundzwanzigjährige Tochter hat, wenn man die Szene kennt.«

»Die Szene?« Ich starre sie an. »Wie meinst du jetzt das?«

»Pscht! Darüber spricht man doch nicht auf der Piazza.« Sie hebt die Hand. »Kellner! Zwei Bellini, *per favore*.« Dann wendet sie sich wieder mir zu. »Jetzt hab halt mal ein bisserl Vertrauen.«

»In wen. Ins Universum?« Ich lache auf.

»Freilich.« Sie lächelt. »Ich spür des, weißt. Dass wir sie finden.« Sie legt Daumen und Zeigefinger aneinander und hebt ihr Gesicht in die Sonne. »Ich bitt dich fei recht schön, liebes Universum, dass du uns zur Lucia führst, gell?«

»Dir ist echt nicht zu helfen.« Ich bin stinksauer. »Wenn ich nicht nach Sizilien geflogen wäre und überall nach Spuren gesucht hätte, hättest du nie erfahren, dass die Lucia noch lebt. Das war ich, nicht dein blödes Universum.«

»Obacht!«

Ich schüttle den Kopf, aber ich bin still. Es nützt eh nichts, sie weiter anzumecken. Und vielleicht hat sie recht. Lucia lebt, und das ist das Wichtigste.

Der letzte Sonnenuntergang

Hanna, Mitzi und ich stehen an der Böschung und blicken über den Wald aus Kaktusfeigen, der seine stacheligen Arme in den Himmel reckt. Die Sonne hängt schwer und dunkelrot über dem Meer, gleich wird sie eintauchen. Unser letzter Sonnenuntergang in Sizilien. Die Koffer sind gepackt, morgen müssen wir in aller Frühe los zum Flughafen. Mein Arm liegt über Hannas Schulter und wir seufzen alle drei abwechselnd.

»Jetzt ist der Urlaub vorbei, Mucki«, sage ich. »Schau noch ein letztes Mal zu, wie die Sonne im Meer versinkt.«

»*Bello*«, sagt Hanna. »Wo geht die eigentlich hin?«

»Die Sonne bleibt immer da, wo sie ist, aber die Erde dreht sich. Wir bewegen uns, nicht die Sonne.«

»Fallen wir dann nicht runter?«

»Nein. Die Erde hat eine Anziehungskraft, und ...«

»Ist mir zu kompliziert«, unterbricht mich Hanna. »Ich will lieber dem Sonnenuntergang zuschauen.«

»Recht hast du«, sagt meine Mutter. »Manche Dinge muss man einfach so hinnehmen, wie sie sind. Mei, ist des schön. Hier könnte man schon glücklich werden. Ich hätte es fast geschafft, damals.« Sie schaut mich von der Seite an. »Vielleicht bist du schlauer als ich.«

Ich stupse sie mit dem Ellenbogen an. »Was ist denn mit dir los? Schlauer als du? Das gibt´s doch gar nicht ...«

Ein Lächeln huscht um ihre Mundwinkel. »Unsere wahre Aufgabe ist es nämlich, glücklich zu sein, lass dir des gesagt sein.«

»Dalai Lama?«

»Freilich.«

Jetzt ist nur noch ein roter Halbkreis zu sehen. »Wir müssen nur herausfinden, was uns glücklich macht«, sage ich. Der rote Ball versinkt jetzt so schnell, dass man ihm dabei zusehen kann. Als die Sonne endgültig weg ist, gehen wir zurück in den Garten. Die ganze Familie ist gekommen, um sich zu verabschieden, und irgendwas zieht ganz gewaltig in meiner Brust. Ich hasse Abschiede.

»Ich helf der Mimma beim Kochen«, sagt Mitzi.

»Kochen? Du?«

»Freilich. Auch ich entdecke sizilianische Seiten an mir, weißt.« Sie geht Richtung Haus und ich muss grinsen.

Nonna winkt Hanna und mich heran. Sie sitzt dem *Nonno* gegenüber, zwischen ihnen stehen zwei Eimer mit Wasser, in einem weichen Kaktusfeigen ein.

»Die habe ich vorhin frisch geerntet«, sagt der *Nonno*, fischt eine heraus und schält sie mit seinem Taschenmesser. Dann wirft er sie in den anderen Eimer, wo *Nonna* sie wäscht. Schließlich legt sie die hellrote Frucht in eine Plastikschüssel auf dem Tisch.

»Kommt her.« *Nonna* zeigt auf die leeren Stühle.

Wir setzen uns zu ihr und sie gibt uns zwei Früchte. Meine schmeckt wässrig und frisch. »So ähnlich wie Wassermelone«, sage ich.

»Lecker.« Hanna läuft ein wenig Saft übers Kinn.

Ich muss grinsen. »Sizilien ist wie Kaktusfeigen, oder? Außen stachelig und innen süß.«

Hanna lacht. »Stimmt.« Sie wischt sich die Hände und den Mund mit einer Papierserviette ab. »Da ist die Katze, ich geh spielen«. Dann flitzt sie zwischen den Oleanderbüschen davon.

Nonna wischt sich die Hände an ihrer Kittelschürze ab und kramt in ihrer Tasche. »Ich habe etwas für dich.« Sie reicht mir ein Foto. Die Farben wirken unecht, haben alle einen bräunlichen Ton. Achtzigerjahre eben. Ich erkenne Mitzi in jung, ungefähr so wie ich jetzt, mit Ringelpulli und roten Haaren. Neben ihr steht ein Mann mit Schlaghosen und Koteletten. Er hält ein Baby im Arm.

»Ist das Gaetano?«, flüstere ich und schlucke.

»Ja, und das Baby bist du«, sagt die *Nonna*. »Behalte das Foto. Es ist ein Geschenk.«

»Danke.« Ich halte es ganz nah vor die Augen, um meinen Vater besser zu erkennen, aber sein Gesicht ist verschwommen.

»Du kannst in dem Haus wohnen, wann immer du willst«, sagt *Nonna*. Sie greift noch mal in die Tasche und gibt mir einen Schlüssel.

»Aber …« Ich starre sie an, weiß nicht, was ich sagen soll.

»Ich bin mir sicher, dass Gaetano einverstanden wäre.« Sie schaut übers Meer und blinzelt.

»Danke, *Nonna*«, flüstere ich. Gleich fange ich an zu heulen. Soll ich ihr sagen, dass Gaetano wahrscheinlich in Palermo lebt, gar nicht weit weg von ihr? Besser nicht. Vielleicht wäre es sogar noch schlimmer für sie, zu wissen, dass er sich trotzdem nie bei ihr gemeldet hat.

»Ihr kommt doch wieder, oder?« *Nonnas* Stimme klingt brüchig und sie greift nach meiner Hand. Ihre Haut fühlt

308

sich an wie Pergament. »Du und Hanna, ihr seid ein Teil von ihm. Ihr gehört zu uns.«

Ich nicke. »Ja.« Mehr bekomme ich nicht heraus, weil mein Hals so eng ist. Ich glaube, sie hofft immer noch, dass sie ihren Sohn noch einmal sieht, bevor sie stirbt. Ich schlucke.

Zum Glück kommt Nunzia zu uns und bewahrt mich davor, in Tränen auszubrechen. »Magst du ein Bier?« Sie hält mir eine Flasche hin, auf der sich Kondensperlen gebildet haben. »Und, freust du dich schon auf daheim?«, fragt sie.

Ich nehme die Flasche. »Ehrlich gesagt würde ich lieber noch bleiben.« Das Bier prickelt eiskalt in meinem Hals.

Nunzia grinst. »Dann musst du eben bald wiederkommen.«

Ich zeige ihr den Schlüssel. »Den hat mir *Nonna* gerade gegeben. Sie sagt, ich kann im Haus am Meer wohnen, wann immer ich will.«

»*Yes*!« Nunzia schaut ihre Großmutter an, die wieder ganz vertieft in ihre Kaktusfeigen ist und uns nicht zu hören scheint. »Das hätte ich nicht von ihr erwartet, sie wird wohl altersmilde«, flüstert Nunzia mir zu. »Das ist ja super. Dann kommst du jetzt öfter. Oder ihr zieht ganz hierher. Was hält dich denn in Deutschland?«

»Keine Ahnung. Es ist gerade alles etwas viel ...« Ich zucke die Schultern. »Weißt du, manchmal habe ich das Gefühl, jeder ist vor irgendetwas auf der Flucht. Oder auf der Suche nach etwas.«

Sie zwinkert mir zu. »Du weißt ja, Wurzeln und so.« Sie zeigt rüber, in die andere Ecke des Gartens. »Ich glaube, Hanna hat ihre gefunden.«

Ich traue meinen Augen nicht. Hanna sitzt auf Zio Calzones Schoß. Die beiden spielen die italienische Version von *Hopp, hopp, hopp, Pferdchen lauf Galopp*. Es ist ein Bild voller Wärme und Vertrauen, das es in unserer Familie bisher noch nie gegeben hat.

Ich lächle. »Sieht so aus.«

»Ich muss dir was sagen.« Nunzia trinkt einen Schluck. »Ich habe darüber nachgedacht, was du mir über Dottor Scarano und Lucia erzählt hast, und eine Entscheidung getroffen.«

»Ja?«

»Ich werde weiter studieren.«

»Hey, das ist toll.«

»Das muss aufhören. Deine Familie hat so viel gelitten. Und warum? Weil die Mafia immer noch so viel Macht über die Menschen hat. Sie gibt Leben, sie nimmt Leben, und sie reißt alles an sich, was sie will, ohne Rücksicht auf das Leid, das sie anderen damit zufügt. Ihr seid ja nur ein Beispiel von vielen. Das muss ein Ende haben. Dafür werde ich kämpfen.«

Ich lasse meine Flasche gegen ihre klirren. »Darauf trinken wir. Ich bin stolz auf dich.« Ich nehme einen Schluck. Verdammt, ich sollte auch endlich meinen Hintern hochkriegen und weiterstudieren. Nunzia zieht das trotz aller Hindernisse und Gefahren durch, und ich habe alle Möglichkeiten vor der Nase und mache *mimimi*. Aber erst muss ich noch etwas zu Ende bringen. »Hilfst du mir, Lucia in Palermo zu finden?«

»Klar helfe ich dir. Sobald du wieder nach Sizilien kommst, machen wir uns gemeinsam auf die Suche, Cousinchen.«

»Weißt du was? Für mich fühlt es sich nicht an, als wären wir Cousinen. Eher so, als hätte ich in dir meine verlorene Schwester gefunden.«

»Jetzt werd mal nicht sentimental«, sagt sie und knufft mich gegen die Schulter, doch ihre Augen glänzen verdächtig. Sie räuspert sich. »Du willst Lucia also wirklich kennenlernen?«

»Klar, sie ist meine Zwillingsschwester.«

»Aber sie ist die Tochter eines Mafiabosses.«

»Da kann sie doch nichts dafür.«

»Sie ist aber in dieser Welt aufgewachsen, und es ist eine verdammt gefährliche Welt. Überleg dir gut, ob du die wirklich betreten willst.«

»Ich will Lucia wenigstens sehen. Meine Mutter sagt, dass dein Vater Beziehungen hat?«

»Hatte.« Nunzia klackert mit den Fingernägeln gegen ihre Flasche. »Er hat sich vor vielen Jahren aus den Geschäften zurückgezogen. Und der Clan hat ihm daraufhin seinen Laden genommen. Als Warnung, verstehst du? Damit er nicht singt. Damit er weiß, wie viel Macht sie über ihn haben.«

»Willst du auch deshalb weiterstudieren?«

»Vielleicht.«

»Aber bringst du ihn damit nicht in Gefahr? Und deine ganze Familie?«

Sie lacht bitter auf. »So langsam verstehst du, wie das hier läuft. Ja, wahrscheinlich schon. Aber irgendwer muss ja den ersten Schritt machen. Irgendwann. Oder?«

»Du bist mutig.«

Sie zuckt die Schultern. Dann zeigt sie zum Gartentor. »Schau mal, wer da ist.«

Mein Magen zieht sich zusammen. Silvo schlendert lässig auf mich zu und hebt die Hand. Die Lederbänder an seinem Handgelenk rutschen ein Stück hinunter.

Nunzia steht auf. »Ich lass euch mal allein. Bin ja nicht mehr zuständig. Dein Liebesleben musst du jetzt mit deiner echten Mama klären.« Sie zwinkert mir zu und geht rüber zu den anderen.

»Ich wollte mich verabschieden«, sagt Silvo. »Gehen wir ein Stück?« Seine Stimme klingt rau und er streckt mir die Hand entgegen. Wie hypnotisiert stehe ich auf und wir gehen durchs Gartentor hinaus.

»Bist du schon mal im Mondschein Vespa gefahren?«

Ich schüttle den Kopf.

»Also los.« Silvo zeigt auf den silbernen Motorroller, der am Straßenrand steht. Er steigt auf und ich klettere hinter ihn, schmiege mich an seinen warmen Rücken und umfasse seine Brust. Er lässt den Motor an, und als er losfährt, spüre ich, wie sich seine Muskeln unter dem T-Shirt bewegen.

Der warme Sommerwind fährt mir durch die Haare und das Meer glitzert im Mondlicht. Jedes Mal, wenn er bremst, rutsche ich näher an ihn heran. Schließlich liegt mein Kinn auf seiner Schulter und seine Bartstoppeln kratzen an meiner Wange.

In einer Kurve hält er an. Ich weiß, was jetzt kommt, und ich kann es kaum erwarten. Gleichzeitig will ich den Moment hinauszögern und die Aufregung länger auskosten.

»Steig mal ab«, sagt er.

Wir gehen vor bis zur Böschung und er nimmt meine Hand. Die Luft riecht nach Currykraut und das metallische Zirpen der Grillen hat denselben Rhythmus wie mein Herz. Von unten dringt das Rollen der Brandung herauf, Linien aus weißem Schaum schlängeln sich auf den Strand zu.

»Ist das nicht wunderschön?«, flüstert Silvo.

Ich nicke. Kriege keinen Ton raus.

»Schade, dass du morgen abreist.«

Ich nicke immer noch, total bescheuert, wie so ein Wackeldackel.

»Kommst du wieder?«

In meinem Kopf herrscht totale Leere und meine Stimme klemmt irgendwo im Hals fest.

»Du sagst ja gar nichts.« Silvo dreht sich zu mir, schaut mir in die Augen, und jetzt fällt mir erst recht nichts mehr ein. Wie lange ist es her, dass mich jemand geküsst hat? Dann berühren seine Lippen meine, ganz zart, und in meinem Herz brennt ein Feuerwerk ab.

»Also, was ist. Kommst du wieder?«, raunt er mir ins Ohr.

»Ja«, flüstere ich zurück. Und dann küssen wir uns noch mal.

Epilog

»Komm mit.« Noch bevor sie sich den Mantel auszieht, marschiert meine Mutter hoch in ihr Atelier.

Gaetanos Briefe liegen verschnürt in der Schublade, hinter ihrer Unterwäsche. Er hat sie an die Adresse ihrer Mutter geschickt, wo sie damals noch gewohnt hat. Sie gibt mir das Bündel.

Ich ziehe den ersten Bogen Papier aus dem Umschlag. Gaetanos steile Handschrift beteuert darin, wie sehr er uns liebt, und dass er nichts mit Rosalba hatte. Ich hebe die Augen von dem Briefbogen und starre meine Mutter an. »Und du blöde Urschel hast ihm das nicht geglaubt?«

Meine Mutter schnaubt durch die Nase. »Sind doch alle gleich, diese Weiberschmecker. Erst ihren Schwanz überall reinstecken und dann ihre Unschuld beteuern.«

»Mitzi!«

»Ist doch wahr.«

»Nein, eben nicht.« Ich werde wütend. »Eben nicht!«, sage ich noch einmal, mit mehr Nachdruck. »Gaetano hat dich nicht betrogen. Zumindest nicht mit Rosalba.«

»Aber vorher.« Meine Mutter schaut betreten auf den Boden und ihr Gesicht ist verknittert.

»Ich schreibe ihm jetzt.« Ich nehme die Briefe mit in mein Zimmer. Die ganze Nacht sitze ich am Tisch, lese sie immer wieder und finde nicht die richtigen Worte, um zu antworten. Ich fange drei Mal von vorne an. Schließlich erzähle ich ihm von unserem Leben und unserer Reise, nur die Sache mit Lucia lasse ich weg. Sowas schreibt man nicht in einen Brief an einen Fremden. Denn das ist er ja.

Als ich fertig bin, stecke ich fünf gefaltete Seiten in ein Kuvert, lege noch ein Foto von Mitzi, Hanna und mir dazu und schreibe die Adresse drauf, die als Absender angegeben war. Die Morgendämmerung zieht schon über dem See auf. Jetzt lohnt es sich auch nicht mehr, zu schlafen.

Sobald die Post aufmacht, gebe ich den Brief auf. Dann bringe ich Hanna in den Kindergarten, packe unsere Koffer aus und falle todmüde ins Bett. Endlich schlafen. Mit der Gewissheit, dass ich alles getan habe, was ich tun konnte.

In den nächsten Wochen bin ich jeden Tag wie elektrisiert, wenn der Postbote kommt, doch der Adrenalinschub wird mit jeder Enttäuschung schwächer. Vielleicht wohnt Gaetano ja gar nicht mehr unter der angegebenen Adresse, tröste ich mich. Den Gedanken, dass er sich deshalb nicht meldet, weil er keinen Kontakt zu mir haben will, kann ich nicht aushalten.

Die kleinen Wellen des Ammersees hören sich ganz anders an als die rollenden Brecher des Mittelmeers. Sie plätschern aufgeregt gegen den Kiesstrand, unruhig und rastlos. Ich packe die Kamera aus, um ein paar Bilder fürs Fremdenverkehrsamt zu schießen. Im Speicher sind noch Fotos von Sizilien. Am liebsten würde ich sie anschauen, aber ich muss mich beeilen, sonst ist das Licht weg.

Als ich ein paar gelungene Aufnahmen im Kasten habe, gehe ich nach Hause und schalte den Fernseher an. Nachrichten. Da ist er wieder. Mein Freund Silvio. Heute hat er gesagt, der zukünftige US-Präsident sei jung, hübsch und gut gebräunt. Ich schüttle den Kopf.

»Der Berlusconi wieder«, sage ich zu meiner Mutter, die am Tisch sitzt und die *Süddeutsche* liest. »Schafft es, mit einem einzigen Satz die ganze Weltpolitik zu echauffieren.«

Sie schaut auf und nimmt ihre Lesebrille ab. »Des ist fei auch eine Fähigkeit. Wer kocht? Du oder ich?«

Sizilien hat uns verändert. Ich glaube, meine Mutter sieht mich zum ersten Mal in ihrem Leben nicht mehr als Kind, sondern als erwachsene Frau. Vielleicht auch deshalb, weil ich mich an der Uni eingeschrieben habe, um endlich mein Studium zu Ende zu bringen?

»Ich koche«, sage ich.

Seit der Berlusconi mich vorhin vom Bildschirm angegrinst hat, hat mich eine merkwürdige Unruhe gepackt. Vielleicht wegen Silvio – Silvo. Ich telefoniere regelmäßig mit ihm. Nein, nicht mit Silvio Berlusconi, sondern mit Silvo. Er kümmert sich schließlich um mein Haus am Meer. Wie sich das anhört, mein Haus am Meer. Ich murmle es vor mich hin.

»Was?«, fragt meine Mutter.

»Nichts.« Ich hacke Zwiebeln und Knoblauch klein.

Offiziell gehört das Haus natürlich nach wie vor Gaetano, aber die *Nonna* hat mir noch mal laut und deutlich vor der ganzen Familie das Nutzungsrecht übertragen.

Ich vermisse Nunzia, Zio Calzone und Zia Mimma. Und natürlich will ich nach Palermo. Aber ich habe auch

Angst davor. Gaetanos Foto steht seit unserer Rückkehr in einem Bilderrahmen auf meinem Schreibtisch und erinnert mich jeden Tag daran, dass ich meine Wurzeln noch immer nicht gefunden habe. Und daran, dass meine Schwester lebt.

Seit ich das weiß, ist mir Lucia nicht mehr erschienen. Ich kann es kaum erwarten, wieder nach Sizilien zu reisen, und jetzt lässt dieser Berlusconi Italien in mir aufbranden wie eine Riesenwelle, die alles andere einfach fortspült. Der Song von Luca Carboni dudelt durch meinen Kopf: *Mare, mare, mare*. Ich summe ihn vor mich hin. *Jeder hat sein eigenes Meer im Herzen, das uns immer wieder seine Wellen spüren lässt. Und du weißt, jeder muss seinen Träumen folgen, um nicht unterzugehen.*

Es liegt etwas in der Luft. Der Duft nach Tomatensoße nämlich, die auf dem Herd blubbert.

Die Türglocke schrillt.

Summend gehe ich durch den Flur. Durch den verschwommenen Glaseinsatz der Haustür sehe ich die Umrisse eines Mannes. Ich erstarre. Wer ist das? Ich räuspere mich und öffne. Der Postbote.

Er überreicht mir einen reichlich ramponierten Brief. »Der ist wohl schon etwas länger unterwegs ...« Er zuckt die Schultern. »Die italienische Post halt.«

Ich erstarre, meine Kopfhaut prickelt, mein Herz schlägt mir bis in den Hals, und ohne zu grüßen mache ich dem Briefträger die Tür vor der Nase zu. Ich starre das Kuvert an, drehe es um. *Gaetano Inguanta* steht als Absender hinten drauf. *Palermo*. Ich reiße den Umschlag auf, zerre den Bogen heraus. Er ist nur zur Hälfte beschrieben.

»*Cara Carmelinda*«, steht da in der steilen Handschrift, die ich mittlerweile so gut kenne. »*Ich bin so froh, dass du mir geschrieben hast. Ich habe die letzten fünfundzwanzig Jahre darauf gewartet, und ich habe diese Hoffnung nie aufgegeben. Ich würde mich unendlich freuen, wenn du nach Palermo kommst und wir uns treffen können. Dann erzähle ich dir alles, was passiert ist, persönlich. Bring auch deine Tochter mit. Bitte komm. Dein Papa.*«

Ich drücke den Brief gegen meine Brust wie einen Schatz. Und dann heule ich einfach los.

DER PUPPENSPIELER VON PALERMO

**Die Fortsetzung von »Kaktusfeigen«:
Zwischen Mafia und Leberkäs**

Endlich hat Linda ihren Vater gefunden. Sie reist nach Palermo, um ihn kennenzulernen und ihre Eltern nach sechsundzwanzig Jahren zu einer Aussprache zu bewegen. Doch als ihre Mutter – die exzentrische Bayerin Mitzi – auf den sizilianischen Puppenspieler Gaetano trifft, erweist sich das als ziemlich kompliziert. Und dann sind da auch noch Silvo und Mario, die Lindas Gefühle gehörig durcheinanderwirbeln.

Auf der Suche nach ihrer verschwundenen Zwillingsschwester gerät Linda ins Visier eines Mafia-Bosses und bringt damit nicht nur sich selbst, sondern auch ihre Familie in Gefahr – ein riskantes Spiel beginnt. Kann Linda ihre Schwester finden und die Familie vereinen?

»Dieser Roman nimmt die Leser mit auf eine authentische, spannende und witzige Reise von Bayern nach Sizilien. Wenn die Kulturen aufeinanderprallen, wird es turbulent – und aus Versehen habe ich meinen Horizont erweitert. Eine wunderbare Geschichte.« (Alexandra Demaria)

ISBN: 978-375-578-124-0
Taschenbuch: 11,99 €, E-Book: 4,99 €

Post aus Sizilien

Hast Du Fernweh? Dann komm mit mir nach Sizilien. Ich schreibe Dir alle 2-4 Wochen eine Mail und bringe ein bisschen Italien zu Dir nach Hause.

Du erfährst als Erste/r alle wichtigen Neuigkeiten zu meinen Büchern, z.B. Gewinnspiele, Preisaktionen und Termine.

Du bekommst Insider-Infos über Sizilien und Küchentipps meiner sizilianischen Schwiegermutter.

Du kannst sogar beim nächsten Roman mitentscheiden.

Unter www.anna-castronovo.de/postaussizilien.html kannst Du meinen Newsletter bestellen.

Selbstverständlich kannst Du Dich jederzeit wieder austragen und Deine Daten werden nur für die Infomails verwendet!

Zia Mimmas Parmigiana

Auberginengratin für 4 Personen:
750g Auberginen
600g Tomaten
2 Knoblauchzehen
2 Beutel Mozzarella (je 250g)
1 Bund Basilikum
geriebener Parmesan
Olivenöl, Salz, Pfeffer, Mehl zum Wenden

Die Auberginen in circa 1 cm dicke Scheiben schneiden, salzen und ruhen lassen, bis sie Wasser ziehen und ihre Bitterkeit verlieren. Inzwischen die gehackten Tomaten mit dem Knoblauch und 2 EL Öl 10-15 Minuten lang einkochen. Mit Salz und Pfeffer abschmecken. Die Auberginenscheiben trockentupfen und in Mehl wenden, überschüssiges Mehl abklopfen. Dann von beiden Seiten braun braten.

Den Backofen auf 180 Grad vorheizen. Auberginen, Tomatensoße und Mozzarella lagenweise in eine feuerfeste Form schichten, die Basilikumblätter dazwischen verteilen. Geriebenen Parmesan darüberstreuen und den Auflauf auf der mittleren Schiene (Umluft 160 Grad) etwa 30 Minuten lang backen, bis die Kruste braun wird. Die Parmigiana wird lauwarm oder kalt serviert.

Buon appetito!

Danke

Mein Dank gilt all den lieben Menschen,
die mich beim Schreiben und Überarbeiten
dieses Romans unterstützt haben.

Besonders bedanken möchte ich mich bei ...

... Giusy Amè von Magicalcover Design,
die das wunderschöne Cover entworfen hat.

... »Textehexe« Susanne Pavlovic, die Lindas Geschichte
mit viel Herzblut und Tomatensoße lektoriert hat.

... Franz Riegel und Nine Arend, die das Lektorat groß-
zügig gesponsert haben.

... meinen Testleserinnen Melanie Groß, Sabine Müller,
Irina Gruber, Alexandra Demaria, Bettina Reitz, Stefanie
Carpintero, Bianca Kober und Gina de Münck, die mir
wertvolle Hinweise gegeben haben.

Wie immer hat Christian Strzoda der Geschichte den letzten Schliff verpasst und Ina Vogel hat Korrektur gelesen.

Flüchtlingsboote am Strand

Als die Flüchtlingswelle aus Syrien 2015 Deutschland erreichte und die reichen EU-Länder plötzlich in hellem Aufruhr waren, dachte ich als Erstes: Sizilien hat diese Probleme bereits seit Jahrzehnten, und das hat bisher kaum jemanden interessiert.

Tatsächlich habe ich 2004 aus dem Fenster unseres Ferienhauses mit angesehen, wie die Küstenwache ein Flüchtlingsboot geborgen hat, und Freunde von uns, damals gerade mal zwanzig Jahre alt, haben an der Mole zwei Leichen gefunden. Ein weiterer Freund ist Bestattungsunternehmer und musste die beiden Männer anonym bestatten.

Natürlich wusste ich um die Flüchtlinge, kannte aus dem Fernsehen die Bilder der verzweifelten Gesichter und der überfüllten Auffanglager. Aber dass diese Menschen an unserem Badestrand, in unserem Ferienparadies anlandeten, hat mir klargemacht, dass dieses Grauen eben nicht nur im Fernsehen stattfindet. Plötzlich war es ganz nah an mir dran.

Die Lage ist nicht wirklich besser geworden. Bei dem Versuch, über das Mittelmeer nach Europa zu gelangen, sind seit 2014 laut der UN-Organisation für Migration mehr als 20.000 Flüchtlinge gestorben. Obwohl die Anzahl der über die Mittelmeerroute flüchtenden Menschen in den letzten Jahren gesunken sind (2016: 373.652 Menschen; 2019: 123.663 Menschen), fanden 2020 dabei immer noch 1.421 Menschen den Tod. Damit bleibt dieser Weg die tödlichste Seeroute der Welt.

Während der Coronakrise ist, weitgehend ignoriert von der europäischen Öffentlichkeit, die Zahl der ankommenden Boote wieder drastisch gestiegen. Im Mai 2020 landeten über 400 Flüchtlinge in der Provinz Agrigent an – genauer gesagt „bei uns", am Strand unterhalb der Burg von Palma di Montechiaro. Das Boot liegt dort immer noch. Allein im Juli sind in Sizilien insgesamt 7.067 Migranten angekommen, bis Mitte August folgten weitere 3.000. In diesem Jahr sind die Zahlen sogar noch höher: Bis Mai 2021 haben 13.000 Bootsflüchtlinge Italien erreicht.

Diese Zahlen zeigen, wie verzweifelt die Menschen sind. Sie fürchten um ihr Leben, suchen Schutz, sehen in ihrer Heimat keine Perspektive mehr – weder für sich noch für ihre Kinder. Darum begeben sie sich in die Hände skrupelloser Schlepper und wagen die Flucht in seeuntauglichen Schlauchbooten. Viele werden Opfer von Gewalt und Ausbeutung.

Doch auch für die Länder, in denen die Flüchtlinge ankommen, ist die Situation desaströs – und das bereits seit Jahrzehnten! Gerade Griechenland und Sizilien haben genug eigene Probleme – und sie werden vom Rest der Welt weitgehend mit ihrem Flüchtlingsproblem allein gelassen. Der Europa-Politik ist es offensichtlich nicht möglich, eine praktikable Lösung zu finden. Immer wieder liegen Schiffe mit notleidenden Menschen vor den Häfen und die Behörden streiten tagelang darüber, wer für die Schiffbrüchigen zuständig ist. Die Auffanglager und Flüchtlingsunterkünfte sind heillos überfüllt.

Deshalb fordern die betroffenen Länder und auch Flüchtlingshilfswerke schon lange eine stärkere Koordinierung und mehr Solidarität der EU-Mitgliedsstaaten sowie eine klare Regelung zur Anlandung. Eigentlich hatten sich 2019 im sogenannten Malta-Abkommen verschiedene EU-Länder darauf geeinigt, Migranten aufzunehmen, darunter auch Deutschland. Die Verteilung klappt aber bis heute nicht.

Stattdessen versucht die EU, den Flüchtlingsstrom zu unterbrechen, indem die libysche Küstenwache möglichst viele Boote abfangen und zurückbringen soll. Zum Verständnis: Libyen ist das Transitland für die meisten Flüchtlinge Richtung Europa. Denjenigen, die dorthin zurückgeschickt werden, drohen – so der aktuelle Bericht des UN- Flüchtlingshilfswerks – Misshandlungen, Folter, Zwangsarbeit, sexuelle Ausbeutung und willkürliche Tötungen.

In Siziliens Asylaufnahmezentren, die ursprünglich nur für wenige Dutzend Migranten vorgesehen waren, müssen aktuell Hunderte von Flüchtlingen Platz finden. Die Strukturen auf der Insel sind überlastet, die Heime überfüllt. Das größte Auffanglager Cara Mineo beherbergt momentan etwa 4.000 Menschen – offiziell ausgelegt ist es für 2.000. Asylbewerber dürfen, wie in Deutschland, nicht arbeiten. Sie bekommen Essen, Italienisch-Kurse, ein Bett, Kleidung und medizinische Grundversorgung. Aber sie wollen natürlich auch Geld verdienen. Also warten viele von ihnen im Landesinneren am Wegesrand, um von Bauern aufgepickt zu werden, die sie für einen winzigen Lohn schwarz einen Tag auf den Feldern arbeiten lassen: Für rund 8 Euro pflücken sie zwölf Stunden am Tag Obst und Gemüse. Das ist Ausbeutung pur.

Andererseits: Die Arbeitslosenquote liegt auf Sizilien seit Jahrzehnten konstant über 20 Prozent. Dazu kommen noch Tausende von Tagelöhnern, die nur saisonal in der Landwirtschaft Arbeit finden, aber aus den Arbeitslosen-statistiken herausfallen und häufig am Rande oder sogar unterhalb des Existenzminimums leben. Und diese wenigen Arbeitsplätze gehen nun auch verloren.

So viele Seiten tragen zu diesem Dilemma bei. Gibt es eine Lösung dafür? Wahrscheinlich nicht. Die Lage wird sich in absehbarer Zeit weder für die Flüchtlinge noch für die Ankunftsländer bessern.

Aber vergessen wir eines nicht: Es geht um Menschen.

Die schande Europas

(Offener Brief der Bürgermeisterin von Lampedusa)

Ich bin die neue Bürgermeisterin von Lampedusa. Ich wurde im Mai 2012 gewählt, und bis zum 3. November wurden mir bereits 21 Leichen von Menschen übergeben, die ertrunken sind, weil sie versuchten, Lampedusa zu erreichen.

Das ist für mich unerträglich und für unsere Insel ein großer Schmerz. Wir mussten andere Bürgermeister der Provinz um Hilfe bitten, um die letzten elf Leichen würdevoll zu bestatten. Wir hatten keine Gräber mehr zur Verfügung. Wir werden neue schaffen, aber jetzt frage ich: Wie groß muss der Friedhof auf meiner Insel noch werden?

Ich bin über die Gleichgültigkeit entrüstet, die alle angesteckt zu haben scheint; mich regt das Schweigen von Europa auf, das gerade den Friedensnobelpreis erhalten hat, und nichts sagt, obwohl es hier ein Massaker gibt, bei dem Menschen sterben, als sei es ein Krieg.

Ich bin mehr und mehr davon überzeugt, dass die europäische Einwanderungspolitik diese Menschenopfer in Kauf nimmt, um die Migrationsflüsse einzudämmen. Aber wenn für diese Menschen die Reise auf den Kähnen den letzten Funken Hoffnung bedeutet, dann meine ich, dass ihr Tod für Europa eine Schande ist.

Wenn Europa aber so tut, als seien dies nur unsere Toten, dann möchte ich für jeden Ertrunkenen, der mir übergeben wird, ein offizielles Beileidstelegramm erhalten. So als hätte er eine weiße Haut, als sei es unser Sohn, der in den Ferien ertrunken ist.

Giusi Nicolini, Bürgermeisterin von Lampedusa, 2012

Autorin

Anna Castronovo ist Autorin, Journalistin und Übersetzerin. Sie liebt Italien seit ihrer Kindheit. Jede Osterferien verbrachte sie im Ferienhaus ihrer Oma in Terracina, und nach der Schule wurde ihr großer Traum wahr: Sie zog ganz in ihr Lieblingsland und studierte in Perugia Italienisch. Wieder zurück in München, legte sie am Sprachen- und Dolmetscherinstitut die staatliche Übersetzer-Prüfung ab. Anschließend arbeitete sie sechs Jahre lang als Redakteurin, Korrektorin und Ressortleiterin im DLV Verlag. Seit 2013 schreibt sie als freie Journalistin für verschiedene Zeitschriften und hat mittlerweile sieben Romane veröffentlicht.

Ihr Mann stammt aus Sizilien und sie verbringt mit ihm und ihren beiden Töchtern jedes Jahr mehrere Wochen auf der Insel. Dabei stößt sie immer wieder auf spannende Geschichten und bewegende Schicksale abseits der Touristenpfade, die sie in ihren Büchern verarbeitet. Für ihren ersten Sizilienroman „Klosterkind" gewann sie 2019 den Skoutz Award in der Kategorie History. „Fluch der Saline" hat es auf die Shortlist sowohl für den Tolino Newcomerpreis als auch für den LovelyBooks Leserpreis 2020 geschafft.

Ich freue mich über Nachrichten und Feedback!
Mail: info@anna-castronovo.de
Website: www.anna-castronovo.de
Facebook: Anna Castronovo Autorin
Instagram: anna.castronovo.autorin

KLOSTERKIND

Die siebenjährige Filomena ist verzweifelt. Ihre Mutter hat sie in ein Klosterinternat gebracht, in dem strenge Klausur herrscht. Um zu fliehen, macht sie sich auf die Suche nach einem unterirdischen Gang, der aus dem Kloster herausführen soll. Bei ihren heimlichen Streifzügen stößt sie auf die Spuren von Suor Maria Crocifissa della Concezione, die vor dreihundert Jahren im selben Kloster lebte und in den düsteren Gängen dem Teufel begegnete. Die Geschichte der Nonne zieht Filomena immer mehr in ihren Bann, bis sie eines Tages beginnt, von Madre Crocifissa zu träumen ...

Warum wurde Filomena ins Kloster gebracht? Wird sie ihre Mutter je wiedersehen? Und was hat es mit der geheimnisvollen Nonne auf sich?

Die Klostergeschichte und die Legenden um Madre Crocifissa beruhen auf wahren historischen Begebenheiten.

*„Klosterkind ist eine faszinierende Geschichte.
Unglaublich stimmungsvoll und mitreißend hat die Autorin
fiktive Elemente mit historischen Begebenheiten verwoben und
daraus eine eindrückliche Story kreiert. Emotional, extrem
spannend und voller Geheimnisse! Dieser Roman geht unter
die Haut. Man fliegt über die Seiten, kann das Buch nicht
mehr weglegen, so hält es einen gefangen. Dass diese
Geschichte auf wahren Begebenheiten beruht, macht sie umso
faszinierender.“
(Andreas Otter, Juror Skoutz Award History)*

316 Seiten
ISBN 978-375-282-109-3
Taschenbuch: 11,99 €
E-Book: 4,99 €

Weitere Informationen: www.klosterkind.de

Anna Castronovo

FLUCH DER SALINE

**Würdest du deinen eigenen
Vater verraten, um frei zu sein?**

Sizilien 1968: Totò ist erst vierzehn Jahre alt und muss schon hart arbeiten. Sein Vater hat eine Saline gekauft, die nur schmutziges Salz erzeugt, und die Familie lebt in Armut. Als ausgerechnet Don Luigi, der mächtigste Mann im Dorf, die Saline kaufen will, wittert Totò seine Chance, dem Elend zu entfliehen. Doch sein Vater hält verbissen am Familienbesitz fest.

Eine Seherin behauptet, dass ein Fluch auf dem alten Gemäuer liegt – und der Vater glaubt auch schon zu wissen, wer dahintersteckt. Als er mit seinem Gewehr loszieht, muss Totò sich entscheiden, auf wessen Seite er steht. Dabei stößt er auf ein dunkles Familiengeheimnis.

„Spannung pur. Ich hatte Kopfkino und konnte nicht mehr aufhören zu lesen – tolle Story, beste Unterhaltung und Suchtgefahr." *(Irina Gruber)*

**Shortlist Tolino Newcomerpreis 2020
und LovelyBooks Leserpreis 2020.**

ISBN 978-375-193-823-5
Preis: Taschenbuch 10,99 €; E-Book 4,99 €

DARK WAY

Die Geschichte eines Suizids.
Erschütternd. Berührend. Echt.

Der 6. Oktober 2016 beginnt wie ein ganz normaler Tag, bis Pam Metzeler gegen 13 Uhr eine WhatsApp-Nachricht erhält: Wie geht´s dir? Sie wundert sich, schreibt zurück: Alles wie immer, warum? Dann erfährt sie, dass im Dorf das Gerücht umgeht, ihr Sohn Timo hätte sich vor den Zug gelegt. Zwei Stunden später wird dieser Verdacht zur schrecklichen Gewissheit. Pams Welt bricht zusammen.

Wie schafft es eine Mutter, damit zurechtzukommen, dass ihr Kind sich das Leben genommen hat? Was geht in ihr vor? Wie kann sie weiterleben? Pam erzählt ihre Geschichte mit schonungsloser Ehrlichkeit und nimmt den Leser mit auf die dunkelste Reise ihres Lebens.

„Diese Geschichte geht ganz tief unter die Haut. Ich habe noch nie ein Suizid-Buch gelesen, das alle Facetten dieses Tabu-Themas so mitreißend und ehrlich darstellt, ohne etwas zu beschönigen."
(Gela Kudela, Leiterin der AGUS-Selbsthilfegruppe)

ISBN: 978-3-748-12848-9
Taschenbuch: 7,99 €, E-Book: 2,99 €